Das Buch

Mit Männern hatte Charlotte bisher nur Pech. Alle entpuppten sich früher oder später als Enttäuschung, Maltes Vater eingeschlossen, mit dem sie eine kurze Beziehung hatte. Auf Poel lernt sie den Biologen Johannes, Jo, kennen. Die beiden mögen sich auf Anhieb und werden sehr gute Freunde. Jo ist Mitte fünfzig und bezeichnet sich als eingefleischten Single, der sich ein klassisches Familienleben gar nicht vorstellen kann. Als plötzlich Charlottes Exfreund Rolf auf dem Hof auftaucht und Charlotte einen Unfall erleidet, bei dem sie ihr Gedächtnis verliert, ist das Chaos perfekt. Wird für Charlotte jemals der Traum ihres Lebens in Erfüllung gehen, eine richtige Familie zu haben?

Die Autorin

Susanne Lieder wurde 1963 in Ostwestfalen geboren. Sie ist verheiratet und hat drei erwachsene Söhne. Inzwischen lebt sie mit ihrem Mann auf einem kleinen Resthof in der Nähe von Bremen. Wenn sie könnte, würde sie sofort auf den Darß ziehen.

SUSANNE LIEDER

Pusteblumen-sommer

Roman

Ullstein

Besuchen Sie uns im Internet:
www.ullstein-taschenbuch.de

Originalausgabe im Ullstein Taschenbuch
1. Auflage Mai 2017
© Ullstein Buchverlage GmbH, Berlin 2017
Umschlaggestaltung: zero-media.net, München
Titelabbildung: © Sabine Lubenow/Getty Images (Haus, Garten u. Meer);
© FinePic®, München (Himmel u. Möwen)
Satz: Pinkuin Satz und Datentechnik, Berlin
Gesetzt aus der Dante MT Pro Regular
Druck und Bindearbeiten: CPI books GmbH, Leck
ISBN 978-3-548-28801-7

Für Lennart

1.

Wismar im Mai

Beinahe hätte Charlotte den Termin beim Klassenlehrer ihres Sohnes vergessen. Entsprechend überstürzt war sie von Poel zurück nach Wismar gefahren und hatte nicht nur die Geschwindigkeitsbegrenzung auf der Landstraße ignorieren, sondern anschließend auch noch im Halteverbot parken müssen. Mit wehendem Mantel schlitterte sie über den blank gewienerten Linoleum-Fußboden, um sich dann das pikierte Gesicht von Dr. Liedtke ansehen zu müssen, weil sie sich vier Minuten verspätet hatte.

Nach einer durchaus freundlichen Begrüßung sagte er etwas, das sie zunächst einmal sprachlos machte. Zwei, drei Sekunden lang starrte sie ihn fassungslos an. Ein heiseres, ungläubiges Lachen kam aus ihrer Kehle und blieb ihr schließlich regelrecht im Hals stecken. »Wie bitte? Was haben Sie da gerade …«

»Frau Kristen, bitte, wir wollen doch …«

Sie rang nach Luft. »Mein Sohn ist Asperger-Autist, Herr Dr. Liedtke, das heißt aber nicht, dass es ihm vollkommen egal ist, wenn er ausgeschlossen wird.«

Dr. Liedtke schwitzte, wie sie bemerkte. Mit einer Hand griff er nach seinem Hemdkragen und zupfte daran herum. »Ich fürchte, Sie haben mich missverstanden, Frau Kristen.«

»Das glaube ich nicht«, gab sie kühl zurück.

Er hatte tatsächlich vorgeschlagen, dass ihr Sohn nicht an der bevorstehenden Klassenfahrt teilnehmen sollte, weil Malte sich sehr wahrscheinlich sowieso nur im Zimmer aufhalten und die Unternehmungen schwänzen würde. Und das wiederum würde seine Mitschüler möglicherweise dazu anstiften, sich ebenfalls »zu verweigern«. Er hatte wirklich erst schwänzen und dann verweigern gesagt.

»Wollen Sie sich nicht wieder setzen?«, schlug er ein wenig kleinlaut vor. Sein Lächeln war nervös und eine Spur aufgesetzt.

Nein, sie wollte sich nicht setzen, sie wollte ihn vors Schienbein treten oder am Kragen packen und durchs Klassenzimmer schleifen. So wütend und aufgebracht war sie schon lange nicht mehr gewesen. Vielleicht sollte sie doch über einen Schulwechsel nachdenken. Dieses Gymnasium war schließlich nicht das einzige in Wismar.

Charlotte hatte die linke Hand, die sie in die Manteltasche gesteckt hatte, zur Faust geballt.

Atme tief durch, so ist's gut. Aus und ein, aus und ein. Na siehst du ...

»Herr Dr. Liedtke, Malte möchte mit auf diese Klassenfahrt. Er freut sich schon darauf. Sie wissen, wie naturbegeistert er ist.« Ihr war nicht entgangen, dass er bei ihren Worten vor sich hin genickt hatte. Hatte er vor einzulenken? »Außerdem dürfen Sie ihn gar nicht so ohne Weiteres ausschließen.«

Sie biss sich auf die Zunge. Das war überflüssig gewesen. Möglicherweise hatte sie jetzt sogar einen Fehler gemacht, den sie nicht wiedergutmachen konnte und den Malte später ausbaden musste. Doch sie brachte keine

Entschuldigung heraus, es ging einfach nicht. Dazu war sie viel zu aufgebracht.

»Ich muss Ihnen nicht sagen, dass es keine Selbstverständlichkeit ist, dass wir Malte an dieser Schule aufgenommen haben. Mit seiner Behinderung wäre er an einer ... speziellen Schule womöglich besser aufgehoben.«

Jetzt hatte Dr. Liedtke einen Fehler gemacht. Charlotte mochte es nämlich überhaupt nicht, wenn man im Zusammenhang mit ihrem Sohn von einer Behinderung sprach, auch wenn das grundsätzlich die richtige Bezeichnung für Asperger-Autismus war. Sie selbst hatte Malte nicht eine Sekunde seines Lebens als behindert angesehen. Er war überdurchschnittlich intelligent, überdurchschnittlich zurückhaltend und still und überdurchschnittlich ehrgeizig, mehr nicht.

Die Psychologin, die vor einigen Jahren die Diagnose gestellt hatte, hatte Charlotte darauf hingewiesen, dass Malte zum Beispiel Anspruch auf einen Behindertenausweis habe, etwas, das ihm, der es nicht gerade leicht im Leben gehabt hatte und in Zukunft auch nicht haben würde, etliche Vergünstigungen einbrächte. Doch Malte hatte einen solchen Ausweis nicht gewollt, bis heute nicht. Und sie hatte es verstanden.

Sie unterdrückte ein Seufzen und lächelte Dr. Liedtke an. »Sagten Sie nicht neulich, dass Malte zu den besten Schülern gehört, die Sie je unterrichtet haben? Und dass Sie stolz sind, ihn an der Schule zu haben?«

Seine Antwort musste sie nicht hören, weil sie sie kannte. Plötzlich durchfuhr sie ein ungutes Gefühl. »Hat einer der Mitschüler gesagt, dass er Malte nicht dabeihaben will?«

Dr. Liedtke schüttelte langsam den Kopf. »Nein, ich fürchte lediglich …« Er schien über etwas nachzudenken und sagte schließlich: »Na schön, ich bin einverstanden, dass Ihr Sohn mit in die Eifel fährt.«

Erwartete er, dass sie sich nun bedankte, ihm sagte, wie wunderbar sie seine Entscheidung fand und wie überaus großmütig er doch war?

Nun, da konnte er ewig warten.

Charlotte nickte knapp und wandte sich zur Tür.

»Ach, und Frau Kristen …«

Sie drehte sich zu ihm um.

»Die Reise wird nicht ganz billig sein.«

Reg dich jetzt bloß nicht wieder auf …

»Als alleinerziehende Mutter haben Sie natürlich Anspruch auf Beihilfe.«

Ihm schien es nicht mal unangenehm zu sein, sie auf dieses heikle Thema anzusprechen. Dabei hatte sie noch nie um finanzielle Unterstützung gebeten, bisher hatte sie immer selbst für ihren Sohn sorgen können.

»Nicht nötig. Trotzdem vielen Dank, Herr Dr. Liedtke.«

Damit öffnete sie die Tür und ließ sie hinter sich zufallen. Einen Moment lang musste sie stehenbleiben. Sie hatte ein sonniges Gemüt, aber es gab durchaus Momente, in denen sie kurz vor dem Explodieren stand. Sie verknotete den Gürtel ihres Trenchcoats, hängte sich ihre große Handtasche um und lief rasch den langen Flur entlang.

Zwei Schüler kamen aus einem der Räume und stießen beinahe mit ihr zusammen, weil sie die Köpfe zusammengesteckt und auf ihre Smartphones gestarrt hatten. Charlotte wich ihnen geschickt aus, drückte die Glastür auf und war unendlich froh, als sie draußen an der frischen Luft stand.

Die Kirchturmuhr von St. Georgen schlug zwölf, als Charlotte kurz darauf über den Marktplatz ging.
Sie hob nur kurz den Kopf und blickte in die Richtung, aus der die Schläge zu hören waren.

Nach einer, nein eigentlich zwei nervenaufreibenden Beziehungen war sie vor fünfzehn Jahren von Hamburg nach Wismar gezogen. Ihr Sohn war hier geboren worden.

Nach der Asperger-Autismus-Diagnose war sie zunächst wie vor den Kopf geschlagen gewesen, bald aber hatte sich ihr Gedankenknäuel aufgedröselt und jedes einzelne Puzzleteil sich in ein anderes gefügt.

Endlich hatte sie gewusst, warum Malte war, wie er war.

Warum er zurückhaltender, stiller war als andere Kinder, nervöser, abwesender. Warum er oft über Dinge lachte, die sie nicht lustig finden konnte. Warum er sie nur so selten ansehen mochte und sich nicht gern umarmen ließ. Seine Großeltern hatten sich häufig darüber beklagt, dass er ihnen nicht einmal die Hand geben wollte, von einer beinahe erdrückenden Umarmung gepaart mit feuchten Küssen ganz zu schweigen.

Malte war ausgesprochen klug, wissbegierig und neugierig. Er hatte immer auf alles eine Antwort gesucht, und als er in die Schule gekommen war, hatte ihr sein unglaublicher Ehrgeiz manchmal Angst gemacht. Für ihn grenzte eine Drei in einer Klassenarbeit an einen Weltuntergang. Der Sportunterricht war seit jeher die Hölle für ihn, da er eine andere Körperwahrnehmung hatte als andere.

Dafür gab es regelmäßig Momente, in denen Charlotte stumm und zutiefst beeindruckt in der Tür gestanden und ihm zugesehen hatte. Dann nämlich, wenn er bäuchlings auf dem Teppich gelegen und mit seiner Ritterburg gespielt hatte. Oder wenn er versonnen lächelnd am Fenster gestanden und die Spatzen beobachtet hatte, die sich draußen im Garten in kleinen Erdlöchern wälzten. Wenn er ein Puzzle gemacht hatte, bei dem sie kapitulieren musste oder wenn seine Augen geleuchtet hatten, weil sie ihm seinen heißgeliebten Tigerenten-Pudding gekocht oder seinen ebenso geliebten Plüschpinguin wiedergefunden hatte, der tagelang spurlos verschwunden gewesen war.

Hatte Malte sich darauf eingelassen, mit anderen Kindern zu spielen, so waren die hinterher der einhelligen Meinung gewesen, noch nie einen so phantasievollen, fairen Spielkameraden gehabt zu haben.

Sein Gerechtigkeitssinn war sehr ausgeprägt, nichts konnte ihn mehr bestürzen, als zusehen zu müssen, wie jemand schlecht und unfair behandelt wurde. Bei Tieren war es noch schlimmer. Einen verletzten oder gar überfahrenen Igel sehen zu müssen, ließ ihn in Tränen ausbrechen, und bei einer streunenden Katze drehten sich seine Gedanken tagelang darum, ob das arme Tier wohl etwas zu fressen finden würde.

Als sie damals nach Wismar gekommen war, war der Kirchturm von St. Georgen das Erste gewesen, was Charlotte gesehen hatte. Wismar hatte sie sofort ins Herz geschlossen.

Sie und ihr Sohn hatten eine hübsche, urgemütliche Altbauwohnung mit einer Dachterrasse bezogen, von der aus man über die Dächer der Stadt blicken konnte. Eine Aussicht, um die sie noch heute jeder beneidete.

Ihr Handy klingelte. Das Ding mochte sie nach wie vor nicht besonders. Sie hatte es nur angeschafft, damit Malte sie jederzeit erreichen konnte. Und umgekehrt natürlich auch. Manchmal trieb er sich stundenlang irgendwo am Hafen oder in einem der Museen herum, ohne auf den Gedanken zu kommen, dass sie sich Sorgen machen könnte. Wenn sie ihn dann später erleichtert kurz umarmt und ihm gesagt hatte, dass sie halb krank vor Sorge gewesen wäre, hatte er sie verwirrt und verständnislos angesehen und gemeint, er würde doch immer wieder nach Hause kommen, warum sie sich dann jedes Mal sorgen würde?

Sie warf einen Blick aufs Display. *Eva ruft an ...*

»Hallo, Eva. Schön, dass du anrufst.« Sie beide hatten sich kennengelernt, gleich nachdem Charlotte in die Stadt gezogen war. Das Universum hatte ihr Eva gesandt, davon war sie noch heute fest überzeugt. »Wie geht's dir?«

»Prima, ich bin auf dem Weg ins Theater.«

Ihre Freundin arbeitete als Maskenbildnerin.

Charlotte hörte eine schrille Fahrradklingel, dann ein »Huch!«. Wahrscheinlich hatte Eva Mühe, ihr Rad über das Kopfsteinpflaster zu lenken. »Und was machst du gerade, Charlie?«

»Ich hab mich mit Maltes Lehrer rumgeschlagen. Er wollte Malte von der Klassenfahrt ausschließen.«

»Wie bitte?«

»Er sagt, Malte würde sich ja doch nur zurückziehen und an nichts teilnehmen. Verweigern nannte er es.«

»Das ist die Höhe! Ich hoffe, du hast ihm gehörig den Marsch geblasen.« Eva lachte. Dann wieder ein »Huch!«, schließlich ein Schnaufen. »Dieses verflixte Kopfsteinpflaster!«

Charlotte warf einen Blick auf ihre Armbanduhr. »Ich muss mich beeilen. Die Veterinärin kommt heute.«

»Dann bis später, Charlie. Wir telefonieren.«

Charlotte schloss die Haustür aus dunklem schwerem Holz auf und lief die mit kleinen Mosaiksteinchen gefliesete Treppe zu ihrer Wohnung hoch. Malte hatte bis halb vier Unterricht und würde nicht vor halb fünf zu Hause sein. Vorausgesetzt, er nahm den direkten Weg nach Hause, und das war mehr als unwahrscheinlich. Meistens fiel ihm irgendetwas ein, das er sich ansehen wollte, und hatte gleich darauf die Zeit und alles andere um sich herum vergessen.

Charlotte lächelte vor sich hin, während sie aus ihrer hellen Hose und der weißen Leinenbluse schlüpfte. Sie nahm eine fleckige Jeans vom Bügel und suchte ein halbwegs sauberes Shirt aus. Sie zog sich im Gehen an, suchte ihre dunklen Sportschuhe, nahm ihre Handtasche und eine Strickjacke von der Garderobe und verließ die Wohnung.

Vor knapp zwei Jahren hatte sie sich ihren Traum erfüllt und auf der Insel Poel ein kleines, uraltes Backsteinhaus mit Stall und Scheune gekauft. Sie hatte Ziegen angeschafft und wollte irgendwann eine kleine Ziegenkäserei aufmachen. Bisher steckte das Projekt noch in der Erprobungsphase, und der Käse, den sie herstellte, war ausschließlich zum eigenen Verzehr gedacht.

Charlotte war aber optimistisch, dass sich das bald ändern würde. Vielleicht würde sie sogar die Scheune zu einem kleinen Hofladen umgestalten.

Hilfe hatte sie von ihrer Nachbarin Margarethe erhalten, einer älteren Frau, die Witwe war und deren großes Glück, wie sie selbst sagte, darin bestand, Charlotte bei allem zur Hand gehen zu dürfen. Die beiden Frauen hatten sich auf Anhieb verstanden, und als wäre es Schicksal gewesen, verstand Margarethe eine Menge vom Käsen, etwas, das Charlotte selbst erst hatte erlernen müssen.

Sie hatte zwei Berufsausbildungen gemacht: eine als Landschaftsgärtnerin und eine weitere als Tischlerin.

Vom praktischen Wissen beider Berufe profitierte sie bis heute.

Sie konnte einen Garten anlegen, wusste, wie man Obst- und Ziersträucher beschnitt, und sie konnte mit Holz umgehen. Außerdem hatte sie so die letzten Jahre überbrücken können, indem sie halbtags als Gärtnerin in einem Gartenbaubetrieb gearbeitet hatte. Diesen Job hatte sie vor Kurzem aufgegeben, jetzt war die Zeit gekommen, sich voll und ganz der Käserei zu widmen.

Sie stellte das Radio an, als sie die Landstraße entlangfuhr. Das Wetter war herrlich, die Sonne schien und ein lauer Wind wehte. Sie ließ das Fenster noch weiter herunter und atmete die salzige Seeluft ein. Sogar den Weg nach Poel liebte sie. Noch nie hatte es ihr etwas ausgemacht, jeden Tag dorthin fahren zu müssen.

Sie bog rechts ab in Richtung Malchow und musste einem jugendlichen Fahrradfahrer ausweichen, der fast die komplette Straße für sich in Anspruch nahm.

Charlotte stieß ein stummes Stoßgebet aus: *Bitte lass Malte vernünftiger sein …*

Sie machte einen großen Schlenker und blickte in den Rückspiegel. Der Junge zeigte ihr den Mittelfinger, und für einen kurzen Augenblick war sie versucht, das Gleiche zu tun.

Nein, *sie* war erwachsen und wohlerzogen. Sie schüttelte amüsiert über sich selbst den Kopf.

Sie fuhr weiter in Richtung Wangern, und je näher sie ihrem Ziegenhof kam, desto kribbeliger wurde sie. Es war jeden Tag wieder etwas ganz Besonderes, wenn sie die Ziegen auf der großen Weide sah. *Ihre* Ziegen. Mittlerweile zwanzig an der Zahl. Mittendrin die beiden Ziegenböcke Gustav und Karl.

Für Karl hatte Charlotte eine ganz besondere Schwäche. Er war übermütig, frech und dreist und ein Ausbund an Lebensfreude und Energie. Gleichzeitig war er treu und verschmust. Sieben Ziegen waren im letzten Jahr von ihm gedeckt worden, und auch Gustav erledigte brav seine Pflichten. Ihn würde sie irgendwann abgeben müssen, damit er nicht seine eigene Töchterschar decken würde. Karl würde bleiben und sein Gnadenbrot bei ihr bekommen.

Charlotte fuhr auf den mit Natursteinen gepflasterten Hof und stellte den Motor aus. Sie hatte darüber nachgedacht, sich ganz auf der Insel niederzulassen, doch erst einmal würde sie das rote kleine Haus bewohnbar machen müssen.

Sie stieg aus ihrem Corsa und blieb auf dem Hof stehen. Die weißen Fensterläden am Haus mussten dringend repariert werden. Auch das rote Ziegeldach hatte schon bessere Tage gesehen. Der Garten war eigentlich gar keiner, vielmehr war er eine Ansammlung von alten Bäumen, riesigen Sträuchern, die schon lange niemand mehr beschnitten hatte, einer großen Streuobstwiese und alten Rosenstöcken, die an beiden Seiten des Hauses hochrankten. Blumenbeete und einen ordentlich gemähten Rasen gab es nicht.

Gegenüber dem Haus war eine Scheune mit einem Holztor, das grauenvoll ächzte und knarrte, wenn man es aufschob. Und direkt am Haus war ein größerer Stall mit Zugang zu einer Waschküche, die Charlotte als Melkstand umfunktioniert hatte. Daneben lagen ein Kühlraum und ein weiterer Raum, in dem der Käse hergestellt wurde. Das alles hatte auch den letzten Rest ihrer Ersparnisse aufgebraucht. So war für das Haus selbst, das saniert werden musste, vorerst kein Geld mehr da.

Charlotte hatte sich auf den ersten Blick in das Häuschen verliebt, und der Gedanke, hier Ziegen zu halten und Käse herzustellen, war so blitzartig in ihrem Kopf gewesen, dass sie sich gefragt hatte, warum sie früher nie darüber nachgedacht hatte. Es war wie ein stiller Traum, der sich nun zufällig erfüllt hatte, weil sie über dieses Haus, das seit Langem leerstand, regelrecht gestolpert war. So als habe es jemand hingestellt und gesagt: Schau, das ist deins. Gefällt's dir?

Aber sie liebte auch ihre Altbauwohnung in Wismar, die Dachterrasse, das Bummeln über die Krämerstraße oder durch den Lindengarten und das abendliche Zusammensitzen mit Eva bei einem Glas Wein am Alten Hafen.

Charlotte ging zur Weide und stellte sich an den Holzzaun. Sofort hoben die Ziegen den Kopf und begrüßten sie mit einem freudigen Meckern. Gundula, eine der schwarz-weißen Thüringer-Wald-Ziegen, kam angelaufen und rieb den Kopf an ihrer ausgestreckten Hand. Gundula war zum ersten Mal Mutter geworden. Ihre Tochter, ein bildschönes hell geflecktes Ziegenlämmchen, kam ebenfalls angesprungen und drängte sich dicht an seine Mutter. Dann lief es wieder los und machte ein paar Sprünge.

Charlotte lächelte. Sie hatte allen Ziegen Namen gegeben und noch nie Mühe gehabt, die Tiere voneinander zu unterscheiden. Sigrid zum Beispiel hatte eine gewisse Ähnlichkeit mit ihrer Tante Sigrid, Moni einen weißen Kranz um die Nase und Hedwig einen hellen Fleck am Bein.

Charlotte stieg über den Zaun und wartete, bis auch die anderen Ziegen angelaufen kamen. Sie ging in die Hocke und ließ sich ausgiebig beschnüffeln. Hedwig machte zwei Runden um sie und beschnupperte ihre Hosenbeine. Als ihr Handy klingelte, vollführte die Ziege einen Satz.

Charlotte kannte die Telefonnummer nicht.

»Ja?«

»Hier ist Sandra Müller. Ich würde gerne ein Praktikum bei Ihnen machen. Geht das?« Eine sehr junge, etwas zaghafte Stimme.

»Ja, warum nicht«, erwiderte Charlotte. Sie hatte bereits drei Praktikanten dagehabt, die sich voller Elan und Begeisterung auf die Ziegen und die Arbeit mit ihnen gestürzt hatten. »Handelt es sich um ein Schulpraktikum?«

»Ja, aber erst nach den Herbstferien. Ich dachte, besser, ich frage schon mal.«

»Warum kommst du nicht einfach vorbei, und wir lernen uns kennen«, schlug Charlotte vor.

»Cool. Und wann?«

»Morgen Nachmittag um vier?«

»Supi, dann bis morgen.« Das Mädchen legte auf.

Charlotte kraulte noch ein paar Ziegenköpfe und stieg dann über den Zaun, um zur Scheune zu gehen. Am Vortag hatte sie zwei streunende, offensichtlich noch recht junge Kätzchen gesehen. Sie schob das Tor auf, das wieder grauenvoll knarzte, und lockte die Katzen mit säuselnder Stimme. Prompt erschien ein buntgeschecktes Köpfchen mit erstaunlich großen Ohren und blickte sie neugierig an. Charlotte ging auf die Knie und streckte die Hand aus. Sie freute sich, dass endlich ein paar Katzen auf dem Hof waren und auf Mäusejagd gehen würden. Das Kätzchen kam angesprungen, warf sich vor ihr auf den Rücken und rollte sich hin und her.

Charlotte ging ins Haus, füllte zwei alte Porzellanuntertassen mit einer Mischung aus Milch und Leitungswasser und stellte sie den Kätzchen hin. Sie würde noch etwas Dosenfutter besorgen müssen.

Das knallrote Auto der Veterinärin, einer sympathischen Frau in ihrem Alter, kam auf den Hof gefahren, und Charlotte lief hin, um sie zu begrüßen.

Am Abend fuhr sie erschöpft, aber glücklich wie immer zurück nach Wismar. Die Landstraße war leer, das würde sich jedoch in den nächsten Wochen ändern, wenn die Touristen wieder auf die Insel kommen würden.

Charlotte sang laut einen Popsong mit, der im Radio lief.

Hoffentlich hatte Malte sich das Essen aufgewärmt, das sie in den Ofen gestellt hatte. Nudelauflauf, sein Lieblingsessen, und eins der wenigen Dinge, die er überhaupt aß. Malte aß eigentlich immer das Gleiche: Nudeln mit Tomatensoße, Nudelauflauf mit viel Tomatensoße, und er liebte Pizza mit wenig Tomaten und viel Käse. Für Experimente war er nicht aufgeschlossen. Sah das Essen fremdartig und sonderbar aus, rührte er es nicht an. Gutes Zureden half da nicht, das hatte sie bereits begriffen, als Malte klein war.

Manche Nahrungsmittel fühlten sich in seinem Mund »eklig« an, wie er behauptete. Früher hatte er sie einfach ausgespuckt und liegengelassen. Andere Sachen wiederum konnte er mehrere Jahre lang essen, ohne dass sie ihm zu viel wurden.

Für Charlotte gab es Schlimmeres. Wenn sie tagsüber auf Poel war, kochte sie Anfang der Woche einen riesigen Topf Tomatensoße und Unmengen an Pasta – Tiefkühlpizza war ohnehin immer im Eisschrank –, und ihr Sohn war zufrieden. Sie selbst aß einen Salat oder auch nur ein belegtes Brot, manchmal brachte sie sich auch von unterwegs einen Imbiss mit.

Malte um diese Zeit auf dem Handy anzurufen, konnte sie sich sparen, er würde doch nicht rangehen. Er spielte seit Monaten ein und dasselbe Computerspiel, wenn er aus der Schule kam. Auch das war ihm bisher nicht zu viel geworden.

Langeweile war ihm fremd. Es gab immer etwas, womit er sich beschäftigen konnte, weil er jemand war, der es einfach nur spannend fand, eine Spinne dabei zu beobachten, wie sie versuchte, eine Wand hinaufzuklettern. Während andere Teenager schnell etwas überhatten, fand Malte immer mehr Gefallen daran, und das, was andere als eintönig und öde bezeichnen würden, war für ihn lebenswichtige Routine. Sein Tag musste immer denselben Ablauf haben, sonst geriet er schnell in Panik. Er wurde jeden Morgen um dieselbe Zeit geweckt, zog am liebsten immer einen grauen Pullover und blaue Jeans an, dazu schwarzweiße Sportschuhe. Er aß jeden Morgen Cornflakes mit wenig Milch und einem Teelöffel Zucker, und sein Schulbrot bestand grundsätzlich aus drei Scheiben Vollkornbrot mit Käse und einem Salatblatt. Dazu manchmal ein paar Cocktailtomaten oder Radieschen, am liebsten eine ungerade Zahl davon. Das war Maltes Routine und irgendwie auch Überlebensstrategie, und Charlotte hatte sich daran angepasst, ohne dass sie es als Belastung oder Einschränkung empfand.

Malte war im Grunde ein umgänglicher Mensch, wenn man ihn so sein ließ, wie er nun einmal war. Versuchte man, ihn an Neues zu gewöhnen oder seine liebgewonnene Eintönigkeit durcheinanderzubringen, verweigerte er sich, und zwar komplett. Er schloss sich in sein Zimmer ein, trat in den Hungerstreik und brachte es fertig, eine ganze Woche lang kein einziges Wort zu sprechen. Charlotte hatte es nur zweimal erlebt, dass er so reagiert hatte. Einmal, als seine Großmutter ihn gezwungen hatte, einen Kindergeburtstag zu besuchen, zu dem er eingeladen worden war, und das zweite Mal, als er von der Grundschule zum Gymnasium wechseln musste. Es hatte eine Ewigkeit gedauert, bis er seinen Trott wiedergefunden und sich neu eingewöhnt hatte.

Soziale Kontakte hatte er kaum. Er hatte einen besten Freund. Laurin nahm ihn so, wie er war.

Charlotte parkte ihren Corsa und blickte hoch zu ihrer Wohnung. Das Fenster in Maltes Zimmer war gekippt, also war er zu Hause. Sobald er in sein Zimmer kam, öffnete er das Fenster, ob Winter oder Sommer.

»Ich bin wieder da!«, rief sie fröhlich, als sie in den Flur trat.

Keine Antwort. Das hatte sie auch nicht erwartet.

Sie lief barfuß zu seiner Zimmertür und klopfte dreimal an. »Malte?« Sie schob die Tür auf.

Er saß an seinem Schreibtisch, Kopfhörer auf den Ohren. So hatte er sie natürlich auch nicht hören können.

Sie ging zu ihm und verzichtete darauf, sich hinter ihn zu stellen, weil sie wusste, wie schreckhaft er war.

»Ich bin wieder da.«

Er nickte ihr zu, lächelte flüchtig.

Sie nahm ihm den Kopfhörer ab. »Hast du gegessen?«

Er nickte erneut.

»Ist für mich noch was da?«

»Jepp.«

»Super. In der Schule alles in Ordnung?«

Ein lässiges Nicken.

»Und die Mathe-Arbeit?«

Er hielt den gestreckten Daumen hoch.

»Ich bin stolz auf dich.«

Mit einem liebevollen Lächeln ging sie wieder hinaus.

Da sie zu faul war, den Auflauf aufzuwärmen, aß sie ihn einfach kalt. Dazu ein kleines Glas Chianti, und sie war bereit für einen gemütlichen, entspannten Feierabend.

2.

Malte wurde jeden Morgen um Punkt halb sieben geweckt.

Auch an diesem Morgen hatte er sich die Bettdecke so über den Kopf gezogen, dass nur sein hellbrauner Haarschopf hervorlugte. Er selbst bezeichnete sein Haar als rötlich, Charlotte hingegen nannte es zimtfarben. Sie würde es vor ihm nicht zugeben, aber sie beneidete ihn um diese wunderschöne Haarfarbe.

»Malte, aufstehen.«

Müde wandte sie sich ab, blieb aber alarmiert stehen, als er nicht wie üblich »Hmm« brummte und seine Nasenspitze nicht zum Vorschein kam.

»Alles in Ordnung?«

Keine Antwort.

»Malte? Bist du krank?«

Ohne Vorwarnung schlug er die Bettdecke zurück und setzte sich auf. Sein Haar stand in alle Richtungen ab, und er war so blass, dass sie ihn am liebsten fest an sich gezogen und auf den Scheitel geküsst hätte. Doch wenn er Berührungen überhaupt zuließ, dann mussten sie von ihm ausgehen.

»Ich hab geträumt, ich sitze in einem riesigen Bus, und der Busfahrer fährt wie ein Irrer.« Gähnend stand er auf und schnappte sich Jeans und Shirt. »Und ich konnte nicht raus. Suboptimal.«

Charlotte hob eine Hand. »Du willst doch nicht etwa die Sachen von gestern anziehen?«

Er zuckte mit den Schultern. »Warum nicht?«

Sie verzichtete darauf, ihm zu sagen, was sie davon hielt. Ganz einfach, weil er es wusste.

»Ich geh duschen.«

Schon war er an ihr vorbei und verschwand im Bad.

Einen kurzen Augenblick lang war sie versucht, ihm einfach frische Sachen hinzulegen. Nein, meine Güte, er war kein Baby mehr, sondern ein Teenager. Gerade vierzehn geworden.

Wenn er Lust hatte, in denselben Klamotten zur Schule zu gehen, dann sollte er das tun.

Charlotte ging in die Küche und deckte den Tisch. Sie stellte das Radio an und summte leise einen aktuellen Song mit, der neuerdings ständig gespielt wurde. Eigentlich konnte sie ihn schon längst nicht mehr hören.

Das Wasser im Bad rauschte und rauschte und rauschte. Ihr Sohn verpasste hin und wieder den Punkt, den Wasserhahn zuzudrehen. Dann blieb er minutenlang unter dem Wasserstrahl stehen, unfähig das Wasser abzudrehen und aus der Dusche zu steigen. Es hatte Phasen gegeben, da war es besonders schlimm gewesen. Charlotte hätte sich gewünscht, er wäre mit einer Therapie einverstanden gewesen. So aber hatte er sich etliche Monate mit diesem Kontrollzwang abgequält. Auch hatte es Zeiten gegeben, wo er unzählige Male zu seiner Zimmertür gegangen war, um sich zu vergewissern, dass er sie auch wirklich zugezogen hatte. Es wäre vollkommen egal gewesen, Charlotte betrat sein Zimmer nur mit seinem Einverständnis, außerdem hätte sie die Tür schließen können. Doch das alles hatte keinen Sinn gehabt. Malte hatte wieder und wieder kontrolliert, dass er sie zugemacht hatte.

Jetzt ging sie zur Badezimmertür und klopfte zweimal an.

»Malte? Alles in Ordnung?«

Durch das Wasserrauschen war ein gedämpftes »Jepp« zu hören. »Brauchst du Hilfe?«, fragte sie dennoch.

»Nein.«

Nach einer kleinen Weile wurde das Wasser abgestellt und die Schiebetür geöffnet.

Charlotte ging zurück in die Küche und trommelte etwas nervös mit den Fingern auf der Tischplatte. Hoffentlich würde er nicht zu spät kommen, denn das hasste er ganz besonders.

Den Klassenraum zu betreten, in dem bereits alle versammelt waren, war unerträglich für ihn.

Charlotte wartete, bis der Kaffee durchgelaufen war und schenkte sich eine große Tasse ein.

»Malte?«, rief sie laut. »Du musst dich beeilen.«

Hunger hatte sie nicht, sie könnte mit Grete frühstücken.

Ihr fiel ein, dass die Praktikantin heute kommen und sich vorstellen wollte. Wie hieß sie gleich? Sonja, Sabrina?

Himmel noch mal, sie hätte sich den Namen aufschreiben sollen.

»Hast du das Geld für die Klassenfahrt schon überwiesen?«

Sie fuhr zusammen, als ihr Sohn hereinkam. Sein Haar

war nass, um die Schultern hatte er sich ein dunkelgrünes Handtuch gelegt.

»Was? Ach so, nein, aber ich gehe heute zur Bank.«

Sie hatte ihm natürlich nicht erzählt, dass sein Klassenlehrer es gern gesehen hätte, wenn er nicht mitfahren würde. Genauso wenig wie sie ihm sagen würde, dass sie seinen Lehrer nicht besonders gut leiden konnte.

Er setzte sich an den Tisch und schüttete eine Handvoll Cornflakes in seine Müslischale, dazu ein Teelöffel Zucker und etwas Milch.

»Wenn du dich etwas beeilst …«

Er nickte.

»Ich war noch nie in der Eifel«, sagte sie gedankenverloren und nippte an ihrem Kaffee.

»Ich will dort Versteinerungen suchen.«

Sie lächelte ihn an und setzte sich, den Kaffeebecher in der Hand, zu ihm. Die Tischplatte demonstrierte sehr deutlich, dass häufig daran gegessen und gespielt worden war.

Als Malte fünf gewesen war, hatte er mit einem Stift seinen Namen hineingeritzt und war fassungslos gewesen, als sie nicht in Jubel ausgebrochen war, weil er seinen Namen schon schreiben konnte. »Du hättest ein Blatt Papier nehmen können, Spatz«, hatte sie gemeint, und er hatte sie mit großen Augen angeschaut und gesagt: »Auf dem Tisch sieht es viel schöner aus.«

Mit einem Finger strich sie über die krakeligen Buchstaben.

»Was?«, fragte er und schob seine leere Schale über den Tisch.

Sie zeigte auf das schiefe M in der Tischplatte. »Da warst du kaum fünf.«

Es schien ihn nicht besonders zu interessieren, wahrscheinlich hatte sie ihm diese kleine Anekdote auch schon gefühlte hundert Mal erzählt.

Er stand auf und zeigte auf eine weitere Schramme in der Tischplatte. »Und hier neun.«

Sie musste kurz überlegen. Dann fiel ihr ein, dass er damals mit einem Feuerwehrauto auf dem Tisch herumgefahren war. Die kleinen Reifen hatten diese Rillen hinterlassen.

»Das weißt du noch?«, fragte sie verblüfft.

Er legte den Finger auf einen weiteren Kratzer. »Und das da ist passiert, als Jule hier war.«

Charlotte betrachtete den Kratzer mit zur Seite geneigtem Kopf. »Stimmt. Wir haben Backgammon gespielt, und Jule ist der Kerzenleuchter umgekippt. Gott sei Dank war keine brennende Kerze drin. Das Ding war verdammt schwer.« Sie blickte ihren Sohn an. »Dass du dich daran noch erinnerst.«

»Ich war sieben oder acht.«

»Stimmt. Jule hatte dir diesen kleinen Betonmischer mitgebracht, weißt du noch?«

Juliane, Jule genannt, war Charlottes drei Jahre ältere Schwester. Sie lebte mit ihrem Mann Thomas und den beiden Töchtern Sarah und Lena in der Nähe von Schleswig. Malte mochte seine einzige Tante sehr, was auf Gegenseitigkeit beruhte.

»Den hab ich noch.«

»Wirklich?«, fragte Charlotte ungläubig und musste lachen. Dann warf sie einen Blick auf die Wanduhr. »Ach herrje, jetzt wird's aber Zeit!«

Sie verstaute seine Schulbrote in seinem Rucksack und

beantwortete brav seine Fragen, ob es auch wirklich drei Scheiben Vollkornbrot mit Salat und Käse waren. Wie jeden Morgen. Und wie jeden Morgen versuchte sie, geduldig abzuwarten, bis er seine Jacke angezogen hatte – wenn er denn eine brauchte – und sich nicht anmerken zu lassen, dass es eigentlich schon höchste Eisenbahn war. Für sie beide.

Ihre Ziegen schätzten es auch nicht besonders, wenn sie zu spät zum Melken kam.

»Heute soll's warm werden.«

Er sah sie verwirrt an. »Keine Jacke?«

»Nimm sie ruhig mit.«

Skeptisch blickte er aus dem Fenster.

Der Himmel war strahlendblau, nicht eine Wolke war zu sehen. Der Wetterdienst hatte Sonnenschein und bis zu zwanzig Grad vorhergesagt.

»Regen?«

»Heute eher nicht. Ach, da fällt mir ein: Heute kommt eine Praktikantin, um sich vorzustellen. Ich werde nicht pünktlich zu Hause sein.«

Er blieb unschlüssig an der Tür stehen.

»Kannst du noch mit zu Laurin gehen?«

Darüber schien er nachzudenken. Schließlich nickte er. »Das geht. Bis fünf spielen wir das Computerspiel, und dann gehe ich nach Hause.«

Überraschungen dieser Art schätzte er natürlich nicht besonders, sie brachten seinen durchgeplanten, routinierten Ablauf durcheinander. Wenn sie nicht zur gewohnten Zeit zu Hause sein konnte, versuchte sie immer, ihm rechtzeitig Bescheid zu geben, damit er sich darauf einstellen konnte. Als er noch klein gewesen war, hatte sie alles stehen und liegen lassen, um pünktlich zu sein. Inzwischen ging er wesentlich lockerer damit um.

Charlotte versuchte, sich nicht anmerken zu lassen, wie erleichtert sie dennoch war.

»Soll ich dich abholen?«

Er schüttelte den Kopf, nickte, lächelte sogar flüchtig und zog die Tür hinter sich zu.

Puh, das wäre geschafft.

Schnell räumte sie den Tisch ab und das Geschirr in den Geschirrspüler. Dann nahm sie ihr Handy, hörte die Mailbox ab, und als keine nennenswerten Nachrichten darauf waren, die sofort beantwortet werden mussten, stieg sie in ihren Corsa und machte sich auf den Weg nach Poel.

Sabrina? Oder Saskia? Verflixt, wie hieß das Mädchen gleich noch? Irgendwas mit S, und der Nachname war einer dieser ganz Gewöhnlichen, etwas wie Meier oder Schulze.

Die ganze Fahrt über hatte Charlotte gegrübelt und stieg nun aus dem Wagen, ohne eine Antwort gefunden zu haben.

Moni und Karl kamen an den Zaun und begrüßten sie freudig. Sie kraulte die beiden unterm Kinn, dort wo sie es gern hatten, und ging dann zum Haus, um sich ihren Overall und die Gummistiefel anzuziehen.

Am Wochenende würde sie mit ihrem Sohn herkommen. Malte fühlte sich auf der Insel sehr wohl, und auch er liebte die Ziegen. Aber er liebte im Grunde alle Tiere, sogar Ameisen und Käfern konnte er etwas abgewinnen. Vor der Arbeit hatte er sich auch noch nie gedrückt. Er mistete die Ställe aus und reparierte die Zäune und Unterstände.

Ein paar Ziegen warteten schon im Melkstand, die anderen kamen angelaufen, als Charlotte einen schrillen Pfiff auf zwei Fingern ausstieß. Hedwig streckte ihren Kopf durch die kleine Öffnung, wo die Schale mit dem Kraftfutter stand, und begann sofort hingebungsvoll zu fressen. Hinter ihr kletterte Elise in den Melkstand, und gerade als Charlotte Tamara an die Melkanlage anschloss, kam Grete auf ihrem rostigen Fahrrad auf den Hof gefahren.

»Bin zu spät. Entschuldige, Charlotte!«, rief sie schon von Weitem. Sie trug ihre obligatorische karierte Kittelschürze und das hellblaue Kopftuch auf dem kurzgeschnittenen grauen Haar. »Alles gut bei dir zu Hause?«

Womit sie wissen wollte, ob es Malte gut ging.

»Alles bestens, Grete.«

»Und selbst?«

»Und selbst auch.« Charlotte zeigte auf Lotti, die ebenfalls ihr erstes Junges bekommen hatte. Lotti war eine hingebungsvolle, zärtliche Mutter, die ihre kleine Tochter keine Sekunde aus den Augen ließ. »Sieh dir unsere Lotti an.«

Grete schnalzte mit der Zunge. »Man muss ja froh sein, dass sie uns an ihr Kind überhaupt rangelassen hat, damit wir wissen, ob's ein Mädchen oder Junge ist.«

Lotti drehte den Kopf, so als wisse sie, dass über sie gesprochen wurde. Malte hatte ihr den Namen gegeben, weil er meinte, eine der Ziegen müsse unbedingt den Namen seiner Mutter haben. Charlotte hatte gedroht, einen der jungen Böcke Malte zu taufen, es dann aber doch bleiben lassen.

»Es hat noch keinen Namen, Grete. Ich finde, du solltest ihm einen geben.«

»Meinst du das ernst, Charlie?«

Inzwischen nannte auch sie Charlotte so, wobei sie es Scharlie aussprach.

»Sicher meine ich das ernst.«

Grete hatte ganz rosige Wangen bekommen. Ob sie sich so darüber freute?

»Dann würde ich's Lenchen nennen.«

Charlotte gab Karl einen kleinen Schubs, weil er ihre Stiefel etwas zu genau inspizieren wollte. »Lenchen? Ein hübscher Name.«

Eine knappe Stunde arbeiteten die beiden Frauen schweigend weiter, bis alle Ziegen gemolken und wieder auf die Weide getrabt waren. Dann schlüpfte Charlotte aus ihrem Overall und nahm die Haube ab. Die Gummistiefel zog sie wieder an. Sie wusch sich gründlich die Hände.

»Kaffee?«, fragte sie Grete.

»Gerne.« Grete stellte den letzten Milchbehälter in die Kühlung.

Charlotte war schon fast aus der Tür, als ihr die Katzen wieder einfielen, die sie am Vortag gesehen hatte. »Da sind mindestens zwei Kätzchen im Stall. Hab sie gestern entdeckt.«

»Endlich kümmert sich einer um das Mäusepack.«

Charlotte wusste, dass ihre Nachbarin schreckliche Angst vor Mäusen hatte. Ihr selbst machten die kleinen Fellknäuel nichts aus, nur hier, wo gemolken, und nebenan, wo gekäst wurde, hatten sie nichts zu suchen.

Grete wusch sich ebenfalls die Hände. »Dann will ich mal sehen, ob ich sie finde.«

Charlotte ging in die Küche, den größten Raum im ganzen Haus, und setzte Wasser auf.

Im ganzen Haus waren Holzböden, die knarrten, wenn

man darüberging. Nur in der Diele gab es einen Mosaikfußboden, der sehr gut erhalten war. Hier stand auch ein alter Kachelofen, der noch funktionierte und vermutlich das komplette Haus beheizen würde.

Die Wände der Küche waren so schief, dass man wohl nie eine gewöhnliche Einbauküche dort unterbringen konnte. Doch das würde Charlotte auch gar nicht wollen.

Sie nahm zwei Tassen aus dem Regal, das sie neu angeschafft hatte, damit sie wenigstens etwas Geschirr unterbringen konnte. In der Küche stand auch eine alte Küchenhexe, die sicherlich ewig nicht mehr benutzt worden war. Ein echtes Schätzchen. Charlotte war damals in lautes Jubeln ausgebrochen, als sie sie entdeckt hatte.

Außerdem gab es eine große Keramikspüle, auch die uralt und verkratzt. Charlotte hatte sie geschrubbt und poliert, aber auch danach sah sie noch immer genauso alt aus, wie sie vermutlich war.

In der Mitte des Raums hätte ein riesiger Tisch mit mindestens sechs Stühlen darum Platz. Charlotte gab sich hin und wieder romantischen Träumen und Phantasien hin: Sie umgeben von Familie und Freunden in dieser großen Wohnküche, versammelt um einen langen Holztisch mit verschiedenen Stühlen, luftige Vorhänge an den Fenstern, die nie zugezogen werden mussten, weil es keine Nachbarn gab, die neugierige Blicke hereinwerfen konnten. Grete war die einzige Nachbarin, und selbst sie wohnte so weit entfernt, dass es sich lohnte, das Rad zu nehmen. In der Diele würde ein Bauernschrank stehen, und die Holztreppe wäre ausgebessert, abgeschliffen und neu gestrichen worden, genau wie die alten Holzfußböden.

Ihr eigener lauter Seufzer riss sie unsanft aus ihren Gedanken.

Grete stand in der Tür und blickte sie erstaunt an. »Was seufzt du denn so?«

»Ich hab gerade darüber nachgedacht, was man aus diesem Häuschen alles machen könnte.«

»Das hat mein Fritz auch immer gesagt.«

Gretes Mann war ein Jahr zuvor gestorben. Charlotte hatte ihn als freundlichen, überaus warmherzigen Menschen kennengelernt.

Sie stellte den Keramikfilter auf die Porzellankanne, die sie erst neulich auf dem Flohmarkt erstanden hatte, und ließ das kochende Wasser durchlaufen. Sofort erfüllte ein würziger Kaffeeduft den Raum.

»Hast du die Katzen gefunden?«

Grete nickte schmunzelnd. »Drei. Eine hübscher als die andere.«

»Drei? Na, Hauptsache, sie fangen ordentlich Mäuse. Hast du schon gefrühstückt?«

»Hast du was mitgebracht?«, fragte Grete zurück.

Charlotte wusste, wie sehr Grete frische Brötchen liebte, ganz besonders die mit Rosinen. Sie zeigte auf den Korb, den sie auf einen der Stühle gestellt hatte. »Frische Rosinenbrötchen.«

»Wie du mich wieder verwöhnst.«

Lohn hatte Grete von Anfang an nicht gewollt. »Was brauch ich groß«, hatte sie gemeint. »Wenn ich mir ab und zu ein bisschen Käse mitnehmen darf, reicht mir das.«

Charlotte stellte zwei Teller auf den Tisch, dazu zwei unterschiedliche Kaffeebecher. Dann holte sie ein Stück Butter aus dem großen Kühlschrank.

»Oben bei mir auf dem Speicher hab ich einen Schrank und eine Frisierkommode«, erzählte Grete, während sie sich ein Rosinenbrötchen mit Butter bestrich. »Kannst sie dir ja mal anschauen. Würden prima hier reinpassen.«

Charlotte hatte im Geiste schon einige aufgearbeitete Möbel in den Räumen gesehen.

Grete strich ihr über den Handrücken. »Irgendwann machst du dir das Haus fertig.«

Hatte sie Charlottes Gedanken gelesen?

»Wenn ich im Lotto gewonnen habe.« Charlotte verzog das Gesicht. »Dazu müsste ich aber erst mal Lotto spielen.«

Sie hatten eine neue Käsesorte hergestellt, einen Frischkäse mit wildem Bärlauch. Grete hatte ein Töpfchen davon mitgenommen und war laut singend, wie sie das häufig tat, nach Hause geradelt.

Charlotte war sehr zufrieden mit dem Ergebnis. Der Käse roch phantastisch und schmeckte hervorragend. Sie würde auch diesmal die Kontrollergebnisse abwarten und dann mit Grete über den baldigen Verkauf sprechen. Vorerst würde es genügen, wenn sie den Käse auf der Insel verkaufen könnte, später dann würde sie den Verkauf auf Wismar und Umgebung ausweiten wollen. Vorausgesetzt, sie könnten auch so viel Käse herstellen.

Während sie sich die Hände wusch, dachte sie darüber nach, wie köstlich der Käse zu frischgebackenem hellem Brot schmecken würde.

Sandra war zierlich, hübsch und hatte flachsblondes Haar. Charlotte ertappte sich dabei, wie sie darüber nachdachte, ob das schlanke Mädchen wohl zupacken konnte.

»Ich nehme mal an, du magst Ziegen.«

Sie gingen nebeneinander her zur großen Weide, wo die Ziegen friedlich beieinanderstanden und grasten. Wenn man mal davon absah, dass Gundula und Evi um den besten Platz rangelten.

»Wollt ihr euch wohl vertragen?«, rief Charlotte zu ihnen hinüber, und die Ziegen drehten den Kopf.

»Die sind ja niedlich«, meinte Sandra und lockte sie mit honigsüßer Stimme. »Haben sie alle einen Namen?«

»Na klar.«

Charlotte pfiff wieder auf zwei Fingern, etwas, was ihr Rolf, mit dem sie zwei Jahre zusammengelebt hatte, mehr zum Spaß beigebracht hatte. Wenn er wüsste, wie gut sie es mittlerweile konnte.

Sandra wandte den Kopf und sah sie überrascht an. »Wow!«

»Reine Übungssache.«

Ein paar der Ziegen kamen angetrottet, eher gelangweilt als wirklich an ihnen interessiert. Charlotte zeigte auf die beiden schwarz-weißen Tiere, die vorneweg liefen. »Das sind Gundula und Rieke.«

»Voll niedlich.«

»Und der große Bursche gleich hinter ihnen ist Karl. Er ist verfressen, unverschämt, und er riecht ziemlich streng. Aber ansonsten ist er ein lieber Kerl.«

Sandra kraulte Gundulas Kopf. »Ihre Augen sind ein bisschen gruselig.«

Charlotte lächelte belustigt. Der Meinung waren viele Menschen.

»Das legt sich, wenn du mehr mit ihnen zu tun hast.« Sie streckte die Hand aus, und Sandra nahm sie ein wenig verdutzt. »Von mir aus kannst du gerne das Praktikum bei mir machen.« Sie zeigte dem Mädchen die Ställe und die Käserei.

»Die Hygienevorschriften sind gewaltig. Wenn du mehr sehen möchtest, müsste ich dich mit der Brause von oben bis unten desinfizieren. Möchtest du?«

Sandra schüttelte grinsend den Kopf.

»Wie bist du eigentlich auf mich gekommen?«

»Durch meine Mutter, und die weiß es von einer Freundin.«

Charlotte ging durch den Kopf, dass sie sich dringend um ein wenig Werbung kümmern sollte. Ein kleiner Zeitungsartikel zum Beispiel wäre wunderbar und bestimmt sehr effektiv.

»Dann bis bald. Und vielen Dank, Frau Kristen.«

»Ach, sag bitte Charlotte zu mir.«

»Okay.«

Sandra ging über den Hof.

Charlotte war noch etwas eingefallen und folgte dem Mädchen.

»Muss ich kein Formular ausfüllen?«

»Ein Formular? Nein, wieso?«

»Immerhin sind wir in Deutschland«, gab Charlotte zurück und zuckte mit den Schultern.

»Meinem Lehrer reicht, wenn ich ihm sage, dass ich einen Praktikumsplatz habe. Der ist da echt locker.«

Charlotte hob anerkennend die Augenbrauen. »Donnerwetter, so ein Lehrer ist mir lange nicht mehr begegnet.«

Und die letzte Begegnung mit einem Lehrer lag noch nicht lange zurück.

»Dr. Liedtke ist ziemlich cool.«

»Moment mal, sagtest du gerade Dr. Liedtke?«

»Ja, kennen Sie ihn etwa?«

»O ja.« Sie unterdrückte ein Seufzen. »Dann gehst du auf dieselbe Schule wie mein Sohn.«

Kurz nachdem das Mädchen davongeradelt war, kamen zwei der Kätzchen aus der Scheune und tollten auf dem kleinen Hof herum. Sie kugelten sich und sprangen übereinander, bissen sich gegenseitig in die kleinen, spitzen Ohren und fauchten sich an.

Charlotte war schon spät dran, doch sie konnte sich nur schlecht von dem drolligen Anblick lösen, und sie mochte nicht einfach fahren, ohne ihnen etwas zu fressen gegeben zu haben. Sicherlich waren sie noch nicht imstande, ihr Futter selbst zu erlegen. Also sprintete sie ins Haus, holte eine der Dosen, die sie besorgt hatte, und verteilte das Futter auf drei Untertassen. Dann packte sie rasch ihre Sachen zusammen, sprang in ihren Corsa und fuhr vom Hof. Nicht ohne eine ordentliche Staubwolke zu hinterlassen.

Sie war kaum drei Kilometer auf der Landstraße gefahren, als sie etwas weiter vorn an der rechten Straßenseite einen Polizeiwagen entdeckte. Blitzschnell trat sie auf die Bremse, doch es war zu spät. Ein freundlich aussehender, älterer Polizeibeamter winkte sie an die rechte Seite.

»Mist! Verdammt!« Sie ließ das Fenster herunter. »Guten Abend.«

Hoffentlich war ihr breites Lächeln nicht allzu aufgesetzt.

»Wen haben wir denn da?« Ach, du lieber Himmel, sie kannte ihn. Und er sie ganz offensichtlich auch. »Ihren Namen habe ich gerade nicht parat, aber wir kennen uns ja bereits. Ihre Papiere, bitte.«

Charlotte unterdrückte ein Aufstöhnen und kramte im Handschuhfach nach den Fahrzeugpapieren.

»Mein Führerschein ...«, sagte sie zerstreut, während sie in ihrer Handtasche wühlte. »Verdammt, ich weiß gerade nicht ...«

Er notierte sich etwas. »Wieder mal ziemlich flott unterwegs.«

»Ja, ich weiß«, erwiderte sie zerknirscht. »Ich hab's furchtbar eilig und da ...«

»Haben Sie ordentlich aufs Gas getreten.« Er nickte und reichte ihr den Fahrzeugbrief. »Fahrerlaubnis gefunden?«

»Leider nicht.«

Er schien zu überlegen. Sein jüngerer Kollege war ebenfalls aus dem Wagen gestiegen und stellte sich nun neben ihn. Charlotte kannte ihn nicht, sie hatte bisher nur mit dem Älteren zu tun gehabt. Und das leider mehr als nur einmal.

»Sie findet ihre Fahrerlaubnis nicht«, erklärte er seinem jungen Kollegen.

»Vielleicht hat sie gar keine«, meinte der ein wenig hämisch.

»Ich hab eine«, entgegnete sie giftig.

»Sie hat eine«, gab sein älterer Kollege zurück. »Wir kennen uns bereits.«

Charlotte wäre am liebsten im Erdboden versunken. Der junge Polizist schlenderte zum Wagen zurück und kroch halb hinein. Sie hörte, wie er etwas über Funk durchgab.

»Hören Sie«, versuchte sie es bei dem netten Polizeibeamten. »Es tut mir wirklich wahnsinnig leid. Ich bin viel zu spät dran, und mein Sohn ...«

Sollte sie es ihm einfach erklären? Vielleicht hatte er Mitleid und würde sie weiterfahren lassen. Ein Unmensch war er nicht, und bestimmt hatte er selbst Kinder. Und Enkelkinder.

»Was ist mit Ihrem Sohn?«

Sie räusperte sich. »Er ist Autist. Und wenn ich zu spät nach Hause komme, bringt das alles durcheinander für ihn. Verstehen Sie? Er reagiert manchmal ein wenig panisch und da ...« Sie übertrieb bewusst, eigentlich schwindelte sie ja sogar. Malte wusste, dass sie später kommen würde. Das konnte der Polizist aber Gott sei Dank nicht wissen.

Er nickte zögernd. War da Verständnis in seinem Blick?

»Sie könnten früher losfahren«, schlug er vor.

»Das mache ich normalerweise auch. Aber heute kam eine junge Praktikantin, und ich konnte sie schlecht vom Hof werfen.«

Autsch, Sandra war nicht schuld daran, dass sie zu spät war. Aber das musste sie ihm ja nicht auf die Nase binden.

Er nahm die Mütze ab und kratzte sich am Kopf. Dann nickte er wieder. »Fahren Sie weiter.«

»Wirklich?«

Er beugte sich zu ihr ins Fenster. »Sie haben einen flotten Bleifuß, junge Frau. Ich möchte Sie nicht mehr anhalten müssen. Klar?«

Sie nickte eifrig. »Klar.«

Er tippte sich an die Mütze, und bevor er es sich wieder anders überlegen konnte, hatte Charlotte den Motor gestartet. Mit einem Kavalierstart fuhr sie los, den Kopf leicht gesenkt, damit niemand ihr rotes Gesicht sehen konnte.

»Das wievielte Mal war das jetzt?«, fragte Malte, als sie gemeinsam am Tisch saßen, er über seiner obligatorischen Portion Nudelauflauf und Charlotte bei einem Käsebrot und einem kühlen Hefeweizen.

»Keine Ahnung.«
»So oft?«
»Ja, ich weiß, Malte, du hast ja recht. Ich werde langsamer fahren.«
»Oder besser aufpassen.«
»Da gab's nichts aufzupassen. Der Polizeiwagen stand plötzlich da. Hätte ich ihn vorher gesehen ...« Sie winkte ab.

Das Hefeweizen hatte ihre müden Lebensgeister geweckt, und erstaunlicherweise bekam sie Lust auf einen kleinen Bummel durch die Altstadt. Da das durchaus zu ihrer Feierabendtätigkeit gehörte, war es für ihren Sohn nicht weiter ungewöhnlich und somit keine große Sache. Er würde noch ein wenig am Computer spielen und dann ins Bett gehen.

»Ich glaube, ich rufe Eva an, ob sie Lust auf ein Glas Wein am Alten Hafen hat.«

Malte stand auf und gähnte. »Okidoki, bis morgen.«
»Bis morgen, mein Großer. Schlaf gut.«

Sie hatte vergessen, das Geld für die Klassenfahrt einzuzahlen. Verflixt noch mal! Sie sollte sich wirklich eine To-do-Liste machen. Hoffentlich würde Malte nicht nachfragen. Denn so etwas gehörte eindeutig zu den Dingen, die ihm Kopfzerbrechen bereiten würden. Einmal hatte sie vergessen, seinen Zahnarzttermin zu verschieben, und er hatte deswegen eine schlaflose Nacht gehabt.

Sie überlegte kurz, das Geld online zu überweisen, beschloss dann aber, gleich am nächsten Morgen zur Bank zu fahren.

Sicherheitshalber würde sie sich einen Zettel schreiben und ihn an die Kühlschranktür heften.

In Leinenballerinas, weißen Jeans und dunkelblauem Shirt, eine leichte Jacke über dem Arm, war Charlotte wenig später zum Alten Hafen geschlendert, die Sonnenbrille auf dem Kopf. Was für ein herrlicher Abend! Die Kneipen, Restaurants und Straßencafés lockten die Passanten mit hübschen Bistrotischchen vor dem Haus und leiser Musik im Hintergrund. Die Kirchturmuhr von St. Georgen schlug acht.

Eva wartete bereits, sie saß auf einem bequem aussehenden Stuhl, den Kopf im Nacken, die Augen geschlossen.

Charlotte schlich sich an, tippte ihr auf die Schulter und ergötzte sich an ihrem erschrockenen Gesichtsausdruck.

»Charlie! Musst du dich so anschleichen!«

»Entschuldige, ich konnte nicht widerstehen.«

Sie setzte sich und bestellte ein Glas trockenen Rotwein. Die Luft war wunderbar warm und doch frisch von der leichten Brise, die vom Hafen zu ihnen herüberwehte.

»Wie war dein Tag?«, wollte Eva wissen und schob sich die verspiegelte Sonnenbrille auf den Kopf.

»Wunderbar. Wir haben einen leckeren Frischkäse hergestellt, der dich umhauen wird.« Charlotte griff in ihre Umhängetasche und schob ein kleines Töpfchen über den

Tisch. Ihre Freundin schnappte es sich und ließ es sofort in ihre Tasche fallen.

»Hast du Angst, es könnte dir jemand wegnehmen?«

Eva zuckte mit den Schultern. »Es wird sich rasend schnell rumsprechen, dass du den besten Ziegenkäse machst. Mein Angebot steht: Wenn du samstags hier auf dem Wochenmarkt verkaufen willst, werde ich meine besten Verkäuferqualitäten zeigen.« Sie verzog das Gesicht. »Wenn ich denn welche habe.«

Charlotte hatte bereits darüber nachgedacht. Die Gebühren für einen kleinen Verkaufsstand waren erschwinglich. Vielleicht war es keine schlechte Idee, die erste Zeit zweigleisig zu fahren und sowohl auf dem Wochenmarkt als auch direkt auf ihrem Hof zu verkaufen.

Sie nippte an ihrem Wein. »Lieb von dir, Eva.«

»Immer sehr gerne, Charlie.«

Sie sahen sich an und lächelten.

»Und sonst?«, fragte Charlotte und zwinkerte ihrer Freundin zu.

»Und sonst?«, fragte Eva zurück. Dann schlug sie sich mit der flachen Hand vor die Stirn. »Ach, du meinst Karsten.«

»Ja, ich meine Karsten.«

»Er traut sich nicht.«

»Er traut sich nicht, dich um ein Date zu bitten?«

Eva trank ihren Weißwein aus und bestellte noch ein Glas.

»Keine Ahnung, wovor er Angst hat. Glaubt er, dass ich über ihn herfalle, sobald er vor mir steht?«

Charlotte musste lachen. »Ich weiß ja nicht, wie heißhungrig du ihn ansiehst, aber möglich wär's.«

Es war erstaunlich, wie locker-leicht ihr das über die

Lippen kam, dabei war sie selbst alles andere als flirt- oder gar verabredungserprobt. Ihrer Erfahrung nach verschwanden die Männer nämlich blitzschnell, sobald sie von ihrem Sohn erfuhren. Als alleinerziehende Frau hatte man es an sich schon nicht leicht, doch als Mutter eines autistischen Kindes ergriffen potentielle Verehrer reihenweise die Flucht. Ihre letzte Beziehung, die diese Bezeichnung eigentlich gar nicht verdient hatte, lag ganze sechs Jahre zurück und hatte kaum ein halbes Jahr gedauert. Dann hatte Stefan gemeint, er würde sich im Grunde seines Herzens eine Familie mit eigenen Kindern wünschen, das habe er sich nur nicht eingestehen wollen. Vielleicht war es die Wahrheit gewesen, möglicherweise aber auch eine faule Ausrede. Seitdem machte sie einen großen Bogen um alle Männer. Sie war oft genug enttäuscht worden, das reichte für ein weiteres Leben.

Eva dagegen war kinderlos und somit ungebunden. Einem Flirt war sie noch nie aus dem Weg gegangen. Charlotte wusste aber auch, wie sehr sie sich eine Familie gewünscht und diesen Wunsch inzwischen schweren Herzens begraben hatte.

Karsten war ein Arbeitskollege, und die beiden schlichen seit geraumer Zeit umeinander herum.

»Ich finde Karsten sehr attraktiv, ja.« Eva drehte ihr Weinglas gedankenverloren in den Händen. »Aber wenn er nicht allmählich aus dem Quark kommt ...«

»Was dann?«

»Dann schlage ich ihn mir aus dem Kopf.«

Charlotte trank ihren Wein aus und überlegte, ob sie sich noch ein Glas bestellen sollte. »Findest du ihn nur attraktiv oder bedeutet er dir auch etwas?«

Eva legte den Kopf schief und betrachtete das Glas in ihrer Hand. »Soll ich ehrlich sein? Ich weiß es nicht.«

»Du weißt nicht, ob du verliebt in ihn bist?«

Darüber musste Charlotte nachdenken. Und sie kam zu dem Schluss, dass es gar nicht so abwegig war, was Eva gesagt hatte. Wann war sie selbst das letzte Mal verliebt gewesen? Es musste eine Ewigkeit her sein.

»Charlie?«

Sie blickte auf. »Hmm?«

»Du warst weit weg.«

»Ich hab darüber nachgedacht, dass ich schon ewig nicht mehr verliebt war.«

»Du lässt niemanden an dich ran, und das ist kein Wunder.«

Charlotte nickte. Sie hatte auch gerade an ihren Sohn und die Klassenfahrt denken müssen. Vermutlich würde er Heimweh bekommen, wie immer, auch wenn er das nicht gern zugab. Letztendlich stand und fiel so eine Klassenfahrt mit dem Lehrer oder der Lehrerin. Eine mitfühlende, warmherzige Grundschullehrerin hatte vor Jahren das kleine Kunststück vollbracht und Malte von seinem Heimweh ablenken können. Ein Lehrer wie Dr. Liedtke würde das wahrscheinlich nicht schaffen.

»Charlie?«

Sie fuhr erneut zusammen, weil sie schon wieder weit weg gewesen war.

»Was ist mit dir und Jo?«

Charlotte verdrehte die Augen. Sie hatte schon darauf gewartet, dass Eva sie auf Jo ansprechen würde.

»Wir sind Freunde, Eva. Und egal, wie oft du mich das fragen wirst, es wird sich nichts daran ändern.«

Eva legte den Kopf schief und musterte sie. »Und da bist du dir so sicher, ja?«

»Absolut.«

Sie blickten sich an und mussten gleichzeitig lachen.

Eva erhob ihr Glas. »Dann lass uns auf die Freundschaft trinken.« Und mit einem vielsagenden Augenzwinkern fügte sie hinzu: »Und auf die Liebe.«

Während Charlotte nach Hause schlenderte, dachte sie daran, wie sie Jo im letzten Sommer kennengelernt hatte.

Er hatte plötzlich im Stall gestanden, in Cargohosen und kariertem Hemd, die langen dunkelblonden Haare zu einem Zopf gebunden, und sie hatte sich vor Schreck den Kopf am Gatter gestoßen.

»Sie können hier nicht einfach so reinmarschieren! Das ist ein Melkstand«, hatte sie ihn angepflaumt.

»Ich weiß.«

»Und was wollen Sie hier?«

»Ich hab gesehen, dass Sie Ziegen haben und dachte, ich frag mal, ob Sie vielleicht auch Ziegenkäse verkaufen.«

Sie war etwas perplex gewesen.

»Ja, aber erst ab kommendem Frühjahr.«

Er war ihr bekannt vorgekommen, nur woher?

»Schade.«

»Ich hoffe, bis dahin werden Sie nicht verhungern.«

Er hatte gegrinst, ein jungenhaftes, fast freches Grinsen, das im ersten Moment so gar nicht zu ihm passen mochte.

»Dann komme ich einfach nächstes Jahr wieder.«

»Vielleicht wählen Sie dann einfach den konventionellen Weg und klingeln«, hatte sie ein wenig spitz vorgeschlagen.

»Klingeln?«, hatte er gefragt.

»Ja, es gibt so raffinierte Erfindungen wie kleine Knöpfe neben der Haustür, auf die man drückt, wenn man zu Besuch kommt.«

»Ich komme nicht zu Besuch, ich wollte nur fragen, ob Sie Käse verkaufen.«

»Meine Güte, sind Sie immer so spitzfindig?«

»Nein.« Wieder dieses Grinsen. Er war schon fast aus der Tür gewesen, als er noch gerufen hatte: »Eine Klingel macht übrigens nur dann Sinn, wenn sie auch funktioniert.«

Charlotte war ihm hinterhergegangen.

»Sie haben recht, Entschuldigung. Die Klingel funktioniert nur hin und wieder.« Im selben Moment war ihr eingefallen, woher er ihr so bekannt vorkam. Es war erst wenige Wochen her, dass er in aller Seelenruhe über die Landstraße spaziert war und sie einen gewaltigen Schlenker hatte machen müssen, um ihn nicht umzufahren. »Ich hätte Sie neulich fast überfahren.«

Er hatte sie nachdenklich angesehen und schließlich genickt.

»Stimmt, Sie sind die mit dem roten Wagen.«

»Sie latschen seelenruhig über die Straße, und ich …«

»… war viel zu schnell«, hatte er trocken ergänzt.

»Blödsinn! Sie sind über die Straße marschiert, ohne nach rechts oder links zu gucken …«

»Ich bin nicht davon ausgegangen, dass ich mich in Sicherheit bringen muss, weil Sie einem mit Ihrem Fiat …«

»Corsa.«

»Weil Sie einem die Schnürsenkel aus den Schuhen fahren.«

»Ich bin vorschriftsmäßig gefahren.«

»Nie im Leben.«

»Siebzig, ich bin nicht schneller als siebzig gefahren.«

Er hatte mit den Schultern gezuckt.

»Ich hatte mein Messgerät leider nicht dabei«, hatte er erwidert, und sie hatte lachen müssen.

»Tut mir leid, wenn ich Sie erschreckt habe.«

»Und es tut Ihnen leid, dass Sie mich nicht erwischt haben«, hatte er trocken zurückgegeben.

Einen Augenblick lang hatten sie sich angesehen, dann hatten sie gleichzeitig losgelacht, und er hatte die Hand ausgestreckt. »Ich bin übrigens Jo. Freut mich.«

»Und ich Charlotte. Freut mich ebenfalls. Jo als Abkürzung von …?«

»Das wüssten Sie wohl gerne.«

»O ja.«

Er hatte wieder gegrinst. »Johannes, weil Sie's sind, aber wehe, Sie sagen das weiter.«

»Ich kann wahnsinnig verschwiegen sein.«

»Ich mag Sie, Charlotte.« Das hatte er wirklich gesagt. »Wie werden Sie genannt?«

Sie war so baff gewesen, dass sie kurz nicht gewusst hatte, was sie antworten sollte. »Ähm … Charlotte, warum? Ach, Sie meinen einen Spitznamen. Charlie.«

»Charlie, ja, das passt zu Ihnen. Dann bis spätestens nächstes Frühjahr, Charlie von Charlotte.«

»Bis dann, Jo von Johannes.«

Das war der Beginn ihrer einzigartigen, wunderbaren und herrlich unkomplizierten Freundschaft gewesen.

3.

Insel Poel im Juni

Charlotte hockte an diesem Vormittag auf Gretes Speicher. Eine große Spinnwebe baumelte vor ihrer Nase, und sie schob sie fahrig beiseite.

Charlotte hatte nur Augen für die Frisierkommode, die unter einem ehemals weißen Bettlaken darauf gewartet hatte, dass jemand wie sie kam und sich ihrer annahm. Ein bildschönes Möbelstück. Sie war hin und weg.

Grete stand auf der obersten Treppenstufe, ein amüsiertes Schmunzeln auf dem faltigen Gesicht. »Na, du bist ja ganz sprachlos.«

»Sie ist unglaublich schön. Ein richtiges Schätzchen.«

Charlotte riss sich von dem Anblick des herrlich gemaserten, glänzenden Kirschholzes los. Der Spiegel der Kommode war oval und ließ sich zu beiden Seiten aufklappen. Charlotte hatte genug Phantasie, um sich vorzustellen, wie toll er wäre, wenn sie ihn gereinigt hätte.

Sie stand auf und schlug sich den Kopf an einem Dachbalken an. »Autsch!« Sie befühlte ihren Kopf.

»Bist zu groß für den Speicher«, meinte Grete. »Fritz und ich konnten ganz gut hier oben stehen.«

»Du sagtest doch noch was von einem Schrank.«

Grete nickte und zeigte nach links. »Steht da drüben. Unter der roten Decke.«

Charlotte trat vorsichtig näher und zog an der Decke. Das, was zum Vorschein kam, war ein eintüriger Bauernschrank mit einer großen Schublade. Sie hielt ehrfürchtig den Atem an und ließ ihn langsam entweichen. Gütiger, was für Schätze Grete hier oben aufbewahrt hatte!

»Der ist ja traumhaft schön!«

»Kannst beide haben.«

»Das kann ich nicht annehmen.«

»Und wieso nicht?«

Charlotte ging langsam um den Schrank herum. Er hatte ein paar größere, recht tiefe Kratzer. Vermutlich würden einige Schrammen bleiben, das machte aber nichts. Man durfte einem solchen Möbelstück ruhig ansehen, dass es etliche Jahre auf dem Buckel hatte und benutzt worden war. Sie wandte sich zu Grete um, die noch immer oben auf der Treppe stand.

»Das geht nicht, Grete.«

»Und wieso nicht?«, fragte die wieder.

»Weil ... weil die beiden Stücke hier zu wertvoll sind.«

»Und wer sagt das?«

»Ich sage das, Grete.« Sie klopfte sich die staubigen Hosenbeine ab und ging zu ihr. »Ich kann das unmöglich annehmen. Du hilfst mir bei der Arbeit mit den Ziegen, dem Käse und ...«

Die ältere Frau unterbrach sie mit ruhiger Stimme. »Du weißt, wie gerne ich das mache. Wärst du nicht hierhergezogen, dann würde ich mich zu Tode langweilen. Wahrscheinlich wäre ich Fritz schon gefolgt.«

»Sag doch so was nicht, Grete.«

»Was sollte ich denn den ganzen Tag tun? Verrat mir das mal.« Darauf wusste Charlotte nichts zu sagen, und so schwieg sie. »Und die Möbelstücke vergammeln hier oben. Oder soll ich sie mir in die Stube stellen, nur damit sie nicht hier oben stehen müssen?«

Da war was dran. Trotzdem war es Charlotte ein bisschen unangenehm. Sie ging zurück zu dem Schrank und deckte ihn fast liebevoll wieder zu. Dann legte sie das weiße Laken über die Frisierkommode und stieg hinter Grete die Holzleiter nach unten.

»Einen kleinen Gefallen könntest du mir vielleicht tun«, schlug Grete ihr vor, als sie in der Küche bei einem Kaffee saßen.

»Jeden.«

Grete blickte sie einen Moment lang an, dann huschte ein Lächeln über ihr Gesicht. »Du bist eine Seele von Mensch, Lottchen.«

Charlotte spürte, wie sie rot wurde.

»Ich würde so gern mal wieder einen Stadtbummel durch Wismar machen.«

Mehr musste Grete nicht sagen. Charlotte legte eine Hand auf ihren mit Altersflecken übersäten Unterarm. »Ich hole dich ab, und wir spazieren durch die Altstadt und wohin du sonst noch möchtest.«

»Wirklich?«

»Natürlich.«

»Wird dir das auch nicht zu viel?«

Charlotte blickte sie kopfschüttelnd an. »Warum sollte mir das zu viel werden? Ich tue das wirklich gerne.«

Gretes Augen leuchteten. Dann zeigte sie nach draußen.

»Und wenn du vielleicht deinen Sohn noch bitten würdest, dass er mir den kleinen Acker umgräbt.«

Müde, erschöpft, aber selig und gutgelaunt fuhr Charlotte am späten Abend zurück nach Wismar. Malte hatte sich eine Tiefkühl-Pizza in den Ofen schieben wollen und saß damit sehr wahrscheinlich vor dem Computer. Charlotte selbst hatte bereits eine Kleinigkeit gegessen. Im Radio lief ein alter Popsong aus den Achtzigern, und sie drehte es voll auf. Sie sang laut mit und trommelte mit den Fingern aufs Lenkrad. Am nächsten Tag war Samstag, und sie würde zusammen mit Malte auf die Insel fahren und bis Sonntagabend bleiben. Das Backsteinhäuschen war zwar sehr spartanisch, aber von Frühjahr bis Herbst durchaus bewohnbar. Vorausgesetzt man war bereit, auf jegliche Art von Komfort zu verzichten.

Ein Mann mit Rucksack überquerte die Straße, und Charlotte trat auf die Bremse. Sie lachte kopfschüttelnd, fuhr rechts ran und stieg aus, um ihn zu begrüßen.

»Hallo, Jo.«

»Siebzig, aha.«

»Na schön, vielleicht war ich ein kleines bisschen schneller.«

Er grinste. »Und ich bin auf alles gefasst, seitdem ich weiß, dass du regelmäßig hier langfährst. Alles gut bei dir?«

»Ja, und bei dir?«

Jo war sehr groß, über eins neunzig, und sie musste immer ein wenig den Kopf recken, wenn sie voreinander standen.

»Bei mir auch. Bin auf dem Heimweg. Wir könnten mal wieder gemeinsam picknicken, was meinst du?«

»Sehr gerne. Samstag? Du bringst Baguette und Wein mit.«

Er zwinkerte ihr zu. »Und du den Käse.«

»Ich freu mich, Jo. Bis dann.«

Sie stieg wieder in den Wagen und suchte einen neuen Radiosender. Als ein Lied kam, das sie eigentlich gar nicht leiden konnte, sang sie laut und schief mit.

Sie freute sich aufs Wochenende.

Jo hatte den Rucksack abgenommen und Charlotte nachgeblickt. Der verdammte Rucksack war unglaublich schwer, vielleicht sollte er das Kamerastativ das nächste Mal doch zu Hause lassen. Er nahm einen Schluck aus der Trinkflasche und trank den Rest des lauwarmen Wassers aus. Erfrischend war anders, aber er hatte im Moment kein kühleres.

Bis zur Hochschule war es nicht mehr weit, dort stand sein Fahrrad. Er freute sich auf das Wochenende und auf Samstag ganz besonders. Er mochte Charlotte und ihren Sohn Malte.

Er hatte die beiden richtig ins Herz geschlossen. Er würde es sogar noch anders ausdrücken: Die beiden bereicherten sein Leben enorm.

Charlotte war eine Seele von Mensch und eine Klassefrau. Wäre sie ihm früher begegnet, hätte er seine Meinung hinsichtlich Beziehung und einem Leben zu zweit, bis dass der Tod einen scheidet, möglicherweise geändert. So aber würde er es bei ihrer ganz besonderen, erfrischend unkomplizierten Freundschaft belassen. Um nichts in der Welt würde er die in Gefahr bringen wollen. Charlotte und er, das funktionierte auf eine geradezu geheimnisvolle Art und Weise, wie er es so noch nie erlebt hatte. Kein Flirt, keine Annäherungsversuche, keine Forderungen, keine Rechenschaft, die einer von ihnen ablegen musste. Auch kein Lass-uns-mehr-draus-machen. Es war von Anfang an wie eine stille Absprache, eine Vereinbarung, die sie getroffen hatten, ohne ein Wort darüber verloren zu haben.

Seitdem er auf der Insel lebte, war er gelassener geworden, zufriedener. Er gehörte schon lange nicht mehr zu den Menschen, die wie getrieben und dauernd in Eile waren.

Noch vor ein paar Jahren hatte er als Biologe an der Uni in Berlin gearbeitet, ein stressiger und zugleich so eintöniger Job, dass er nach kurzer Zeit wieder gekündigt hatte. Nein, er wollte draußen in der Natur sein und nicht in einem stickigen Labor, eingeschnürt in einen unbequemen weißen Kittel.

Seitdem er an der Hochschule Wismar auf Poel arbeitete, hatte sich sein Arbeitstag komplett geändert.

Schon jetzt freute er sich auf den August, wenn er wieder Führungen nach Langenwerder machen würde, einem Seevogelschutzgebiet nördlich von Poel.

Die letzte Führung war ein bisschen unglücklich gelaufen. Ein Tourist, ein forscher Mann um die sechzig, der gemeint hatte, er könne schon mal vorausgehen, die Furt sei ja sehr flach, war bis zur Hüfte im Wasser versunken und hatte ihm anschließend mit einem Rechtsanwalt gedroht. Dabei hatte Jo ihn gewarnt, aber der Kerl hatte ja nicht hören wollen.

Jo liebte die Vogelschutzinsel. Als damals ein Vogelwart und Touristenführer gesucht worden war, hatte er sich sofort gemeldet. Langenwerder und auch Poel waren ein

Fleckchen Erde, das es ihm vom ersten Augenblick an angetan hatte.

Dabei hatte er schon einiges gesehen.

Gleich nach dem Studium hatte er den brasilianischen Regenwald bereist, Chile und Peru erkundet und war schließlich in Venezuela gelandet, wo er Mari kennengelernt hatte, eine winzig kleine Frau mit dunklen Augen und tiefschwarzem, glänzendem langem Haar. Er hatte sich Hals über Kopf in sie verliebt. Fast wäre er dort geblieben.

Wenn Mari ihn nicht gedrängt hätte, eine Familie zu gründen. Mindestens fünf Kinder hatte sie haben wollen, und er hatte in der Nacht die Flucht ergriffen. Fünf Kinder. Er wäre mit einem schon überfordert. Außerdem, wovon sollte er eine Familie ernähren? Er wollte etwas von der Welt sehen, für den Naturschutz arbeiten. Ihm war klar geworden, dass das, was ihn und Mari verband, keine Liebe sein konnte. Wäre er dann nicht geblieben? Ganz selbstverständlich? Hätte er ihr nicht gesagt, dass er sie heiraten und mit ihr zusammenbleiben wollte? Möglichst für immer? Hätte er Reißaus genommen, wenn er sie wirklich geliebt hätte?

Im Grunde hatten sie nie zusammengepasst, viel zu verschieden waren ihre beiden Kulturen, ihre Ansprüche, ihre Wünsche an das Leben. Nein, es hätte sowieso nicht funktioniert, selbst wenn Mari ihn mit ihrem Kinderwunsch in Ruhe gelassen hätte.

Er schulterte den Rucksack und ging nun deutlich langsamer weiter. Sein Elan war verflogen, immerhin war er seit vier Uhr in der Früh auf den Beinen.

Er wollte nur noch in seine unaufgeräumte Wohnung

nach Kirchdorf fahren, ein oder auch zwei eiskalte Biere trinken und sich aufs Ohr legen. Und wahrscheinlich wie ein Murmeltier schlafen.

Am Tag darauf

Malte hockte im Stall auf der Erde, die kleinen Katzen tobten auf seinem Schoß herum und balgten sich.

Charlotte blieb in der Tür stehen und sah ihnen zu. Selten hatte sie ihren Sohn so gelöst, so glücklich erlebt.

»Sie haben noch keine Namen«, sagte sie leise, um ihn nicht zu erschrecken.

Er blickte auf. »Der Schwarze hier«, er zeigte auf den kleinen schwarzen Kater, »heißt Nero.«

»Nero.« Charlotte lächelte. »Das passt zu ihm.«

»Bei den anderen muss ich noch überlegen.«

»Tu das.«

Sie wandte sich ab und ging zu Grete, die im Stall war.

Die Ziegen hatten sich bereits laut meckernd versammelt, um gemolken zu werden. Grete sprach leise mit ihnen und tadelte Hedwig, die an ihren Gummistiefeln knabberte.

»Lass das, Hedwig, und sei so gut und klettere auf das Gestell, anstatt meine Stiefel anzufressen.«

Die Ziege trottete brav in den Melkstand, streckte den Kopf durch das Gatter und wühlte mit der Schnauze in der Schale mit dem Kraftfutter, die gleich dahinter angebracht war. Dabei schmatzte sie so laut, dass Grete kopfschüttelnd lachte.

Charlotte verteilte die Wurmkuren und begann anschließend mit der Klauenpflege. Hedwig mochte das nicht besonders, selbst die Bestechung mit Kraftfutter funktionierte bei ihr nicht immer.

»Halt still, Hedwig.« Charlotte gab ihr einen leichten Klaps aufs Hinterteil, und die Ziege stupste sie zärtlich an.

Um das Meckern der Ziegen zu übertönen, sagte Charlotte mit lauter Stimme zu Grete: »Ich werde ein paar Flyer drucken lassen. Erst mal verkaufen wir den Käse direkt hier auf dem Hof.« Sie schob Sigrid energisch zur Seite, die nach ihr schnappen wollte. »Ich hab darüber nachgedacht, aus der Scheune einen Hofladen zu machen. Was hältst du davon, Grete?«

»Das klingt sehr gut, Charlie. Und was ist mit dem Wochenmarkt?«

»Ich würde lieber einen kleinen Stand hier auf dem Hof aufstellen. Vielleicht kann ich auch irgendwo einen älteren Verkaufswagen auftreiben. Auf Dauer ist es weitaus billiger und auch effektiver, als wenn ich mich auf den Wochenmarkt stelle.«

Evas Angebot war reizvoll, keine Frage, aber den Käse gleich vor Ort zu verkaufen war noch reizvoller.

»Du kommst nicht umhin, auch Ziegenfleisch anzubieten«, meinte Grete und machte sich an Sigrids Euter zu schaffen.

Davon wollte Charlotte eigentlich nichts hören, auch wenn es albern war. Sie konnte nicht so tun, als wären ihre Ziegen unsterblich. Außerdem war Ziegenfleisch durchaus begehrt.

»Du musst es ja nicht selbst machen«, erklärte Grete. »Das verlangt doch niemand.«

»Ich könnte das auch nicht.«

»Weiß ich doch. Georg würde das übernehmen.«

Georg war ein Schlachter aus Kirchdorf.

Charlotte nickte. »Ich denke darüber nach.« Sie gab Sigrid einen Klaps. »Ab mit dir.«

Laut meckernd und kleinere Bocksprünge machend, trollte sich die Ziege, nicht ohne Elise im Vorbeilaufen ins Hinterbein zu zwicken.

Charlotte wischte sich den Schweiß von der Stirn und widmete sich Elli, die sich heißhungrig auf das Kraftfutter stürzte. Es war ein schwülwarmer Tag, hoffentlich würde es am Abend ein Gewitter geben. Nein, lieber doch nicht, schließlich wollten sie mit Jo picknicken.

»Du willst das ja nicht hören, aber Ziegenfleisch ist köstlich.«

So schnell gab Grete nicht auf. Es war nicht das erste Mal, dass sie darüber diskutierten.

Charlotte verdrehte diskret die Augen. Nein, davon wollte sie tatsächlich nichts hören.

Malte schob die Tür auf und blieb im Türrahmen stehen.

»Kann ich helfen?«

Es machte Charlotte sehr froh, ihn so unbeschwert und heiter zu sehen.

»Du kannst Karl und Gustav füttern. Sie sind drüben im Stall.«

Er ging zum Behälter mit Kraftfutter.

»Wir werden sie bald wieder isolieren müssen«, meinte Charlotte.

»Weil sie stinken wie Bolle«, ergänzte er und grinste.

Sie zwinkerte ihm zu, und für einen winzigen Moment schoss ihr etwas durch den Kopf, ein Bild. Malte als erwachsener Mann, der ihren Ziegenhof führte. Sie schüttelte leicht den Kopf.

Würde es sich tatsächlich irgendwann so entwickeln, wäre sie vermutlich furchtbar stolz und glücklich, aber sie würde in hundert Jahren nicht auf die Idee kommen, ihn in diese Richtung zu drängen. Er sollte sein Leben so führen, wie er es wollte, ohne sich ihr oder irgendwem sonst verpflichtet zu fühlen. Doch es ließ sich nicht leugnen, dass dieser Gedanke nicht halb so absurd war, wie er ihr eben noch vorgekommen war.

Grete hatte Malte schmunzelnd nachgeblickt. »Der Junge blüht richtig auf.«

Charlotte nickte. »Er liebt das Leben hier auf der Insel. Deshalb würde ich auch schrecklich gerne bald ganz hierherziehen. Außerdem sind ihm Tiere lieber als Menschen. Sie erwarten nichts von ihm, sie sind einfach nur dankbar, wenn er sie liebt.«

»Bei vielen Menschen ist das nicht anders«, gab Grete zurück.

»Bei sehr wenigen Menschen«, wandte Charlotte ein. Sie blickte sich um und machte eine ausladende Handbewegung. »Wenn es nach mir ginge, würde ich gleich die Koffer packen. Aber für die Sanierung fehlt mir momentan einfach das Geld.«

Natürlich würden sie die Miete sparen, vielleicht bekäme sie auch einen Kredit. Bei Gelegenheit würde sie noch mal in Ruhe darüber nachdenken und ihr Budget ausrechnen.

Grete wusch sich die Hände, und als sie an ihr vorbeiging, legte sie ihr kurz die Hand auf den Arm. »Kommt Zeit, kommt Rat, Charlie.«

Mit dem Rad waren sie am frühen Abend in Richtung Schwarzer Busch gefahren.

Jo wusste ein sehr schönes Plätzchen für ein Picknick, wie er behauptet hatte, und Charlotte vertraute ihm blind. Schließlich kannte er sich auf der Insel besser aus als manch einer, der dort aufgewachsen war.

Malte fuhr voraus, gleich dahinter Jo und mit etwas Abstand Charlotte, die gern einfach angehalten und sich ins Gras gelegt hätte. Sie war unglaublich müde und erschöpft, dabei hatten sie gar nicht besonders viel getan an diesem Tag.

Wahrscheinlich lag es an der Hitze.

Sie hob den Kopf und blickte in den tiefblauen Himmel. Ein Gewitter wäre schon schön, aber es durfte gern warten, bis sie wieder zu Hause und in Sicherheit waren.

Jo zeigte nach links und rief: »Da vorne!«

Malte hob eine Hand, so als habe er verstanden. Beide sprangen vom Rad und stellten es ab. Charlotte hatte das Gefühl, als würden ihre Beine sie keinen Meter mehr weiter in die Pedale treten lassen wollen. Mit zittrigen Knien stieg sie ab und stellte ihr Rad am Wegrand ab. Sie blickte nach links und lächelte.

Ein herrlicher Platz für ein Picknick. Jo hatte wieder mal nicht übertrieben.

Zwischen Dünen mit Strandhafer und einem kleinen Wäldchen breiteten sie ihre Decke aus, und während Jo mit Malte in Richtung Ostsee ging, begann Charlotte, all die leckeren Dinge auszupacken, die im Picknickkorb waren.

Jo und Malte winkten ihr fröhlich zu, und sie rief lachend: »Wenn ihr nicht bald kommt, werde ich die besten Sachen aufgegessen haben.«

Jo drohte ihr mit dem Zeigefinger, und sie nahm demonstrativ einen Hähnchenschenkel aus der Plastikdose und biss herzhaft hinein. Innerhalb weniger Sekunden kamen die beiden angelaufen und warfen sich neben sie auf die Decke.

»Ich mag den Platz hier.« Jo zeigte nach links, wo einige knorrige Eichen standen, die sich dem Wind angepasst hatten. »Das Wäldchen entging wahrscheinlich nur der Abholzung, weil es den Seefahrern als Landmarke diente.«

»Was du alles weißt.« Charlotte reichte ihm einen Hähnchenschenkel. »Aber du hast recht, es ist wunderschön hier.«

Das Rauschen der Ostsee war zu hören, außerdem das Kreischen einiger Kinder, die versuchten, einen Drachen steigen zu lassen.

»Viel zu wenig Wind«, meinte Malte und sah ihnen kopfschüttelnd zu. »Er kriegt keinen Auftrieb.«

»Hab ich dir eigentlich schon meinen Lenkdrachen gezeigt?«, fragte Jo ihn.

»Du hast einen Lenkdrachen? Saucool.«

»Und was für einen. Wenn man Pech hat, hebt man gleich mit ab.«

»Ich wollte schon immer mal fliegen.«

Sie lachten.

Jo nahm sich ein Stück Baguette und bestrich es dick mit Bärlauch-Frischkäse. Er verdrehte die Augen und stöhnte genüsslich auf. »Dieser Käse ist mein absoluter Favorit.«

»Ich habe mir überlegt, aus der Scheune einen Hofladen zu machen«, erzählte Charlotte und streckte sich auf der Decke aus. Sofort befiel sie eine bleierne Müdigkeit. »Und ich werde versuchen, einen dieser Verkaufswagen zu bekommen. Gebraucht müssten sie erschwinglich sein.«

»Wenn du möchtest, horche ich mich mal um«, schlug Jo vor.

»Das würdest du tun?«

»Nein.« Er zuckte mit den Schultern. »Manchmal denke ich mir rein gar nichts, wenn ich losquatsche.«

Sie boxte ihn.

Malte grinste übers ganze Gesicht. Dann wollte er wissen, warum die Gegend eigentlich Schwarzer Busch hieß.

Auch darauf hatte Jo eine Antwort, Charlotte war nicht im Geringsten überrascht.

»Wahrscheinlich gab es hier mal einen Hof, dessen Besitzer Schwarz hieß. Vielleicht ein Gutshof.«

»Was du alles weißt«, sagte Charlotte erneut und zwinkerte ihm betont spöttisch zu.

Er erwiderte ihren Blick ebenfalls mit einem belustigten Zwinkern. Dann nahm er eine Flasche Wein aus dem Korb. »Zur Feier des Tages.«

»Oh, gibt's was zu feiern?«, fragte sie.

»Ist es nicht Grund genug, dass wir drei hier zusammensitzen und die Natur genießen?«

Er gab ihr einen Plastikbecher und schenkte ihr großzügig ein, bevor sie sagen konnte, dass sie dann sehr wahrscheinlich vom Rad kippen und auf der Straße liegenbleiben würde.

Malte bekam Cola, die vermutlich lauwarm war. Das schien ihn aber nicht zu stören.

»Du möchtest also einen Hofladen«, nahm Jo den Faden wieder auf.

Sie nickte.

»Gute Idee. Nein, sehr gute Idee. Ich mag diese klassischen Hofläden.«

»Ich auch. Ich weiß auch schon genau, wie er aussehen soll.«

»Du wirst kaum die Zeit haben, die Scheune selbst auszubauen«, meinte Jo. »Aber wenn du Hilfe brauchst ...«

»Hab ich deine Telefonnummer.«

»Nein, im Ernst, Charlie. Willst du den Umbau selbst machen?« Als sie ihm erzählt hatte, dass sie eine Tischlerausbildung gemacht hatte, war er ungeheuer beeindruckt gewesen.

»Das weiß ich noch nicht, Jo. Vielleicht finde ich jemanden, der mir ein unschlagbares Angebot macht.«

Jo nickte, dann sprang er plötzlich auf.

»Apropos unschlagbar. Ich wette, dass ich als Erster in der Ostsee bin.«

»Du willst nicht wirklich ins Wasser springen.«

»Doch.«

»Die Ostsee ist eiskalt, Jo.«

Anstatt einer Antwort zwinkerte er ihr zu. Dann blickte er Malte herausfordernd an. »Na, was ist?«

»Die Wette gilt.« Malte stand bereits und schaute an sich herunter. Wahrscheinlich überlegte er gerade, wie schnell er aus seinen Klamotten wäre. »*Ich* hab Badeshorts an.« Damit hoffte er vermutlich, dass Jo nicht so vorausschauend gewesen war.

Jo griff mit beiden Händen in sein Haar und band seinen Zopf neu. Dann lachte er auf. »Ich auch.«

Als sie nach Wangern zurückradelten, wurde es bereits dunkel.

Jo und Malte waren schwimmen gegangen, wobei es ein sehr knapper Sieg für Jo gewesen war, der als Erster den Zeh in der Ostsee gehabt hatte. Lange hatten sie es nicht ausgehalten, und wenn sie anschließend sehr gefroren hatten, so hatten sie es sich zumindest nicht anmerken lassen.

Jo hatte sogar ein großes Handtuch dabeigehabt, das er brüderlich mit Malte geteilt hatte.

Jetzt sprang er vom Rad und verabschiedete sich mit einer kurzen Umarmung von Charlotte.

»War ein toller Abend. Danke, Charlie.«

»Oh, nichts zu danken. Ich fand es auch sehr schön. Und ich hoffe, du wirst morgen keine Erkältung haben.«

Er stieß seine Faust gegen Maltes. »Bis dann.«

»Jepp. War echt cool.«

Jo stieg wieder auf sein Rad, und Charlotte blieb mit Malte unten am Hof stehen, bis er nicht mehr zu sehen war.

Zwei Kätzchen kamen aus der Scheune und begrüßten sie stürmisch. Malte stellte sein Rad ab, um mit ihnen zu spielen.

»Was wird eigentlich mit ihnen passieren, wenn aus der Scheune ein Hofladen geworden ist?«

Charlotte nahm den Picknickkorb vom Gepäckträger. »Sie werden sich ein neues Zuhause suchen.«

Er blickte sie bestürzt an. »Aber hier bei uns ist ihr Zuhause! Weißt du nicht, dass Katzen sich immer aussuchen, bei wem sie leben möchten?«

»Doch, das weiß ich. Du hast mich falsch verstanden. Sie werden es sich irgendwo im Stall oder auf dem Heuboden gemütlich machen.«

Er legte den Kopf schief und blickte sie an. Und diesen Blick kannte sie sehr gut. »Und wenn sie mit ins Haus wollen?«

»Werde ich sie nicht wieder rauswerfen.«

»Echt?«

»Natürlich nicht. Wofür hältst du mich? Für einen Tierquäler? Ich hab mir übrigens was überlegt. Was hältst du davon, wenn wir die Ferien hier verbringen?«

Ihr Sohn stand da und starrte sie mit großen Augen an. »Im Ernst?«

»Wenn du aufs Internet und die tägliche Dusche verzichten kannst.«

»Klar.«

Der schwarze Kater sprang an ihrer Wade hoch, und sie schleifte ihn lachend ein paar Meter mit.

Malte folgte ihr, das andere Kätzchen auf dem Arm. »Er mag dich.«

Charlotte drehte sich zu ihm um. »Ach, dann ist das seine Art, mir das zu zeigen?«

Er zuckte mit den Schultern. »Jeder hat so seine Art ...«

Sie hatte es sich kaum auf der Couch gemütlich gemacht, als es ans Fenster klopfte. Charlotte war so erschrocken, dass sie aufsprang. Grete stand draußen und winkte ihr zu.

Wenn Grete um diese Zeit noch zu ihr kam, dann musste irgendwas passiert sein.

Charlotte öffnete das Fenster. »Was ist los, Grete? Du hast mich zu Tode erschreckt.«

»Entschuldige, Charlie. Lässt du mich rein? Ich muss dir was erzählen.«

»Die Haustür ist offen.«

Wenig später stand Grete in der Stube. Sie war ganz außer Atem.

»Lieber Himmel, Grete, was ist denn passiert? Setz dich

doch. Möchtest du was trinken? Ein Glas Wein vielleicht? Ich hab noch …«

»Nichts, gar nichts. Am Abend waren zwei Touristenpärchen bei mir. Sie wollten eigentlich zu dir. Ob du Ziegenkäse verkaufen würdest, wollten sie wissen. Ich wusste nicht, was ich sagen sollte.« Sie holte tief Luft. »Sie wollen nächste Woche wiederkommen.«

Charlotte blinzelte verdutzt. »Dann geht's jetzt los, Grete«, flüsterte sie aufgeregt.

Grete nickte, nicht weniger aufgeregt, wie sie sah.

»Schaffen wir das, Charlie? Ich meine, sind wir schon so weit?«

»Ob wir das sind?« Charlotte war aufgestanden und umarmte Grete stürmisch. »Die letzten Ergebnisse der Käseproben sind da, worauf also sollten wir noch warten? Und ich hab noch nicht mal Flyer ausgelegt. Darauf müssen wir jetzt aber doch ein Gläschen trinken.«

4.

Zwei Wochen später

Jo hatte tatsächlich einen Verkaufsstand mit gelb-weißer Markise aufgetrieben und auf dem Hof aufgebaut.

Charlotte liebäugelte zwar nach wie vor mit einem Verkaufswagen, freute sich aber sehr über den Stand.

Dreimal die Woche konnte man nun Ziegenkäse bei ihr kaufen, inzwischen kamen sie mit dem Käsen kaum nach.

Sie hatte Flyer auf der Insel und in Wismar ausgelegt, und Malte hatte ihr eine Website mit einem Baukasten-System gebastelt. »Du brauchst unbedingt eine«, hatte er gemeint.

Auch Grete ließ keine Gelegenheit aus, Werbung zu machen, fast so, als sei sie am Gewinn beteiligt.

Inzwischen stellten sie neben vier verschiedenen Frischkäsesorten auch Weichkäse und einen wirklich köstlichen Camembert her. Zum ersten Mal hatte Charlotte das Gefühl, sie könne ihrem Ziel ganz nah sein. Allerdings fühlte sie sich zum ersten Mal auch ein wenig gestresst und überarbeitet.

Aber das gehörte wohl dazu und würde sich hoffentlich bald wieder legen, wenn sich alles erst einmal eingespielt hatte.

Jo kaufte regelmäßig bei ihr ein, da sich in der Hochschule herumgesprochen hatte, dass sie den besten Ziegenkäse weit und breit herstellte. Er half auch gern beim Stallausmisten oder reparierte Zäune, wenn Karl wieder mal einzelne Pfähle umgestoßen hatte, um außerhalb der Weide auf Wanderschaft zu gehen.

Jo war etwas ganz Besonderes, nicht nur für Charlotte selbst, auch für ihren Sohn. Diese Freundschaft würde sie hüten wie ihren Augapfel, das hatte sie sich bereits vor Monaten geschworen. Sie würde nichts, aber auch gar nichts tun, was diese Freundschaft gefährden könnte.

An diesem Mittwoch saß sie mit Grete auf der Bank vor dem Haus, einen Becher Kräutertee in Händen.

Es hatte heftig geregnet, und die Ziegen hatten sich etwas missmutig in die Unterstände zurückgezogen.

Nun riss der Himmel wieder auf, und die Sonne wagte sich heraus.

»Hab ich dir heute schon gesagt, wie froh ich bin, dass du da bist, Grete?«

Die ältere Frau blickte in den Himmel und nickte zufrieden.

»Na, wer sagt's denn. Und ja, du hast mir heute schon gesagt, wie froh du bist, dass ich da bin.«

Charlotte warf einen Blick auf ihre Armbanduhr, als sie sah, dass einige der Ziegen unruhig wurden. Offensichtlich wollten sie gemolken werden. Sie kamen dann von allein in den Melkstand und stiegen auf das Gestell.

»Warum gehst du nicht nach Hause, Grete? Es ist schon spät. Ich übernehme das Melken heute Abend allein.«

»Bist du sicher?«

»Ganz sicher. Geh nur und leg die Beine hoch. Schönen

Feierabend. Bis morgen früh mit frischen Rosinenbrötchen in meiner Küche.«

»Wie du mich immer verwöhnst.«

»Und das sehr gerne, Grete.«

Sie umarmten sich, und Grete trottete sichtlich erschöpft vom Hof, ihr Kopftuch hatte sie beim Gehen abgenommen.

Ich mute ihr zu viel zu, dachte Charlotte zerknirscht. *Aber sie will es ja nicht anders ...*

Sie stand ebenfalls auf, streckte sich ausgiebig und ging zum Melkstand. Lotti begrüßte sie mit einem freudigen Meckern und rieb den Kopf an ihrem Hosenbein.

Charlotte hob den Kopf, als sie ein Geräusch auf dem Hof hörte. Nanu, war Grete zurückgekommen? Hatte sie etwas vergessen?

»Ich bin hier!«, rief sie, dann schüttelte sie über sich selbst den Kopf. Natürlich wusste Grete, wo sie war.

Sie beugte sich über Tamara, die heute etwas nervös war, und pustete sich eine Haarsträhne aus dem Gesicht.

Doch nicht Grete, sondern Jo stand plötzlich in der Tür.

»Hallo, Charlie von Charlotte.«

»Jo. Mit dir hab ich nun gar nicht gerechnet.«

»Alles gut?«

»Alles bestens.«

Er blieb in der Tür stehen, die Beine überkreuz. »Meine Kollegen schicken mich.«

Sie musste lachen.

»Bald stelle ich nur noch für die Hochschule Käse her.«

»Hast du vielleicht noch was von dem Bärlauch-Frischkäse?«

»Leider nicht. Aber ich hab eine neue Sorte gemacht. Wenn du einen Moment wartest ...«

»Natürlich.« Er sah ihr dabei zu, wie sie die Ziegen an die Melkmaschine anschloss und sich immer wieder eine Haarsträhne aus dem Gesicht streichen musste. »Malte auch da?«

»Er ist in seinem Zimmer und büffelt für eine Mathe-Arbeit.« Sie verdrehte die Augen. »Auch wenn ich nicht weiß, wofür. Er ist Klassenbester in Mathe. Von mir hat er das nicht.«

Jo lachte. »Vielleicht von seinem Vater.«

Mehr sagte er nicht, weil er wusste, dass sie nicht über Maltes Vater sprechen würde. Er hatte es auch nicht als Frage getarnt, so dass Charlotte nicht darauf antworten musste.

»Gut, dass bald Ferien sind«, sagte sie stattdessen.

»Und ich habe dann drei Wochen Urlaub.«

»Und wie ich dich kenne, wirst du in das nächste Flugzeug steigen und irgendwohin fliegen, wo du noch nicht warst.« Sie zwinkerte ihm zu. »Ach nein, du warst ja schon überall.«

»Fast. Ich hab aber nicht vor, irgendwohin zu fliegen. Ich bleibe hier auf der Insel.«

»Wirklich?«

»Wer braucht einen anderen Ort, um glücklich zu sein?«

Wie recht er hatte.

»Um auf die neue Frischkäsesorte zurückzukommen...«

Sie lachte kopfschüttelnd und wischte sich die Hände an ihrer Jeans ab.

»Ich hole dir ein paar Töpfe. Wie viele möchtest du denn?«

An seinem Gesichtsausdruck sah sie, dass sie sich diese Frage hätte sparen können. »Schon gut. Schauen wir mal, wie viele ich da habe.«

Nachdem er die Käsetöpfe in den Satteltaschen seines Fahrrads verstaut hatte, setzte er sich neben Charlotte, die auf der Bank vorm Haus auf ihn wartete.

Dieser Mann war ein Geschenk des Himmels. Das Universum meinte es gut mit ihr; erst Eva, dann Grete und schließlich Jo.

»Ich würde Malte im August gerne mit nach Langenwerder nehmen, wenn du einverstanden bist. Ich hoffe, dieses Jahr kommt nicht wieder irgendwas dazwischen.«

»Natürlich bin ich einverstanden, Jo. Was für eine Frage.«

»Das war keine Frage«, stellte er klar.

Sie zwickte ihn in die Seite.

»Hast du Zeit mitgebracht?«, fragte sie ihn.

»Zeit ist das Einzige, das ich mitbringe. Aber vielleicht sollte ich mal Blumen besorgen.«

Er hatte einen ganz besonderen Sinn für Humor, einen Sinn, den sie teilte.

»Wie wär's mit Rosen?« Er winkte ab. »Nein, ich weiß, du magst lieber Sonnenblumen. Warum fragst du eigentlich? Ob ich Zeit mitgebracht habe, meine ich.«

»Ich hab frisches Brot da und einen wunderbaren Weißwein. Wir könnten uns in den Garten setzen und …«

Er hob eine Hand. »Schon überredet.«

Es gefiel ihr, wie er über seine Arbeit erzählte. Seine große Leidenschaft gehörte Langenwerder. An der Art, wie er darüber sprach, spürte man gleich, wie sehr er es liebte, dort Führungen zu machen und die Seevögel zu beobachten.

»Wenn du magst, nehme ich dich auch mit nach Langenwerder.«

»Furchtbar gerne.«

Die Sonne war untergegangen und ein angenehm kühler Wind war aufgekommen.

»Ich sitze wahnsinnig gerne hier bei dir im Garten.« Jo streckte die langen Beine aus und verschränkte die Hände im Nacken. »Manchmal hätte ich auch Lust auf ein Haus. Eins, das mir gehört und in dem ich mir vorstellen kann, alt zu werden.«

Charlotte drehte den Kopf und blickte ihn an, auch wenn es dazu eigentlich schon zu dunkel war. Jo war attraktiv, und mit seinem langen Haar erinnerte er sie immer ein wenig an d'Artagnan. Hatte sie ihm das eigentlich schon mal gesagt?

»Wolltest du wirklich nie eine Familie gründen?«

Er schüttelte den Kopf. »Nein. Ich war immer etwas, sagen wir, umtriebig. Vielleicht hatte ich auch einfach Angst vor der Verantwortung. Wahrscheinlich bin ich in Wahrheit ein Angsthase und Feigling.« Er lachte leise. »Und du?«

»Ich bin auch oft ein Angsthase und Feigling.«

»Das meinte ich nicht. Ich meinte, macht dir die Verantwortung für Malte nicht auch manchmal Angst?«

»Klar«, gab sie zu. »Sehr oft sogar. Aber was bleibt mir übrig? Er ist mein Sohn, und ich werde für ihn da sein, wann immer und so lange er mich braucht.«

»Irgendwer hat mal was sehr Kluges dazu gesagt.« Jo

runzelte die Stirn. »Genau weiß ich's nicht mehr, nur noch sinngemäß: Mit einer liebevollen Kindheit kann man die kalte Welt da draußen ertragen.«

Charlotte nickte lächelnd, und sie bedankte sich ein weiteres Mal beim Universum.

Sie hatten die Zeit völlig vergessen, und irgendwann streckte sich Jo und warf einen Blick auf seine Armbanduhr. »Oh, so spät schon!«

Ein greller Blitz durchtrennte den schwarzen Himmel, und Charlotte erschrak so, dass sie beinahe aufgeschrien hätte.

»Was war das denn?«

»Für mich sah das wie ein Blitz aus.« Er duckte sich, als sie ihn auf den Oberarm boxte. »Dann sollte ich mich wohl schleunigst auf den Weg machen.«

»Hast du gar keine Angst? Ich meine, mit dem Rad brauchst du mindestens eine halbe Stunde. Also ich würde mir vor Angst in die Hose machen.«

Für einen winzigen Moment legte er den Arm um sie, eine Geste, die sie genoss, weil sie ihr guttat und weil sie freundschaftlich und völlig harmlos war.

»Du vergisst, dass ich ein Mann bin, Charlie. Männer haben keine Angst, Männer stellen sich unerschrocken ihren Aufgaben. Und meine Aufgabe ist es, mich jetzt auf mein Rad zu schwingen und zu machen, dass ich nach Hause komme.«

»Das hatte ich wohl vergessen, ja.«

Sie gingen nebeneinander her über den Hof, und als ein weiterer Blitz über den Himmel zuckte, stieß Charlotte einen unterdrückten Schrei aus.

»Männer schreien auch nicht, Männer beobachten, ordnen ein und handeln.«

Sie kicherte und hakte sich bei ihm unter. Man konnte so herrlich albern mit ihm sein.

Ein lauter Donner ertönte, gleich darauf blitzte es, dann ein Krachen, gefolgt von einem lauten Klirren.

»Ach du Schreck, und was war das jetzt?« Sie hatte ein ungutes Gefühl.

»Lass uns nachsehen.« Jo sprintete los, und sie folgte ihm.

»Ich glaube, es war irgendwo im Garten!«, rief sie.

Er lief ums Haus, und gleich darauf hörte sie ihn fluchen.

»Was ist passiert, Jo?«

Er stand da, wo sie bis eben noch gesessen hatten. Charlotte hatte die Bescherung bereits gesehen. Der alte Apfelbaum war umgeknickt, und ein dicker Ast hatte die Fensterscheibe des Küchenfensters durchschlagen und ragte jetzt in die Küche hinein.

»O nein!«

Eine heftige Windböe kam auf, riss an ihrem Haar und blies ihr eine Strähne ins Gesicht. Für einen Moment konnte sie weder Jo noch den Baum sehen.

»Malte!«, rief sie dann und rannte ins Haus. Was, wenn er gerade in der Küche gewesen war?

Jo lief an ihr vorbei. Auf der Diele hörte sie ihn laut rufen. Schließlich kam aus dem kleinen Zimmer, das vorübergehend Maltes Schlafzimmer war, ein schlaftrunkenes »Was ist denn?«

Jo schob sich eine lange Haarsträhne hinters Ohr, die sich aus dem Zopf gelöst hatte.

»Bist du okay?«, fragte er Malte, der seine Zimmertür einen Spaltbreit aufgemacht hatte und sie verwirrt anblickte.

»Was ist denn los?«, fragte Malte wieder.

»Der Apfelbaum wollte deiner Mutter die Ernte erleichtern und ist gleich direkt durchs Fenster rein«, erklärte Jo und ging in die Küche.

»Der schöne, alte Baum«, jammerte Charlotte und folgte ihm.

Der Wind rüttelte an den Fensterläden, und nun begann es auch noch heftig zu regnen.

»Stell dir vor, du wärst jetzt mit dem Fahrrad unterwegs«, sagte sie zu Jo, der die zerbrochene Fensterscheibe samt Ast begutachtete, der fast bis auf den Küchentisch ragte.

»Das stelle ich mir lieber nicht vor. Ich versuche, den Ast von draußen aus dem Fenster zu ziehen. Du könntest versuchen, von innen dagegenzudrücken. Schaffst du das?«

»Klar.«

Er grinste sie an. »Klar. Warum frage ich überhaupt?«

»Malte könnte dir helfen«, schlug sie vor.

»Daran habe ich auch gerade gedacht.«

Charlotte stellte sich ans Fenster und tätschelte den Ast.

»Du Armer, tut mir leid, ich hätte wissen müssen, dass es dich beim geringsten Windstoß umhauen wird.«

Nein, das hätte sie nicht wissen können. Wie auch? Der Baum war alt, sehr alt wahrscheinlich sogar, dass er aber umknicken würde, hatte sie nicht mal ahnen können.

Jo erschien am Fenster, und sie fuhr erschrocken zusammen.

Malte stand neben ihm, in Boxershorts und T-Shirt,

und gemeinsam zerrten sie an dem dicken Ast. Der Regen schlug ihnen ins Gesicht, und der Wind riss an ihren Haaren und ihrer Kleidung. In null Komma nichts waren beide klatschnass.

Charlotte verzichtete darauf, ihren Sohn zu ermahnen, er hätte sich besser erst eine Regenjacke angezogen. Gefahr war in Verzug, da war regenfeste Kleidung zweitrangig.

Außerdem war Malte nicht aus Zucker. Jo sowieso nicht.

Beide keuchten, zogen und zerrten, und Charlotte schob und presste von innen dagegen.

Irgendwann gab es einen Ruck, und der Ast rutschte ein gutes Stück zurück. Jo brüllte: »Hoppla! Aufpassen!«

Malte sprang beiseite und Charlotte ebenfalls, dann nämlich, als ein weiteres Klirren ertönte und deutlich machte, dass ein weiterer Teil der Fensterscheibe zerbrochen war. Viel war ohnehin nicht mehr übrig.

Sie sah, wie Jo und ihr Sohn mit dem Rest des umgestürzten Baumes kämpften, was ein bisschen an einen ungleichen Ringkampf erinnerte.

»Passt bloß auf, ihr beiden!«, rief sie ihnen zu. Sie holte Kehrblech und Schaufel und schob die Scherben zusammen, die in der Küche lagen. Dann lief sie los, um Eimer und Schüsseln zu holen und sie unterhalb des Fensterbretts aufzustellen. Schließlich verteilte sie Lappen und Handtücher auf der Fensterbank. Das sollte vorerst reichen. Hoffentlich.

Jo kam mit Malte herein, beide patschnass mit geröteten Gesichtern und Sturmfrisuren. Jo hielt ihm die Faust hin, und er boxte leicht dagegen.

»Ihr seid meine Helden.« Charlotte setzte Teewasser

auf. »Zieht eure nasse Klamotten aus und wickelt euch in eine Decke oder ein großes Handtuch.«

»Erst müssen wir das Fenster irgendwie abdichten«, meinte Jo. »Sonst hast du morgen früh einen hübschen kleinen See hier drin. Aber wenn du darauf bestehst, besorge ich dir ein paar Enten.«

»Nein, schon gut, Jo.« Sie lachte kopfschüttelnd. Selbst in einem solchen Durcheinander gab es noch einen Grund, albern zu sein. »Ich müsste große Müllsäcke dahaben. Und Klebeband. Ginge das?«

Er nickte und wühlte in der großen Tischschublade, bis er offenbar etwas gefunden hatte.

»Hilf mir mal«, bat er Malte. Gemeinsam klebten sie die zerbrochene Scheibe zu, und anschließend besorgte Jo aus der Scheune ein großes Stück Karton, um es von innen ins Fenster zu kleben. »Das sollte reichen, bis der Glaser kommt.«

Charlotte suchte nach dem Früchtetee, den Malte so gern mochte. Offenbar hatte sie vergessen, neuen zu kaufen, also nahm sie den Kräutertee. Jo und Malte waren verschwunden, um ihre nassen Sachen auszuziehen.

Wenig später kam Jo wieder herein, ein Handtuch als Turban auf dem Kopf und in eine Kuscheldecke gewickelt.

Sie betrachtete ihn amüsiert. »Steht dir.«

»Das will ich doch meinen.« Er setzte sich an den Tisch. »Darf ich heute Nacht deine Couch in Anspruch nehmen?«

»Natürlich, oder dachtest du, ich würde dich gleich mit dem Rad nach Hause schicken?«

»Eigentlich schon.«

Sie goss den Tee auf. Irgendwo müsste sie auch noch Schokoladenkekse haben.

»Ist sonst alles heil geblieben?«, fragte sie ihn.

»Ich denke schon. Bis auf zwei Ziegel, die vom Stalldach gefallen sind. Das werde ich mir gleich morgen ansehen.«

Sie stellte die Teekanne auf den Tisch, dazu einen Teller mit Plätzchen.

»Könntest du noch ein einziges Mal sagen, ich sei dein Held?« Er nahm sich einen Keks und schenkte erst ihr und dann sich Tee ein.

»Du bist mein Held, Jo.«

»Danke.«

»Sehr gerne.«

Malte kam herein und schnappte sich eine Handvoll Kekse.

»Nacht.«

»Willst du keinen Tee?«

»Nö.«

»Schlaf gut. Und danke, dass du geholfen hast.«

Er blieb in der Tür stehen und sah sie stirnrunzelnd an, so als habe sie etwas Sonderbares gesagt. »Ist doch logo.« Damit verschwand er.

Jo grinste. »Ist doch logo, oder?«

»Ich bin froh, dass ihr euch so gut versteht.«

»Ich auch. Der Tee ist lecker.«

»Hast du eigentlich einen Führerschein?«, fragte sie ihn.

»Ja, ich hab sogar ein Auto.«

»Ach ja?«

Bisher war er immer mit dem Rad gekommen.

»Einen alten Renault. Er springt nicht immer an, aber wenn, dann bringt er mich zuverlässig überall hin.«

»Und selbstverständlich fährst du immer vorschriftsmäßig.«

»Selbstverständlich.« Er trank seinen Tee aus. »Ich würde mich jetzt gerne hinlegen, es sei denn, du möchtest mich noch in eine Diskussion über die Naturvölker des Regenwaldes in Brasilien verwickeln oder wissen, ob ich mir vorstellen könnte, auf dem zweiten Bildungsweg doch noch Politiker zu werden. In Umweltdingen natürlich.«

Sie lachte. »Nein, heute nicht mehr, Jo. Geh ruhig schlafen.«

»Danke für den Tee.« Er stand auf. »Hättest du vielleicht noch eine weitere Decke da?«

5.

Am Tag darauf in Hannover

Rolf Bischoff ließ die Haustür hinter sich ins Schloss fallen und lehnte sich einen Moment dagegen.

Meine Güte, seine Mutter hatte wirklich ein Händchen dafür, ihm ein schlechtes Gewissen zu machen. Gut, er hatte sich wochenlang nicht blicken lassen, aber doch nicht, weil er sich nicht um sie kümmern wollte, sondern weil er beruflich einfach zu eingespannt gewesen war. Er hatte sich deswegen ohnehin schon mies gefühlt, dass sie ihm aber dermaßen die Leviten lesen musste, war unnötig gewesen.

»Junge, hast du mal ernsthaft darüber nachgedacht, ob du dein Leben lang so weitermachen willst?«, hatte sie ihn gefragt.

Und er hatte ziemlich verblüfft zurückgefragt, was genau sie damit meinte.

»Na, sieh mal, du hast deine Arbeit, sie macht dich glücklich. Das ist ja auch gut und schön. Aber was hast du sonst?«

»Meinen Sport«, hatte er erwidert.

»Sport.« Sie hatte verächtlich den Mund verzogen. »Das meinte ich nicht, Junge. Was ist mit einer Familie? Immerhin bist du schon fast Mitte fünfzig.«

»Genau, der Zug ist abgefahren, Mama. Ich bin viel zu alt, um noch eine Familie zu gründen.«

Missbilligend hatte sie ihn angesehen. »Als es an der Zeit gewesen wäre, hast du dich mit irgendwelchen ...«

Blitzschnell hatte er die Hand gehoben. »Bevor du jetzt irgendwas von Flittchen sagen willst ...«

»Die eine oder andere Frau war wirklich ganz reizend. Ach Junge, ich wäre so glücklich gewesen, wenn du eine dieser Frauen geheiratet und mit ihr eine Familie gegründet hättest. Hast du eigentlich jemals daran gedacht, dass ich vielleicht gerne Großmutter geworden wäre?«

Jaja, er war ein missratener Sohn, der sich wochenlang nicht blicken ließ, sich mit zweifelhaften Frauen rumtrieb und seine arme Mutter nicht zur Großmutter gemacht hatte. Er hatte sein Leben verpfuscht, das war es doch, was sie versucht hatte, ihm zu verstehen zu geben, oder?

Dabei war nicht eine zweifelhafte Frau dabei gewesen, aber er wusste, dass seine Mutter das ganz anders sah. Sie hatte es schon immer verstanden, ihm ein schlechtes Gewissen zu machen.

Waren eigentlich alle Mütter so?

Er war drauf und dran gewesen, ihr zu erzählen, dass er vor wenigen Wochen Britta in Hamburg getroffen hatte. Sie kannten sich noch aus der Zeit, als er dort gelebt hatte. Mit Charlotte. Zwei Jahre waren sie und er ein Paar gewesen, dann hatten sie beide begriffen, dass sie im Grunde nicht zueinander passten. Er hatte seine Siebensachen gepackt und war aus der gemeinsamen Wohnung ausgezogen. Seitdem hatte er Charlotte nicht wiedergesehen, auch wenn er sich ab und zu gefragt hatte, was sie jetzt wohl machte.

Britta hatte ihn umarmt und gefragt, wie es ihm ging, und keine zehn Sekunden später hatte sie ihm auf die Nase gebunden, dass Charlotte nach der Trennung schwanger gewesen war. Erst glaubte er, sie falsch verstanden zu haben. Er war müde gewesen an diesem Tag, weil er die Nächte zuvor nur wenig geschlafen hatte. Viel Arbeit, wenig Schlaf, das zog sich durch die letzten beiden Jahre seines Lebens. Lange würde er das nicht mehr aushalten, er war schließlich keine dreißig mehr. Britta hatte diesen triumphierenden Gesichtsausdruck gehabt, und in seinem Hirn hatte es gerattert und gerattert. Charlotte war schwanger gewesen. Von ihm. Und sie hatte es ihm nicht gesagt. Er war Vater eines Kindes.

Es hatte ihm den Boden unter den Füßen weggerissen. Wieder und wieder hatte er nachgerechnet. Wann genau hatten sie sich getrennt? Wie alt müsste das Kind jetzt sein? Dreizehn, nein vierzehn, oder?

Vollkommen durcheinander und aufgewühlt war er ins Hotel gefahren und hatte dort weitergegrübelt. Er sollte Charlotte einfach anrufen und fragen. Peng, die Pistole auf die Brust, raus mit der Sprache. Nein, dazu war er einfach nicht der Typ. Aber weshalb hatte sie es ihm nicht gesagt? Er hatte doch das Recht zu erfahren, dass er ein Kind hatte, verdammt noch mal!

Er hätte doch auch für dieses Kind bezahlt.

Wie es wohl aussah? Ob es ihm ähnelte, einige seiner Eigenschaften hatte? Hatte es seine Augenfarbe, sein welliges Haar? Hatte er einen Sohn oder eine Tochter?

Dann war ihm durch den Kopf gegangen, dass Charlotte ihn vielleicht betrogen hatte. Ja, klar! Das war doch überhaupt nicht abwegig, oder?

Nein, hatte er sich dann gleich darauf gesagt, sie war nicht der Typ für einen Seitensprung, das würde so gar nicht zu ihr passen.

Er hatte sich angezogen aufs Bett gelegt und fürchterlich betrunken.

Am nächsten Morgen war er viel zu spät und mit einem Schädel aufgewacht, der sich angefühlt hatte, als würde die Rathausuhr darin schlagen. Der Rest von ihm hatte sich angefühlt, als sei ein ICE darüber hinweggerollt.

Er hatte ein Kind, er war Vater! Er hatte sich beschwingt und glücklich gefühlt, das hatte aber nicht lange angehalten.

Wenig später hatte ihn die Wut gepackt. Kein Wort hatte sie ihm gesagt! All die Jahre hatte sie ihm kein Sterbenswort gesagt! Wie konnte sie nur!

Am Tag darauf war ihm klar geworden, dass er dieses Kind, sein Kind, unbedingt sehen wollte. Und er wollte Charlotte zur Rede stellen. Er hatte auch schon genau gewusst, was er ihr sagen würde: *Alles, was zwischen uns passiert ist, Charlotte, ist Schnee von gestern. Ich will nur mein Kind sehen ...*

Sie hatten damals furchtbar gestritten und sich Gemeinheiten an den Kopf geworfen, anstatt klipp und klar zuzugeben, dass sie sich getäuscht hatten und nun die Konsequenzen ziehen sollten. Was wäre so schlimm daran gewesen? Doch er hatte ihr ja unbedingt seine ganze Enttäuschung zeigen müssen. Ob sie ihm deswegen nichts gesagt hatte?

Dann, wieder ein paar Tage später, hatte ihn eine Angst gepackt, die ihn lähmte und sprachlos machte. Was, wenn Charlotte verheiratet war und sein Kind zu irgendeinem Kerl Papa sagen würde? Oder wenn sie ausgewandert war? Mit seinem Kind?

Wie gern hätte er mit jemandem darüber gesprochen. Aber mit wem? Helmut, sein bester Freund, war auf Teneriffa und ließ sich die Sonne auf den Bauch scheinen. Hätte er etwa mit Angie darüber reden sollen, mit der er seit knapp drei Jahren liiert war? Ihre Beziehung war ein ständiges Auf und Ab. Er verglich sie gern mit einer Achterbahnfahrt. Zweimal hatte er sie bereits beenden wollen. Angie war eine anspruchsvolle, fordernde Frau, die ihn mit Haut und Haar aufzufressen drohte.

Manchmal hatte er das Gefühl gehabt, keine Luft mehr zu kriegen. Außerdem war sie furchtbar eifersüchtig, sogar auf seine Mutter. Wenn sie erfahren würde, dass er ein Kind hatte, würde sie durchdrehen und ihm die Hölle heiß machen. Andererseits hätte er dann die Trennung, die er sich doch eigentlich insgeheim wünschte. Er war einfach zu gutmütig, zu nachsichtig. Angie hatte ihn schon immer um den Finger wickeln können.

Im Internet hatte er nach Charlotte gesucht. Gut, dass sie nicht Müller oder Schulze hieß, es gab tatsächlich nur eine Charlotte Kristen. Und die lebte in Wismar.

Was um alles in der Welt hatte sie nach Mecklenburg-Vorpommern verschlagen?

Er hatte ein bisschen weiterrecherchiert und war so auf die Adresse einer Ziegenkäserei gestoßen: Inhaberin eine gewisse Charlotte Kristen.

Das musste ein dummer Zufall sein, offensichtlich gab es doch zwei Frauen mit demselben Namen.

Gut, dass Helmut am Abend zuvor von Teneriffa zurückgekommen war. Er musste sich endlich alles von der Seele quatschen.

Unpünktlichkeit hasste er wie die Pest. Es hatte Frauen in seinem Leben gegeben, die er allein deswegen zum Teufel geschickt hatte. Er hasste es dazusitzen, Däumchen zu drehen und dabei die Uhr im Auge zu haben. Zeit, die er anderweitig besser nutzen könnte, vielleicht war das der Grund.

Helmut war pünktlich. Und er sah klasse aus, wie Rolf zugeben musste. Sein Freund war ein Womanizer und was für einer. Er hatte das immer ein wenig neidisch beobachtet, aber was half's? Er sah nun mal nicht aus wie Helmut, da biss die Maus keinen Faden ab. Obwohl auch Rolf sich sehen lassen konnte. Aber bei Helmut war das anders. Er hatte dieses jungenhafte Grinsen und einen gewissen Charme, und beidem konnte kaum eine Frau widerstehen. Er schwang sich auf den Barhocker und klopfte Rolf auf die Schulter. »Alles klar?«

»Nein.«

»Spuck's aus, was ist passiert?«

»Ich hab ein Kind.«

Helmut hob die Augenbrauen und bestellte mit einer lässigen Handbewegung ein großes Bier. »Warte, ich hab gerade echt verstanden, du hättest ein Kind«, sagte er dann und grinste.

»Ich war in Hamburg und hab Britta getroffen. Ich glaube, ich hab dir mal von ihr erzählt. Ich war damals mit Charlotte zusammen, und Britta war eine gemeinsame Bekannte. Sie hatte ein Auge auf mich geworfen, glaub ich. Jedenfalls hat sie mir erzählt, dass Charlotte nach unserer Trennung schwanger war.«

»Oha.«

»Das Kind ist von mir, verstehst du?«

»Klar.«

»Und sie hat mir all die Jahre nicht ein Wort gesagt.«

»Weil sie nicht wusste, wo du steckst?«

»So was kann man rauskriegen, oder etwa nicht?«

»Schon … Vielleicht dachte sie, du würdest es nicht wollen. Das Kind, meine ich.«

Rolf trommelte auf seinem Bierdeckel. »Wir haben nie darüber gesprochen. Kinder waren einfach kein Thema.«

»Verstehe.« Helmut bekam sein Bier, und er nahm einen anständigen Schluck. Mit einer Hand wischte er sich über den Mund. »Und jetzt brennst du darauf, dieses Kind zu sehen.«

Rolf nickte. »Offenbar wohnt sie in Wismar. Es gibt aber auch eine Charlotte Kristen auf Poel.«

»Wo ist das denn?«

»Das ist eine kleine Insel nordöstlich von Wismar«, erklärte Rolf ihm. »Hatte vorher auch noch nie davon gehört.«

Helmut trank einen weiteren Schluck und schien nachzudenken.

»Willst du wissen, was ich tun würde?«

Ja, genau das wollte Rolf.

»Ich würde hinfahren und sie fragen: Hör mal, ist das da mein Kind? Und ich wäre verdammt gespannt, wie sie mir das erklären würde.«

Rolf trommelte weiter auf dem Bierdeckel, bestellte noch ein Bier und zeigte dann auf die Flasche Tequila. Kurt, der Wirt, bei dem sie regelmäßig ein Bier tranken, nickte und nahm die Flasche aus dem Regal.

»Auch einen?«, fragte Rolf seinen Freund.

»Nee, lass mal.«

»Meine Mutter hat mir vielleicht den Kopf gewaschen, sag ich dir.«

Helmut lachte. »Und du hast stillgehalten, nehme ich mal an.«

»Sehr witzig«, knurrte Rolf. »Im Ernst, sie hat mir gesagt, ich hätte nichts aus meinem Leben gemacht. Ich hätte heiraten und Kinder in die Welt setzen sollen, um sie wenigstens zur Großmutter zu machen.« Er trank den Tequila in einem Zug.

»Autsch.«

Rolf nickte. »Das kannst du laut sagen.«

»Deine Mutter wäre sicher glücklich, wenn du ihr jetzt sagen würdest, dass du ein Kind hast. Wie alt muss das jetzt eigentlich sein?«

»Vierzehn oder fünfzehn.«

»Mitten in der Pubertät.« Helmut lachte auf. »Vielleicht wartest du noch eine Weile und fährst dann hin, um es kennenzulernen.«

Rolf verzog keine Miene.

»Sollte ein Witz sein«, meinte Helmut.

»Schon gut.«

»Ich kann mir vorstellen, was in dir vorgeht. Würde ich plötzlich erfahren, dass ich irgendwo ein Kind habe ...«

Was dann wäre, ließ er offen. Nach einer Weile fuhr er fort: »Schon mal daran gedacht, dass sie fremdgegangen sein könnte?«

»Charlotte? Nein, glaub ich nicht.«

Rolf bestellte einen weiteren Tequila. Nach dem würde er wahrscheinlich auch nicht mehr so viel nachdenken müssen.

Während Kurt das Glas neu füllte und eine frische Zitronenscheibe abschnitt, schwiegen sie. Kurt schob Rolf das Glas hin und murmelte ein »Wohlsein«.

»Weiß Angie es schon?«, fragte Helmut, und Rolf verschluckte sich an seinem Tequila.

»Nein, um Gottes willen.«

»Ich fürchte, sie würde nicht allzu viel Verständnis haben.«

»Natürlich nicht.« Rolf verzog das Gesicht, nicht nur wegen der Zitronenscheibe. »Angie hat mir dauernd in den Ohren gelegen, dass sie ein Kind will, weil ihre biologische Uhr so laut ticken würde, dass sie schon kurz vorm Tinnitus steht.«

Helmut lachte dröhnend. »Ach ja, die Angie …«

Was genau er damit meinte, verriet er nicht. Rolf interessierte es eigentlich auch nicht besonders.

Das mit Angie war eh eine Sache, die ihn ziemlich wurmte. Sie war bildhübsch, spontan, nicht auf den Kopf gefallen, aber eben auch fordernd und einnehmend.

»Und? Was hast du jetzt vor?«, fragte Helmut ihn.

»Wenn ich das wüsste.«

»Komm schon, du wirst doch hinfahren und dein Kind sehen wollen, oder?«

»Schon, aber irgendwie ist mir auch ein bisschen mulmig dabei.«

»Verstehe ich. Trotzdem.« Helmut fuhr mit dem Zeigefinger über den Rand seines Bierglases. »Also ich würde das nicht aushalten. Da ist irgendwo ein Kind, mein Kind …« Er verstummte und blickte nachdenklich in sein Glas.

Rolf fragte sich spontan, ob Helmut gerade über eventuelle eigene Kinder nachdachte, die es irgendwo geben mochte.

»Ich muss da hin, Helmut«, sagte er schließlich genauso spontan.

Ja, er musste nach Wismar oder auf diese Insel, um herauszufinden, ob es wirklich ein Kind gab, das er gezeugt hatte. Er bestellte noch einen Tequila, vermutlich hatte er gleich einen sitzen und wenn schon.

Helmut bestellte sich bei Kurt noch ein Bier. »Ehrlich, Rolf, ich möchte nicht in deiner Haut stecken.«

»Ich in meiner auch nicht«, murmelte Rolf und seufzte auf.

Helmut nahm sein Glas und prostete ihm zu. »Ich wünsche dir jedenfalls viel Glück. Soll ich dir wünschen, dass du ein Kind hast? Oder wäre es dir lieber, wenn alles ein großer Irrtum wäre?«

Darüber musste Rolf tatsächlich nachdenken. Aber, meine Güte, was gab's da groß zu überlegen? Es wäre doch phantastisch, wenn er ein Kind hätte, oder? *Dein Leben hätte endlich einen Sinn*, hörte er seine Mutter sagen und verzog das Gesicht.

»Was?«, fragte Helmut.

»Ach, nichts. Musste nur gerade an meine Mutter denken.«

Die Tequila hatten seine Zunge gelockert. So sehr, dass er ein bisschen gelallt hatte. Er rutschte vom Barhocker und ging aufs Klo.

Als er vor dem schmierigen Spiegel stand und hineinblickte, musste er die Augen zusammenkneifen, weil ihn das grelle Licht über dem Spiegel blendete. Gütiger, sah er fertig aus!

Er wusch sich die Hände und reckte das Kinn. Er würde das schon hinkriegen, irgendwie würde er das Kind schon schaukeln. Er grinste sich im Spiegel an und ging zurück an die Theke.

Helmut stand vor der Jukebox und zeigte auf irgendwas.

»Guck mal, Pink Floyd. Oder willst du lieber die Stones?«
»Bloß nicht.«

Helmut drückte auf zwei Knöpfe und setzte sich wieder an den Tresen. Kurz darauf erklang *Wish you were here.*

»Und?«
»Was und?«
»Na, wirst du nach Wismar fahren?«

Rolf nickte entschlossen und bestellte noch einen Tequila.

»Versteh ich, versteh ich total gut, Rolf.« Helmut trank sein Bier aus. »Du willst heute Abend doch hoffentlich nicht mehr fahren.«

»Quatsch, ich fahre in zwei Wochen. Hab noch Jahresurlaub.«

»Ich meinte, du willst doch hoffentlich gleich nicht mehr Auto fahren.« Helmut zeigte auf das Glas vor Rolf. »Du und die drei Tequila. Oder waren's schon vier?«

»Kann mal jemand das bescheuerte Lied ausmachen?« Rolf seufzte. »Das macht mich ganz fertig.«

»Du wolltest doch Pink Floyd.«
»Was? Blödsinn.«
»Die Stones wolltest du jedenfalls nicht.«

Rolf stützte seine Handfläche auf und legte das Kinn darauf.

»Wie sie jetzt wohl aussieht?«
»Wer?«
»Charlotte.«

Meine Güte, war das alles lange her! Damals waren sie Mitte dreißig gewesen. Schlagartig fühlte er sich steinalt.

Er fuhr sich mit der Hand durchs Haar. Sie würde ihn bestimmt nicht wiedererkennen, manchmal erkannte er sich ja selbst kaum im Spiegel. Er war eindeutig alt geworden, hatte Ringe unter den Augen, vielleicht waren das sogar Tränensäcke, und Falten auf der Stirn und an den Mundwinkeln. Und erst sein Haar.

Damals hatte er es länger getragen, in der Mitte gescheitelt und leger hinters Ohr geschoben. Außerdem war es hellbraun und wellig gewesen, inzwischen braun-graumeliert und schütter. An manchen Stellen war er fast kahl. Nein, sie würde ihn nie im Leben wiedererkennen.

Als er im Taxi saß, nickte er ein und wurde wach, als der Taxifahrer – ein junger Türke mit lustiger Wollmütze – ihm auf die Schulter tippte. »He, aufwachen! Wir sind da. Macht elf dreißig.«

Rolf gab ihm einen Zwanziger, wankte die Treppe zu seiner Wohnung hoch und legte sich angezogen aufs Bett.

Charlotte, du warst eine Klassefrau, war das Letzte, was er dachte, bevor er leise schnarchend einschlief.

6.

Insel Poel im Juli

An diesem Samstag hatte Grete den Verkauf auf dem Hof übernommen, anschließend aufgeräumt und sich danach verabschiedet.

Charlotte war bis zum Nachmittag mit Käsen beschäftigt gewesen, und Malte hatte den Stall ausgemistet.

Karl und Gustav zogen zurzeit eine derart strenge Duftnote hinter sich her, dass die beiden Ziegenböcke isoliert werden mussten.

Die letzten Wochen hatten Grete und sie hart gearbeitet, und am Abend war sie oft so erschöpft gewesen, dass sie wie ein Stein ins Bett gefallen war. Nachdem ein größerer Artikel über sie und ihre Ziegenkäserei in der Zeitung gestanden hatte, kamen sogar Leute aus Wismar und Umgebung und kauften bei ihr ein. Ja, es lief wirklich gut, sie war mehr als zufrieden.

Aber sie war auch urlaubsreif, das konnte sie nicht leugnen.

Es waren Sommerferien, und sie hatte ihr Versprechen eingelöst, diese Zeit auf Poel zu verbringen.

Die Luft im Raum war zum Schneiden. Für einen kurzen Moment wurde ihr so übel, dass sie sich am Regal abstützen musste.

»Alles okay?« Malte war hereingekommen und sah sie verwundert an. »Soll ich ein Wasser holen?«

Sie schüttelte den Kopf und zwang sich zu einem heiteren Lächeln. »Alles in Ordnung. Mir macht das Wetter ein bisschen zu schaffen.«

Sie hatte schon immer einen labilen Kreislauf mit sehr niedrigem Blutdruck gehabt, und im Sommer war es besonders schlimm.

»Jo ist da. Ich kann mir sein Fahrrad leihen.« Damit drehte Malte sich wieder um und lief hinaus.

»Warte! Tu mir einen Gefallen und fahr nicht wie ein Verrückter, ja?«

Er blieb stehen und verdrehte die Augen.

»In Ordnung?«

»Jepp.«

»Fein.«

Sie fuhr sich mit einer Hand durchs Haar, das sich durch die hohe Luftfeuchtigkeit feucht anfühlte. Sie war verschwitzt und hätte am liebsten ausgiebig geduscht. Aber im Haus gab es keine Dusche, das Bad reichte gerade mal, um sich ein wenig frisch zu machen und die Zähne zu putzen.

Sie zupfte ihre ärmellose Bluse zurecht, die ihr am Körper klebte. Sie würde auch mit einer Gießkanne vorliebnehmen. Sie trat ins Freie, und ihr schlug feuchtheiße Luft entgegen.

Jo wartete auf dem Hof auf sie. »Ist doch okay, wenn er mein Rad ausprobiert?«

»Natürlich. Möchtest du was Kaltes trinken?«

»Sehr gern.«

Wenn er so lächelte, musste sie ebenfalls lächeln.

»Kannst du Hilfe gebrauchen?«, fragte er sie.
Und er hatte ein unglaubliches Gespür.
Sie seufzte. »Ganz ehrlich? Ja.«
»Sag mir einfach, was ich tun soll.«
»Der Zaun ist wieder kaputt. Ich glaube, Malte fehlt einfach die Kraft, die Pfähle so in die Erde zu schlagen, dass Kurt sie nicht mit den Hörnern umstoßen kann. Er büxt mir ständig aus.«
»Wird gemacht.«
»Danke, Jo. Aber erst mal bekommst du was zu trinken. Und ich brauche eine Pause.«
Sie setzten sich auf die Bank vor dem Haus, und Jo zeigte auf die Scheune. »Du solltest das Dach abdichten lassen. Sie haben für die nächsten Tage heftigen Regen angesagt.«
»Ich weiß.« Charlotte seufzte erneut. »Könntest du es dir vielleicht mal ansehen? Entschuldige, ich nehme dich immer viel zu sehr in Beschlag.«
Er trank sein Wasser aus. »Sei nicht albern. Ich mache das gerne.«
»Trotzdem«, beharrte sie.
Er zeigte in den Himmel. »Siehst du das?«
»Nein, was?«
»Diese Wolken da hinten. *Cumulonimbus*. Hab mich früher mit Meteorologie beschäftigt. *Cumulonimbus*, eine vertikale Gewitterwolke. *Cumulus* ist die Anhäufung und *Nimbus* die Regenwolke.«
Sie sah ihn belustigt an. »Du weißt eine Menge, Jo von Johannes.«
»Ich klugscheiße ganz gerne mal.«
Charlotte blickte wieder in den Himmel. »Könnte auch

ein Ufo sein. Erzähl mir von Langenwerder«, bat sie ihn dann.

»Was willst du denn wissen?«

»Du hast mal gesagt, dass Langenwerder dein ganz persönliches Paradies sei.« Sie lächelte versonnen. »Das klingt sehr schön.«

»Ich hab schon so viel gesehen, da entwickelt man vielleicht einen anderen Blick.« Er schlug die Beine übereinander und lehnte sich zurück. »In einer Dreiviertelstunde hast du Langenwerder umrundet. Es gibt unglaublich viele Schwalben- und Möwenarten, Sandregenpfeifer, Austernfischer ... Weißt du, wie die aussehen?«

Charlotte musste überlegen, dann nickte sie vage. »Ich glaube, ich hab mal eine Sendung im Fernsehen gesehen.«

»Es gab sogar mal Flamingos dort.«

»Wirklich?«

»Im Winter 1927.« Er schenkte sich noch etwas Wasser ein. »Und einen Mord.«

Charlotte hob die Augenbrauen, dann schnaubte sie. »Jo, hör auf, mich hochzunehmen.«

»Nein, wirklich. Nach dem Zweiten Weltkrieg wurde der damalige Vogelwart, eine Frau, erschlagen. Sie hatte Polizeischutz abgelehnt und war ganz alleine auf der Insel geblieben.«

Charlotte hörte Jo unglaublich gern zu, er konnte so anschaulich erzählen.

»Wenn du nicht Biologe geworden wärst, was hättest du dann gern gemacht?«

»Als kleiner Knirps wollte ich Polizist werden.« Er zuckte mit den Schultern. »Vielleicht hätte ich Medizin studiert und wäre als Arzt nach Afrika oder so gegangen.«

Charlotte nickte vor sich hin. Ja, das hätte zu ihm gepasst. Sie sah ihn förmlich vor sich, wie er in einem Zelt stand und kleine Kinder impfte.

»Ich bewundere das sehr. So ein Engagement, meine ich. Ich wäre leider nicht zu so was fähig, fürchte ich. Möglicherweise bin ich einfach zu egoistisch. Und zu ängstlich«, setzte sie nach einer kleinen Pause hinzu.

»Stell dir vor, alle Menschen wären gleich. Das würde nicht funktionieren.«

Ein Auto kam auf den Hof gefahren, und sie wunderte sich über das auswärtige Kennzeichen. Nanu, kam extra jemand aus Hannover hierher, um ihren Käse zu kaufen?

»Sie kommen von weit her«, meinte Jo neben ihr.

Charlotte stand auf. Vielleicht hatte sich der Fahrer verfahren und wollte sie nach dem Weg fragen.

Jo stand ebenfalls auf. »Ich schau mal nach dem Zaun.«

Sie schirmte die Augen mit einer Hand ab.

Ein Mann war aus dem Auto gestiegen und blickte sich neugierig um. Sie ging langsam näher. »Kann ich Ihnen helfen?«

Der Mann kam auf sie zu. »Das hoffe ich doch. Ich wollte nach Seedorf.«

»Sie müssten direkt von dort ... Rolf?«

Der Mann betrachtete sie aufmerksam. »Das glaub ich ja nicht. Charlotte?«

Sie nickte, fassungslos und völlig perplex. Vor ihr stand Rolf Bischoff, der Mann, mit dem sie zwei Jahre zusammengelebt und den sie nach der Trennung nie wiedergesehen hatte.

»Charlotte, na, das nenne ich ... Tja, wie nennt man das?«

»Keine Ahnung.« Sie musste sich kurz sammeln. »Ein seltsamer Zufall?«

»So was in der Art, ja.« Er zeigte auf das Haus. »Sag bloß, du wohnst hier.«

»So gut wie.«

Er hob die Augenbrauen. »Aha. Und was bedeutet: So gut wie?«

»Das Haus muss noch saniert werden.«

Er legte die Hand über die Augen und musterte es eingehend.

»Und du? Was machst du hier?«, fragte sie ihn ehrlich interessiert. Was verschlug Rolf nach Poel?

»Ich arbeite als Gutachter für eine Bank in Hannover und sollte mir ein Haus in Wismar ansehen.« Er zuckte mit den Schultern. »Du wirst lachen, aber als ich auf einem Schild Insel Poel gelesen habe, kriegte ich spontan Lust, meine Füße ins Wasser zu halten und Seeluft zu schnuppern.«

Sie musste lachen.

»Das hättest du auch in Wismar gekonnt. Wasser gibt's da auch.«

»Das ist wahr, aber ich geb's zu, ich hatte vorher noch nie von einer Insel Poel gehört und war einfach neugierig.«

»Das ging mir damals ähnlich.«

»Wie lange wohnst du schon hier?«

»Eigentlich wohne ich noch in Wismar. Das Haus hier habe ich vor zwei Jahren gekauft.«

»Hoffentlich hast du nicht zu viel dafür bezahlt.« Er verdrehte die Augen und seufzte. »Entschuldige, da spricht der Gutachter aus mir. Vergiss es einfach.«

»Es war verflixt günstig, deshalb konnte ich es mir leisten«, gab sie zu. »Und ich hatte mich gleich in das Haus verliebt.«

Ein lautes Meckern war im Hintergrund zu hören.

»Oh, du hast Tiere.«

»Genauer gesagt, Ziegen. Erinnerst du dich, ich wollte immer Ziegen haben.«

Er lachte. »Allerdings. Du und deine Ziegen.« Er legte den Kopf schief und blickte sie unverhohlen an. »Du siehst gut aus, Charlotte. Wirst du immer noch Charlie genannt?«

»Meistens schon. Danke für die Blumen, Rolf. Du hast dich aber auch ganz gut gehalten.«

Sie übertrieb ein wenig und wenn schon. Sie hatte einfach nett sein wollen. Rolf hatte etwas zugenommen, was ihm aber eigentlich ganz gut stand. Damals war er sehr schlank und drahtig gewesen, wenn er heute auch noch so sportbegeistert war, so sah man ihm das zumindest nicht mehr an.

»Vielen Dank, du musst aber nicht so hemmungslos übertreiben. Man sieht mir meine dreiundfünfzig durchaus an.«

»Ach was.«

»Doch, doch. Lebst du alleine hier oder bist du verheiratet?«

»Nein, ich …« Sie drehte sich zu Jo um, der gerade auf sie zukam. »Schon fertig?«

Er wischte sich die Hände an seiner ausgeblichenen Jeans ab und nickte Rolf zu. »Nicht ganz. Ich kann den alten Werkzeugkoffer nicht finden.«

»Jo, das ist Rolf, ein alter … Freund. Rolf, das ist Jo.«

»Freut mich.« Rolf streckte die Hand aus. »Ich bin ein alter Freund aus längst vergangenen Zeiten.«

Jo schüttelte seine Hand. »Freut mich ebenfalls.« Zu Charlotte gewandt, sagte er: »Hast du eine Ahnung, wo der Koffer ist?«

»In der Scheune hinter einem der Strohballen.«

Er nickte. »Alles klar. Bis später.«

»Hast du Lust auf einen Kaffee oder Tee?«, fragte Charlotte Rolf. »Wir könnten ein bisschen über alte Zeiten plaudern.«

Sie hatte den kleinen wackeligen Tisch im Garten gedeckt, der unter einem der alten Birnbäume stand.

Das Geschirr hatte sie vor Kurzem auf dem Flohmarkt entdeckt. Es war eine Augenweide, noch jetzt ging ihr das Herz auf, als sie die Porzellankanne anhob, um Rolf einzuschenken.

»Schön hast du's hier, Charlotte.«

»Danke. Ich bin wahnsinnig gern hier. Ich wollte immer so leben.«

»Tatsächlich? Das wusste ich gar nicht.«

Woher auch? Hatten sie damals je über so etwas gesprochen?

»Meine Güte, ist das alles lange her, was?«

»Und ob. Du hast meine Frage noch nicht beantwortet.« Er trank einen Schluck Kaffee. »Ist Jo dein Freund?«

»Ja, ich meine, nein. Also, wir sind gute Freunde, mehr nicht.«

»Dann lebst du alleine hier?«

»Nein, mit meinem Sohn.«

Rolf verschluckte sich, und sie klopfte ihm sacht auf den Rücken. Er hustete. »Hoppla, ich glaube, ich habe mir den Gaumen verbrannt. Du hast einen Sohn?«

Sie nickte.

Sein Gesicht war gerötet, wahrscheinlich, weil er sich verschluckt hatte. »Wie alt ist er denn?«

»Vierzehn. Und du? Hast du Familie?«

»Leider nicht.« Er griff nach den Keksen. »Irgendwann ist der Zug abgefahren.«

»Wenn ich das vorhin richtig gesehen habe, wohnst du jetzt in Hannover. Wie hat es dich ausgerechnet dorthin verschlagen?«

Er trank einen weiteren Schluck Kaffee und schien einen Moment zu brauchen, um antworten zu können. »Mein Job.«

Jo kam um die Ecke, in der Hand einen großen Vorschlaghammer. »So, Karl dürfte es in Zukunft schwer haben, auf Wanderschaft zu gehen. Oh, ich störe hoffentlich nicht.«

»Ach was, überhaupt nicht. Hast du Lust auf einen Kaffee?« Sie lächelte ihn an. »Und deine Lieblingsplätzchen?«

Er setzte sich und legte den Hammer auf die Erde neben den Stuhl. »Zu beidem sage ich nicht nein.«

»Sie leben auch hier auf der Insel?«, fragte Rolf ihn, und er nickte.

Ein etwas eigenartiges Schweigen entstand, und Charlotte suchte verzweifelt nach einem geeigneten Thema, zu dem alle etwas beitragen könnten. Aber es fiel ihr nichts ein.

Gott sei Dank stellte Jo in diesem Moment eine Frage, die Rolf beantworten musste, so dass sie ein wenig Zeit schinden konnte.

»Was machen Sie beruflich? Ralf?«

»Rolf. Ich bin Bauingenieur und arbeite seit ein paar Jahren als Gutachter für eine große Hannoveraner Bank.«

»Und Sie sind hier, um ein Hausgutachten zu erstellen?«
Rolf nickte und trank seinen Kaffee aus.

»Ich musste ein Haus in Wismar begutachten.« Er wandte sich Charlotte zu. »Ist dein Sohn gar nicht da?«

»Er ist mit dem Rad auf der Insel unterwegs. Er liebt es, durch die Gegend zu fahren.«

»Mit meinem Rad«, fügte Jo trocken hinzu, und sie musste lachen.

»Du verkaufst Käse. Ich habe den Verkaufsstand auf dem Hof gesehen«, sagte Rolf zu ihr.

»Wenn du möchtest, packe ich dir welchen ein. Viel wird allerdings nicht mehr da sein. Wir haben ziemlich gut verkauft heute.«

»Tut mir leid, aber damit lockst du mich nicht hinterm Ofen hervor.« Er verzog das Gesicht. »Ich mag keinen Ziegenkäse.«

»Oh, wie schade.«

Rolf stand auf und strich über die Hosenbeine seiner beigefarbenen Jeans. »Danke für den Kaffee und die Kekse, Charlotte. Schön, dass wir uns mal wiedergesehen haben.«

»Du willst schon gehen?«

Er blickte sich im Garten um und lächelte. »Du hast es wirklich schön hier. Ähm, ich meine, ihr habt's schön hier, du und dein Sohn. Ja, ich fahre zurück nach Wismar. Vielleicht hänge ich ein paar Tage Urlaub an.«

Charlotte begleitete ihn zu seinem Wagen. Sie fuhr mit der Hand über die Motorhaube. »Du hast noch immer ein Faible für schnelle Autos.«

Er zuckte mit den Schultern. »Manche Dinge legt man eben nie ab.«

»Wer wüsste das besser als ich.«

Er betrachtete sie und schien etwas fragen zu wollen, doch er schwieg, stieg in den Wagen und gab ihr die Hand.
»Hat mich gefreut, Charlotte.«
»Mich auch.«
»Wer weiß, vielleicht sehen wir uns ja noch mal.«
»Ja, wer weiß.«

Sie winkte ihm zu und blickte ihm nach, bis sein dunkler, todschicker Wagen nicht mehr zu sehen war. Dann machte sie kehrt und schlenderte zurück zum Haus.

Sie überredete Jo, zum Abendessen zu bleiben und mit ihr gemeinsam etwas zu kochen. Und während sie im Garten saßen und eiskalten Weißwein zur Gemüselasagne aßen, hatte sie Rolf schon wieder vergessen.

7.

Jo hatte beschlossen, sich das marode Scheunendach anzusehen.

»Es soll Gewitter mit heftigem Regen geben, Charlie, und ich habe genug Phantasie, um mir vorzustellen, was dann mit dem Stroh passiert.«

»Du hast ja recht. Mir gefällt trotzdem nicht, dass du hier so eingespannt wirst.«

Er ignorierte das einfach und ging an ihr vorbei.

Sie wollte sich selbst davon überzeugen, wie schlimm es um das Dach stand. Vielleicht musste ja wirklich nur ein kleiner Teil abgedichtet und neu gedeckt werden. Sie hatte sogar einen kleinen Stapel Tonziegel in der Scheune entdeckt.

Manchmal bekam sie es etwas mit der Angst zu tun, wenn sie darüber nachdachte, was für Renovierungsarbeiten und Sanierungen noch auf sie warteten. Dann wieder sagte sie sich: Das wird schon. Das war sowieso ihr Motto, ihr ganz persönliches Mantra.

Jo hielt ihr das Scheunentor auf, und sie schob sich an ihm vorbei. Dabei kam sie ihm so nah, dass sie eine Strähne seines Haars ins Gesicht bekam. Der Duft seines Shampoos stieg ihr in die Nase. Es verwirrte sie ein klein bisschen, und diese Tatsache verwirrte sie noch mehr.

Jo hielt die Holzleiter fest. »Du zuerst.«

»Mir wäre lieber, wenn du zuerst hochklettern würdest.«

Er zuckte mit den Schultern. »Wie du willst.«

»Ich glaube, die vorletzte Stufe ist morsch.«

Er stieg ziemlich flott hoch und lachte, als sie erschrocken rief, er solle bloß aufpassen. Sie versuchte, nicht auf seinen Hintern zu starren. Obwohl der wirklich einen oder auch zwei Blicke wert war.

»Jo? Alles in Ordnung?«, rief sie ängstlich, als er oben angekommen und plötzlich nicht mehr zu sehen war.

Einen Augenblick lang blieb es still, dann war ein lautes »Was zum Teufel …!« zu hören.

»Jo?«, rief sie laut. »Ist dir was passiert?«

Sein breit grinsendes Gesicht kam hinter einem Strohballen zum Vorschein.

»Alles in Ordnung.« Er wedelte mit der Hand. »Komm hoch.«

»Mach das nicht noch mal«, warnte sie ihn, während sie langsam Stufe für Stufe nach oben kletterte.

»Pass auf, die oberste ist morsch«, sagte er und lachte, als sie die Augen verdrehte.

»Jo von Johannes, hör auf, mich zu veralbern.«

Er reichte ihr die Hand und zog sie hoch. Dann zeigte er direkt über sich. »Siehst du das?«

»Nein, was?«

»Ich glaube, gleich hier über der Luke ist es.«

Er ging zu den Dachbalken und inspizierte sie. Dann zog er sich mit einem sehr eleganten Klimmzug an einem hoch und drückte gegen die Dachpfannen.

Charlotte sah ihm dabei zu.

Seine langen Beine baumelten in der Luft, und mit einem für sie überraschenden Satz sprang er wieder auf die Füße. Sie machte einen Schritt zurück und bemerkte im selben Moment, dass ihr linker Fuß ins Leere trat. Und sie begriff sofort, was das bedeutete: Sie würde durch die Bodenluke fallen.

Für wenige Sekunden gingen ihr seltsame Dinge durch den Kopf, und sie hatte eine Reihe von Bildern vor den Augen:

Malte an der Tür zum Kindergarten, wie er sie flehend angesehen hatte, ihn nicht dort zu lassen, er mit seinem Plüschpinguin im Arm, den sie in der Waschmaschine gewaschen hatte. *Er hat Wasser in der Nase, Mami ...*

Das macht nichts, mein Spatz, das bisschen Wasser macht ihm nichts ...

Sie schlug hart auf und wunderte sich gleich darauf, dass sie ganz offensichtlich noch lebte. Ihr tat überhaupt nichts weh, das war merkwürdig.

Sie wollte erleichtert aufschreien, irgendetwas sagen, doch es ging nicht. Vorsichtig versuchte sie, sich aufzusetzen.

Ein Schmerz durchfuhr ihr linkes Bein, und sie hielt erschrocken die Luft an.

Eine Sekunde später hockte Jo neben ihr, weiß wie die Wand.

»Verdammt, Charlie! Kannst du aufstehen?«

Sie schüttelte den Kopf. Dabei spürte sie ein heftiges Pochen, wahrscheinlich hatte sie ihn sich angeschlagen. Kein Wunder.

Sie konnte von Glück sagen, dass sie überhaupt noch lebte.

In ihrem Oberkörper brannte es eigenartig, und sie bekam nur schlecht Luft.

»Wo tut's weh?«

Sie konnte nicht sprechen, unmöglich. Plötzlich war der Schmerz überall.

Jo griff behutsam unter ihren Hinterkopf und schien dort zu fühlen, ob sie sich verletzt hatte.

Ein Auto war zu hören, das auf den Hof gefahren kam. Dann eine Autotür, die zuschlug und wenig später ein lautes: »Charlotte? Bist du da?«

»Das ist Rolf«, murmelte sie überrascht.

Jo ging hin, und gleich darauf kehrte er mit ihm zurück. Rolf stürzte sich sofort auf sie und warf sich neben sie. »Um Gottes willen, Charlotte! Was ist denn passiert?«

Jo erklärte ihm in zwei knappen Sätzen, was geschehen war, und nahm sein Handy aus der Hosentasche. »Ich rufe den Notarzt.«

»Nicht nötig. Ich bringe sie ins Krankenhaus.«

»Kommt nicht in Frage. Das ist viel zu gefährlich.«

Jo ging hinaus, und Charlotte hörte ihn laut sprechen.

Kurz darauf war er zurück.

»Der Notarzt ist gleich da.« Er kniete sich neben sie, streifte sein Hemd ab und legte es ihr äußerst vorsichtig unter den Kopf. »Bleib möglichst ruhig liegen, hörst du?«

»Ich glaube, ich kann sowieso gerade nicht rumspringen«, murmelte sie.

Er verzog das Gesicht zu einem flüchtigen Grinsen. »Hast du irgendwo Schmerzen?«

»Beim Atmen ... tut's weh. Und mein Bein ...«

Er nickte ernst. »Und was ist mit deinem Kopf?«

»Der brummt ekelhaft.«

»Ist sie auf den Kopf gefallen?«, fragte Rolf und hockte sich auf die andere Seite neben sie.

Jo antwortete nicht. Er nahm Charlottes Hand und drückte sie leicht. Sein Zopf war ihm über die Schulter gerutscht. Charlotte wusste nicht warum, aber sie konzentrierte sich fest darauf. Es beruhigte sie auf eine merkwürdige Weise.

»Ist Malte noch bei Laurin?«, fragte Jo sie.

Da sie Angst hatte, den Kopf zu bewegen, murmelte sie ein leises »Ja.«

Wie lange sie auf dem staubigen Boden in der Scheune lag, wusste sie nicht. Die Zeit tropfte wie zähflüssiger Honig dahin, es hätte eine Stunde oder sehr viel mehr sein können.

Irgendwann hatte sie jegliches Zeitgefühl verloren.

Man hatte ihren Kopf geröntgt und eine CT-Untersuchung gemacht, bei der sie einen leichten Anflug von Klaustrophobie bekommen hatte. Sie hatte ein Schädel-Hirn-Trauma, etwas, das man früher schlicht und ergreifend Gehirnerschütterung genannt hatte. Sie hatte Glück im Unglück gehabt, auf den Bildern waren keine Blutungen zu sehen. Ihr linker Unterschenkel war gebrochen und zwei Rippen angebrochen.

Ihr Kopf dröhnte, und das Atmen verursachte ihr nach wie vor ein wenig Probleme, davon abgesehen, fühlte sie sich gut und wollte nichts lieber als gleich wieder nach Hause.

Sie konnte unmöglich im Krankenhaus bleiben. Was würde aus ihrem Sohn, ihren Ziegen, der Käserei werden?

Der Arzt, ein junger Inder mit drolligem Akzent, schüttelte den Kopf und schenkte ihr ein verständnisvolles, sehr freundliches Lächeln. »Ein paar Tage werden Sie mindestens bleiben müssen.«

»Aber das geht nicht«, protestierte sie.

Ein paar Tage! Wie stellte er sich das vor? Dass sie die Käserei schließen und die Ziegen sich selbst überlassen würde?

»Das geht, Frau Kristen.« Er setzte ein strenges Gesicht auf, was sie ihm gar nicht zugetraut hätte. »Ich muss Ihnen nicht sagen, was sich aus einem Schädel-Hirn-Trauma entwickeln kann?«

Sie hob eine Hand und verzog das Gesicht, als sich ihre angebrochenen Rippen meldeten.

»Nein, bitte nicht«, bat sie mit schwacher, brüchiger Stimme.

»Sie hatten großes Glück.« Er lächelte sie wieder an. »Einen fleißigen Schutzengel, würde ich sagen. Möchten Sie etwas gegen die Schmerzen?«

»Ich glaube, das wird nicht nötig sein«, erwiderte sie matt.

»Sind Sie sicher?«

»Nein.«

Dieser Mann lächelte wahrscheinlich auch, wenn er einen Patienten fragen musste, ob er sich bereits eine Grabstelle ausgesucht hätte. »Ich lasse Ihnen was bringen.«

»Ich muss meinem Sohn Bescheid geben.«

Er gab einer älteren Krankenschwester ein Zeichen und nickte Charlotte aufmunternd zu. »Und, Frau Kristen ... Keinerlei Aufregung, hören Sie?«

Sie bekam ein Zwei-Bett-Zimmer, das sie sich mit einer älteren Frau teilte. Die blickte sichtlich erfreut auf, als

Charlotte hereingefahren wurde. »Endlich! Sie glauben ja gar nicht, wie sehr ich mich freue, dass ich endlich Gesellschaft bekomme.«

Charlotte wollte erwidern, dass sie sehr viel lieber zu Hause auf der Couch liegen würde, doch ihre Zunge fühlte sich bleischwer an. Sie schaffte ein Blinzeln, dann fielen ihr die Augen zu.

Als sie wieder aufwachte, saß die alte Dame da und betrachtete sie lächelnd. »Sie haben eine ganze Weile geschlafen.«

Charlotte war völlig durcheinander. Wo war sie überhaupt? Und warum hatte sie ein Gipsbein?

»Was ist eigentlich passiert?«, murmelte sie.

»Das weiß ich nicht genau. Die Schwester sagte nur, Sie hätten einen Unfall gehabt.«

Mit ihrem Wagen? Warum erinnerte sie sich nicht daran?

Ihr wurde speiübel. Bedeutete das, dass sie eine – wie hieß das noch? – Amnesie hatte?

Panisch versuchte sie, ein paar Dinge in ihrem Gedächtnis zusammenzusuchen und zu sortieren. Sie hieß Charlotte Kristen, war siebenundvierzig, nein, achtundvierzig Jahre alt, wohnte in Wismar, hatte einen vierzehnjährigen Sohn und eine kleine Ziegenkäserei auf Poel.

Erleichtert stieß sie ein Zischen aus. Gut. Sie erinnerte sich auch an Grete und ihre Freundin Eva. Warum nur erinnerte sie sich dann nicht an diesen Unfall? War sie mit einem Notarztwagen hierhergebracht worden? Mit Blaulicht womöglich? Auch daran hatte sie keinerlei Erinnerung.

»Und wer sind Sie?«, fragte sie ihre Bettnachbarin mit belegter Stimme.

»Helga. Helga Backhaus.«

»Charlotte Kristen.«

»Darf ich *Freut mich* sagen?«

»Hmm ...«

»Dann freut's mich, dass Sie hier sind, Charlotte. Darf ich Charlotte sagen?«

»Ja«, hauchte sie und wunderte sich über ihre raue Stimme.

»Aber nur, wenn Sie Helga sagen.« Auf ihrer Bettdecke lag ein Stapel Illustrierte, die oberste, in der sie gerade geblättert hatte, klappte sie nun zu. »Meine Enkelin heißt auch Charlotte.«

Charlotte wollte etwas entgegnen, wusste aber, dass es sinnlos war. Schon wieder fielen ihr die Augen zu.

Blinzelnd öffnete sie die Augen. »Ich glaube, ich ...«

»Da sind Sie ja wieder.« Helga Backhaus blätterte in einer Illustrierten. »Geht's Ihnen besser?«

»Ich weiß nicht. Wie spät ist es?«

War das überhaupt wichtig?

»Gleich halb acht.«

»Morgens oder abends?«

»Abends.«

»Was ist passiert?« Charlotte blickte auf ihr eingegipstes Bein. »Ich bin im Krankenhaus?«

»Sie hatten einen kleinen Unfall.«

»Mein Bein ...«

Ihr Kopf tat weh. War sie auf den Kopf gefallen? Warum erinnerte sie sich nicht daran?

»O Gott, mein Sohn!« Sie wollte aufstehen, doch Helga rief erschrocken: »Bleiben Sie liegen, um Gottes willen! Ihr Sohn weiß Bescheid. Charlotte? Meine Güte, Sie sind ja kreidebleich.« Sie drückte auf einen Knopf neben ihrem Bett.

Wenig später erschien eine junge Krankenschwester. Helga zeigte auf Charlotte. »Sie ist ganz bleich geworden, als sie von ihrem Sohn gesprochen hat.«

Die Krankenschwester nahm Charlottes Hand und fühlte ihren Puls. »Machen Sie sich keine Sorgen, Frau Kristen, Ihr Sohn weiß Bescheid.«

Charlotte hätte sich am liebsten mit der Faust gegen den Kopf geschlagen, um ihrem Gedächtnis auf die Sprünge zu helfen. Sie versuchte, sich etwas bequemer hinzulegen, und rutschte hin und her, bis eine kleine Kuhle unter ihrem Rücken entstanden war. Ob sie wirklich unter einer Amnesie litt?

»Haben Sie noch Schmerzen?«

Charlotte nickte vorsichtig.

Die Krankenschwester ging wieder zur Tür. »Ich bringe Ihnen noch ein Schmerzmittel.«

Nachdem die Tür zugefallen war, seufzte Charlotte schwer.

Helga, deren linker Arm eingegipst war, wie Charlotte erst jetzt bemerkte, betrachtete sie aufmerksam. »Na sehen Sie, und schon bekommen Sie wieder Farbe. Ich nehme mal an, Sie sind alleinerziehend, hab ich recht?«

»Ja, und mein Sohn ist Autist.«

Erneut fielen ihr die Augen zu.

Als sie sie wieder aufschlug, war es im Zimmer stockdunkel, bis auf ein seltsames kleines grünliches Licht, das rechts von ihr blinkte. Träumte sie? War sie gerade von Außerirdischen entführt worden und lag nun auf einer Art Seziertisch und wurde neugierig und sehr genau untersucht?

Sie nennen diese Wesen Frauen. Diese hier lebt bereits ungefähr so lange, wie es der Hälfte ihrer Lebenserwartung entspricht. Was ist das für eine Narbe? Ah, das wird von einer Geburt stammen. Sie nennen es Kaiserschnitt ...

Charlotte wollte sich ruckartig aufsetzen, um sich selbst zu zeigen, dass sie keineswegs träumte. Und wenn doch, dann würde sie jetzt gern aufwachen.

»Bitte, ich ...«

Jemand flüsterte: »Charlotte? Alles in Ordnung?«

»Wer sind Sie?«, wisperte sie.

»Ich bin's, Helga.«

Ein Traum. Sie lag auf diesem Tisch, um sie herum die Aliens mit leuchtenden grünen Augen. Aber ein Alien, das Helga hieß?

Nein ...

Plötzlich wurde es hell, und die Stimme sagte: »Haben Sie schlecht geträumt, Charlotte?«

Sie versuchte wieder sich aufzusetzen, doch ihr Körper fühlte sich so schwer, so unendlich träge an, dass sie gleich wieder auf die Matratze zurücksank. Das war auch der Moment, in dem sie begriff, dass sie nicht auf einem Seziertisch lag, sondern in einem Bett. Ihrem eigenen? Aber wer war dann diese Helga?

Sie bemühte ihr Hirn, sich an eine Helga zu erinnern.

»Meine Mutter heißt Helga.«

Sie hatte das gar nicht sagen wollen, die Worte waren einfach aus ihrem Mund gekommen. Sie drehte vorsichtig den Kopf und sah eine freundlich aussehende ältere Dame, die ebenfalls in einem Bett lag und sie mitfühlend anblickte.

»Ach ja? Erinnern Sie sich, ich hatte Ihnen erzählt, dass meine Enkelin Charlotte heißt?«

Nein, daran erinnerte sie sich nicht. Jedenfalls nicht im Moment. Was machte sie hier überhaupt? Warum war sie hier?

»Sie hatten einen Unfall, Charlotte, und liegen im Krankenhaus. Sie sollten noch ein bisschen schlafen. Die Nacht ist hier sowieso immer recht früh zu Ende. Darf ich das Licht wieder ausmachen?«

»Nein! Bitte, ich ...« Bloß nicht wieder diese Dunkelheit! »In meinem Kopf ist es so ... dunkel. Bitte, können wir das Licht anlassen?«

»Wie Sie wollen.« Es klapperte, kurz darauf ein anderes Geräusch. »Ich habe immer eine Schlafbrille dabei. Für alle Fälle.«

Charlotte sah, wie Helga sich eine schwarze Schlafbrille aufsetzte und dann mit einem zufriedenen Seufzen ins Kissen zurücksank.

»Danke, Helga.«

»Ach, doch nicht dafür.«

Charlotte machte die Augen zu. Ein Unfall ... Warum, verflucht noch mal, erinnerte sie sich nicht daran?

»Guten Morgen, die Damen.« Eine kräftige, aber sehr angenehme Stimme ließ sie aufschrecken. Eine Frau mit langem blondem Zopf stand an ihrem Bett. »Frau Kristen? Haben Sie gut geschlafen?«

Charlotte Kristen, achtundvierzig, oder neunundvierzig?

Alleinerziehende Mutter von Malte, vierzehn, wohnhaft in Wismar und auf Poel.

Sie seufzte erleichtert auf.

»Alles in Ordnung?«, fragte die Schwester sie besorgt. »Haben Sie noch Schmerzen?«

»Ja. Nein. Keine Ahnung.«

»Sie sind vom Heuboden gestürzt, Frau Kristen. Sie haben ganz schön Glück gehabt, hätte schlimmer sein können, glauben Sie mir.«

Ihr blonder Zopf rutschte ihr über die Schulter, und Charlotte starrte wie gebannt darauf. Warum kam ihr dieser Zopf so eigenartig bekannt vor? So, als würde er sie an jemanden erinnern?

»Ihr Zopf ...«

»Was ist mit meinem Zopf?«

»Er ist ... blond.«

Die Schwester lachte. »Ja, das liegt daran, dass ich blond bin.«

Blond. Zopf. Herrgott noch mal, was war das nur für ein fürchterliches Durcheinander in ihrem Kopf!

»Entschuldigung, ich ...«

»Schon gut. Möchten Sie Kaffee oder Tee?«

»Was? Ähm ... Tee, glaube ich. Nein, warten Sie, doch lieber Kaffee.«

Sie trank gern Tee, aber morgens am liebsten Kaffee, um richtig wach zu werden.

Charlotte Kristen, achtundvierzig, Mutter von Malte, vierzehn, leidenschaftliche Teetrinkerin, Lieblingssorte ...?

»Warum kann ich mich nicht an diesen Unfall erinnern?«

Die Krankenschwester, die gerade wieder hinausgehen

wollte, blieb stehen und drehte sich zu ihr um. »Der Doktor kommt später und wird Ihnen das erklären.«

Charlotte nickte matt und blickte ihr nach. Sie fühlte sich plötzlich so niedergeschlagen und deprimiert, dass sie beinahe losgeheult hätte. Machte sie das sonst auch? Einfach losheulen? Nicht mal daran konnte sie sich gerade erinnern. »Ich glaube, es ist am besten, wenn Sie versuchen, ganz ruhig zu bleiben«, sagte Helga neben ihr. »Es wird alles wiederkommen.« Sie tippte sich an die Stirn. »Da drin geht's bei Ihnen grade drunter und drüber. Meine Enkelin nannte unser Gehirn gern die Schaltzentrale, als sie noch klein war.« Sie schenkte Charlotte ein aufmunterndes, fast mütterliches Lächeln. »Und Ihre Schaltzentrale ist gehörig durcheinandergeraten und muss wieder ins Lot gebracht werden. Machen Sie sich keine Sorgen, Charlotte, das wird schon wieder.«

»Was ist mit meinem Sohn? Ich muss ihn …«

»Schön liegenbleiben. Ihr Sohn weiß Bescheid.«

»Ach ja?«

»Was möchte Ihr Sohn mal werden?«

Charlotte runzelte verblüfft die Stirn. Was war das jetzt für eine Frage? Warum wollte sie das wissen?

»Warum fragen Sie mich das?«

Die alte Dame lächelte. »Weil ich wette, dass Sie sich hervorragend daran erinnern.«

Charlotte stöhnte leise auf, als sie sich anders hinlegen wollte. Dann lächelte sie ebenfalls. »Das wechselt.« Sie erinnerte sich tatsächlich sofort. »Als er neun war, wollte er Tierarzt werden.«

»Ihr Sohn liebt also Tiere.«

»Er hat eine sehr intensive Beziehung zu Tieren. Menschen sind ihm meistens nicht geheuer. Er versteht sie nicht, weil er Mimik schlecht deuten kann.«

»Ich bin Psychologin und habe mich eine ganze Weile mit Autismus beschäftigt.«

»Malte ist Asperger-Autist.«

Die alte Dame nickte. »Ah, ich verstehe, eine besondere, etwas leichtere Form von Autismus. Möglicherweise haben auch Sie autistische Züge. Oder sein Vater.«

Charlotte blinzelte verwirrt. So etwas hatte sie schon mal gehört, in fast genau dem gleichen Wortlaut. Nur wer hatte das gesagt?

»Charlotte?«

»Entschuldigung, ich bin ganz durcheinander.«

»Das verstehe ich. Hat Ihr Sohn Kontakt zu seinem Vater?«

»Nein. Darf ich bitte mal Ihr Telefon benutzen?« Sie zeigte auf den Apparat, der auf dem Tisch neben Helgas Bett stand.

»Natürlich. Warten Sie, ich schiebe Ihnen das Schränkchen rüber.«

Charlottes Finger zitterten, als sie die Telefonnummer von Laurins Eltern wählte. Dann hielt sie kurz verblüfft inne. Die Nummer hatte sie sofort parat gehabt!

Sie war unendlich erleichtert, als sie kurz darauf die Stimme von Yvonne, Laurins Mutter, hörte. »Charlotte! Geht's dir besser?«

»Einigermaßen. Yvonne, kann Malte ein paar Tage bei euch bleiben?«

»Gar kein Problem. Dein Sohn ist jederzeit willkommen, außerdem macht er sich praktisch unsichtbar. Das Essen muss ich ihm geradezu aufzwingen.«

»Wenn du trotzdem darauf achten würdest, dass er wenigstens ab und zu etwas isst.«

Yvonne lachte.

»Keine Sorge, bei uns verhungert niemand. Gute Besserung, Charlotte. Brauchst du irgendwas?«

»Geduld.«

»Damit kann ich leider selbst nicht dienen.«

»Würdest du Malte ans Telefon holen?«

Charlotte wusste, wie sehr er Telefonieren hasste. Es verunsicherte ihn, wenn er denjenigen, mit dem er gerade sprach, nicht sehen konnte. Und so entstanden jedes Mal etliche Pausen, weil er nicht wusste, wann er etwas sagen musste. Für Malte war das Zeitalter der modernen Kommunikation das Beste, was ihm passieren konnte. Er konnte mailen oder chatten.

Es dauerte eine Weile, bis sie endlich seine leise Stimme hörte. Wenn er nicht umhinkonnte zu telefonieren, sprach er so leise, dass man sich gewaltig anstrengen musste, um ihn zu verstehen.

»Ich hatte einen kleinen Unfall, Malte. Nichts Schlimmes, mach dir keine Sorgen. Aber ich muss ein paar Tage im Krankenhaus bleiben.« Er schwieg, und da sie auch das kannte, redete sie gleich weiter. »Du kannst so lange bei Laurin bleiben. Wenn du frische Wäsche oder sonst irgendwas brauchst …«

»Hab' 'nen Wohnungsschlüssel.«

»Kommst du klar?«, fragte sie ihn leise und musste schlucken, weil sie wusste, dass ihm das alles einiges abverlangte.

»Geht schon.«

Sie lachte betont fröhlich. »Du musst mich nicht besuchen, hörst du?«

Ein Besuch im Krankenhaus wäre der Horror für ihn.
»Jepp.«
Wann waren sie das letzte Mal für mehrere Tage getrennt gewesen? Als er im letzten Jahr für drei Tage auf Klassenfahrt in Berlin gewesen war. Warum fühlte es sich bloß gerade so schrecklich an?
»Bis dann, Malte. Hab dich lieb.«
»Hmm.« Er legte auf.
Er war gut aufgehoben, das sollte sie beruhigen. Yvonne und ihr Mann Steffen waren sehr angenehme, warmherzige Menschen, die Malte seit Jahren kannte. Aber auf diese Weise vor vollendete Tatsachen gestellt und aus seiner überlebenswichtigen Routine gerissen zu werden, war dennoch ein Alptraum für ihn.

Offenbar war sie wieder eingeschlafen, denn als sie die Augen aufschlug, saß ihre Freundin neben ihrem Bett.
»Da bist du ja endlich.« Eva tätschelte ihre Hand. »Wie geht's dir?«
»Hervorragend.«
»Und Witze kann sie schon wieder machen. Soll ich die Wäsche in den Schrank räumen?«
»Welche Wäsche?«
»Welche Wäsche? Na deine. Jo hat mich angerufen und mich gebeten, dir was vorbeizubringen. Ich habe dir auch eine Jogginghose mitgebracht. Ich dachte, die kannst du bestimmt gebrauchen, wenn du …« Eva war aufgestanden und drehte sich nun zu ihr um. »Irgendwann wirst du ja aufstehen und ein bisschen rumlaufen wollen.«
»Ja, das wird sicher lustig. Moment, Jo? Welcher Jo?«

»Ja, sehr witzig, Charlie. Er macht sich große Vorwürfe. Er meint, er hätte besser aufpassen müssen.«

Charlotte verstand nur Bahnhof. »Welcher Jo, Eva?«

Eva machte die Schranktür zu und setzte sich auf die Bettkante. »Du machst gar keine Witze, oder?«

»Ich habe keine Ahnung, welchen Jo du meinst. Ich erinnere mich auch nicht an diesen blöden Sturz. Der Arzt meint, ich hätte eine vorübergehende Amnesie.«

»Ach du liebe Güte. Als Teenager hatte ich einen Fahrradunfall und eine schwere Gehirnerschütterung. Ich konnte mich hinterher nicht mehr daran erinnern, wie ich nach Hause gekommen war. Offenbar war ich mit dem Rad nach Hause gefahren.« Eva drückte sacht Charlottes Hand. »Du musst die Ruhe bewahren, Charlie, das kommt alles wieder. Sei nicht böse, aber ich muss los. Heute ist Premiere.«

»Danke, dass du mir die Sachen gebracht hast.«

»Ist doch selbstverständlich. Morgen komme ich wieder. Brauchst du noch was Bestimmtes?«

Charlotte schüttelte schwach den Kopf. »Würdest du nur bitte nach Malte sehen?«

»Klar. Bis morgen, Charlie, und gute Besserung.«

Nachdem Eva gegangen war, fühlte sich Charlotte vollkommen erledigt, so als habe sie sich nicht unterhalten, sondern den Mount Everest bestiegen. Das lag bestimmt an den Medikamenten.

»Sie sind ganz blass. Soll ich die Schwester rufen?«, fragte Helga besorgt.

»Nein, nicht nötig.«

»Sie sollten sich heute Abend eine Schlaftablette geben lassen.«

»Damit ich nicht mehr so blass bin?« Charlotte grinste flüchtig. »Nein, ich verstehe schon. Sie befürchten, dass ich nicht besonders gut schlafen werde. Aber ich möchte kein Schlafmittel. Es wird auch so gehen.«

»Na, wenn Sie meinen.«

»Wenn ich mich doch bloß endlich wieder an alles erinnern könnte.«

»Das wird schon, Charlotte. Haben Sie ein bisschen Geduld.«

8.

Wismar, am Tag darauf

Geduld.

Wie lange würde diese verdammte Amnesie noch dauern?

Genau das fragte sich Charlotte, als sie am frühen Nachmittag dalag und aus dem Fenster starrte.

Es nieselte leicht, und sie fragte sich, wie es wohl ihren Ziegen ging. Warum war in ihrem Kopf noch immer ein einziges großes schwarzes Loch?

Es klopfte leise, und sie murmelte ein »Herein«.

Ein Mann trat ein, im Arm einen hübschen kleinen Blumenstrauß mit roséfarbenen Rosen und ... wie hießen die weißen Blumen gleich noch mal? Nicht mal daran konnte sie sich gerade erinnern.

»Darf ich?«

Sie blinzelte irritiert. »Wer ...? Rolf? Meine Güte, wie kommst du denn hierher?«

Er setzte sich zu ihr auf die Bettkante und nahm ihre Hand. »Wie geht's dir? Hast du Schmerzen?«

Da war noch immer nichts, kein Unfall, kein Sturz – und kein Jo. Und wie kam Rolf überhaupt hierher? Sie hatten sich ewig nicht gesehen. Oder doch? Hatte sie das etwa auch vergessen?

»Was machst du hier, Rolf? Ich verstehe das nicht.« Sie zog sich die Bettdecke bis unters Kinn. »Warum bist du hier?«

Allein das Sprechen erschöpfte sie so, dass sie die Augen zumachte.

»Wir haben uns zufällig wiedergetroffen, erinnerst du dich nicht mehr?«

Sie stöhnte auf. »Ich erinnere mich gerade an gar nichts mehr.«

»Ich bin geschäftlich hier in Wismar und wollte mir die Insel ansehen. Und dann laufen wir uns über den Weg. Ist doch verrückt, oder?«

»Verrückt, ja, das kann man wohl sagen«, murmelte sie mit geschlossenen Augen. »Ich soll vom Heuboden gefallen sein.«

Er nickte. »Es war gerade passiert, als ich auf den Hof kam. Jo hat den Krankenwagen gerufen und ist mit hierhergefahren.«

»Ach ja?«

Rolf legte den Strauß auf die Bettdecke und blickte sie bestürzt an. »Du erinnerst dich wirklich nicht mehr?«

»Der Arzt meint, ich leide unter einer Amnesie.«

»Ach du liebe Zeit.« Er räusperte sich. »Und wie geht's dir sonst? Hast du Schmerzen?«

Sie überlegte, ob er das nicht eben auch schon gefragt hatte. »Die Schmerzen sind auszuhalten. Nur mein Hirn will mich einfach nicht hinter den Vorhang blicken lassen.«

Rolf nickte mitfühlend.

Ihr schoss plötzlich durch den Kopf, wie sie sich damals kennengelernt hatten. Seine schöne dunkle Stimme war das Erste gewesen, das ihr aufgefallen war. Sie schnaubte leise. Prima, daran erinnerte sie sich, aber nicht daran, wie sie von diesem verfluchten Heuboden gefallen war.

»Was ist?«, fragte Rolf sie.

»Ach nichts, in meinem Kopf herrscht das absolute Chaos.«

»Das wird schon wieder.«

Hatte das nicht auch Helga zu ihr gesagt?

»Ähm, Charlie, Jo würde dich gerne besuchen.«

Sie blickte Rolf fassungslos an. »Jo? Verdammt, Rolf, ich weiß ja nicht mal mehr, wer er ist.«

»Dann möchtest du nicht, dass er …?«

»Nein. Vielleicht später.« Sie zeigte auf die Blumen. »Sind die für mich?«

»Natürlich.«

»Vielleicht solltest du eine Vase holen?«, schlug sie vor.

»Gute Idee.« Er stand auf. »Bis gleich.«

Charlotte kam kaum dazu, darüber nachzudenken, wer zum Teufel Jo war, da stand Rolf schon wieder in der Tür. Mit einer Vase, die viel zu groß war.

Sie musste lachen und griff sich an die Rippen.

»Tut's noch sehr weh?«, fragte er besorgt.

»Nur wenn ich lache.«

Er stellte den kleinen Strauß in die große Vase und sah hilflos zu, wie der darin versank.

»Sie ist zu groß, Rolf. Vielleicht solltest du eine andere …«

»Später.« Er setzte sich wieder zu ihr. »Erst mal erzählst du mir genau, wie's dir geht.«

»Ich bin so furchtbar müde.« Sie machte die Augen zu. »Ich fürchte, ich bin keine …«

Als sie die Augen aufschlug, saß Eva an ihrem Bett.

»Wo ist Rolf?«

»Rolf?«

»Er saß doch eben noch da, wo du jetzt sitzt.«

Eva runzelte die Stirn. »Bist du sicher, dass du nicht geträumt hast?«

Charlotte drehte den Kopf und blickte Helga an.

»Sie hat recht, da war ein Mann; groß, graumeliertes Haar, dunkles Hemd, beigefarbene Hose, dunkle Schuhe ...«

Charlotte und auch Eva mussten lachen.

»Sie können ihn erstaunlich gut beschreiben, Helga«, meinte Charlotte und griff verstohlen an ihre angeknacksten Rippen.

»Ich habe ihn mir sehr genau angesehen.«

Jetzt lachten alle drei.

»Wie lange hab ich geschlafen?«, wollte Charlotte schließlich wissen.

»Ein paar Stunden.«

»Ist es Morgen oder Abend?«

»Abend.« Eva lächelte. »Die Premiere war übrigens großartig.«

»Welche Premiere?«

»Ich hatte dir gestern davon erzählt.«

Charlotte stöhnte wütend auf. »Diese verdammten Gedächtnislücken! Dauernd vergesse ich was, oder ich erinnere mich beim besten Willen nicht mehr an das, was passiert ist!« Dann fiel ihr schlagartig wieder ein, wie eilig Eva es gehabt hatte, weil sie ins Theater musste. »Ja! Du warst hier und hast meine Klamotten in den Schrank geräumt.« Sie strahlte.

Eva nahm ihre Hand und hielt sie fest. »Na, siehst du.«

»Eva? Kann ich dich was fragen?«

»Klar.«

»Welchen Tee trinke ich am liebsten?«

»Warum willst du das wissen?«

»Weil mir nicht mal das eingefallen ist«, erklärte Charlotte aufgebracht.

»Du Arme.« Eva drückte erneut ihre Hand. »Du trinkst am liebsten Darjeeling und Ayurvedischen mit Ingwer.«

»Ach ja. Und … ähm, kann ich dich noch was fragen?«

»Sicher.«

»Wer ist Jo?«

»Du erinnerst dich immer noch nicht? Ihr seid … gute Freunde.«

»Warum sagst du das so komisch?«

»Komisch? Ach was, nein. Ich war am Nachmittag übrigens auf Poel und habe mit Grete gesprochen.«

»Und mit … Jo?«

Eva schüttelte den Kopf. »Er war nicht mehr da. Grete lässt dich schön grüßen.«

»Gerade jetzt, wo der Verkauf so gut angelaufen ist, muss die Käserei geschlossen bleiben.« Charlotte schlug mit der flachen Hand auf die Bettdecke. »Was für ein Mist!« Dann stutzte sie verblüfft. »Immerhin erinnere ich mich daran.«

»Jo hat ein ganz schlechtes Gewissen. Er glaubt, er sei schuld an deinem Sturz.« Eva hielt erschrocken inne, jedenfalls machte es auf Charlotte den Eindruck. »Ähm … ich meine … Herrgott, entschuldige, das bringt dich jetzt bestimmt noch mehr durcheinander.«

»Warum sollte er schuld sein?«

»Das weiß ich nicht.«

»Rolf sagte, er würde mich gerne besuchen.«

»Wer? Rolf?«

»Nein, Jo.«

»Ach so, natürlich. Aber das ist bestimmt ... keine gute Idee, oder?«

Wenn Charlotte das so genau wüsste. Einerseits war sie schrecklich gespannt auf diesen geheimnisvollen Jo, andererseits hatte sie eine Heidenangst vor der Begegnung.

»Ich werde drüber nachdenken.«

»Du musst einfach ein bisschen Geduld haben, Charlie.«

»Ich weiß.«

»Soll ich dir morgen was zum Lesen mitbringen? Das bringt dich auf andere Gedanken.«

»Ja, vielleicht einen Liebesroman?«

Am nächsten Tag kam Rolf wieder. Und diesmal hatte er ihr Pralinen mitgebracht.

»Der Klassiker.« Er grinste, als er die Schachtel auf die Bettdecke legte. »Tut mir leid, mir ist nichts Originelleres eingefallen.«

»Ich würde gerne lachen, aber es tut einfach zu weh.«

»Wie hast du geschlafen?«

»Miserabel.«

Sie war eingeschlafen und kurz nach Mitternacht wieder aufgewacht. Die eigenartige Stille, der Geruch des Krankenhauses, das leise Quietschen der Schritte auf dem Flur, all das hatte sie nicht wieder einschlafen lassen. Sie hatte sich nicht mal hin und her wälzen können, weil das weder mit dem blöden Gips noch mit den angeknacksten Rippen möglich gewesen wäre. Und so hatte sie stocksteif wie ein Käfer auf dem Rücken gelegen und versucht, sich an ihren Sturz zu erinnern. Oder an diesen Jo. Was beides nicht funktioniert hatte. Schließlich hatte sie Schafe gezählt, die irgendwann zu Ziegen geworden waren. Und Minuten später, so war es ihr vorgekommen, war sie wieder hochgeschreckt, als eine Krankenschwester hereingekommen war, um bei Helga Fieber zu messen. Gott, wie sie Krankenhäuser hasste!

»Möchtest du eine probieren?« Er zeigte auf die Pralinen. »Ich hoffe, du magst noch immer Marzipan.«

»Ich liebe Marzipan, ähm, das glaube ich zumindest.«

Er machte die Schachtel auf und steckte ihr dann eine Praline in den Mund, was ihr etwas seltsam vorkam. Aus den Augenwinkeln sah sie Helga schmunzeln. Bestimmt dachte sie sich jetzt wer weiß was.

»Würdest du mir einen Gefallen tun, Rolf?«

»Natürlich.«

»Würdest du mir eine neue Flasche Wasser holen? Ich trinke, seitdem ich hier bin, Unmengen von Wasser.«

»Klar, bin gleich wieder da.«

Als er die Tür hinter sich zugezogen hatte, drehte sie sich zu Helga um. »Ich sehe förmlich, was Sie gerade denken.«

»Da bin ich aber gespannt.«

»Sie denken, dass er und ich … Wir waren mal ein Paar, das ist aber schon ewig her.«

»Aha.«

»Er will einfach nur nett sein.«

Helga lachte, nein, sie kicherte wie ein junges Mädchen. »Er legt sich für meine Begriffe ganz schön ins Zeug, aber er möchte bestimmt nur nett sein.«

Ihr Kichern war so ansteckend, dass Charlotte sich sehr zusammenreißen musste, um nicht mitzulachen.

»Lassen Sie das, Helga, ich kann nicht lachen. Das wissen Sie doch.«

»Entschuldigung, tut mir leid.« Helga lehnte sich weiter aus dem Bett und raunte: »Er ist wirklich sehr nett.«

»Ja, das ist er.«

»Und er sieht gut aus, oder?«

»Jaja.«

War Rolf damals ihr Typ gewesen? Wahrscheinlich schon.

Sie hatten sich in einer sehr angesagten Kneipe im Hanseviertel kennengelernt. Sie hatte unbedingt wissen wollen, wer der Mann mit dieser unglaublich schönen Stimme war.

Ein, zwei Sekunden hatten sie sich angelächelt, dann hatte er sich wieder umgedreht und sich weiter mit seinem Freund unterhalten. Ein paar Tage später war sie wieder dort gewesen, genau wie Rolf. Sie waren ins Gespräch gekommen, mehr als Sympathie hatte sie aber nicht empfunden. Verliebt hatte sie sich erst Wochen später in ihn, nachdem sie ein paarmal miteinander ausgegangen waren. Zusammengezogen waren sie dann recht schnell, so als hätten sie keine Zeit mehr zu verlieren gehabt. Jedenfalls hatte das eine damalige Freundin gemeint.

Vielleicht hatte sie nicht mal unrecht gehabt.

Charlotte war über dreißig, Rolf schon fast vierzig gewesen. Da gab man möglicherweise etwas mehr Gas als mit Mitte zwanzig.

»Sie lächeln ja ganz verzückt, Charlotte«, flüsterte Helga ihr zu.

»Ich musste nur gerade daran denken, wie wir uns damals kennengelernt haben.«

Die Tür ging auf, und Rolf kam zurück. Er stellte die Wasserflasche auf das Tischchen am Bett und setzte sich wieder. »Was macht dein Kopf?«

»Er weigert sich hartnäckig, mir meine Erinnerungen wiederzugeben.«

»Das wird schon wieder, Charlotte.«

»Ja, aber wann, Rolf? Hast du eine Ahnung, wie furchtbar es ist, wenn man sich an gewisse Dinge einfach nicht mehr erinnert?«

»Nein«, gab er zu und zuckte mit den Schultern. »Dann erinnerst du dich auch immer noch nicht an Jo?«

Für einen kurzen Augenblick war sie versucht, ihn anzuflunkern, dann aber siegte ihr Sinn für bedingungslose Ehrlichkeit. »Nein.«

Er nickte nachdenklich vor sich hin.

»Woher kennst du ihn eigentlich?«, fragte sie ihn.

Rolf schaute sie irritiert an. »Jo, meinst du? Du hast ihn mir vorgestellt. Woher sollte ich ihn sonst kennen?«

Charlotte zischte ärgerlich. Mein Gott, war sie blöd. Lag das auch an der Gehirnerschütterung?

»Heute nennt man das Schädel-Hirn-Trauma«, sagte sie trocken.

»Ähm ... wovon sprichst du gerade?«

Jetzt musste sie lachen. »Entschuldige, ich bin wirklich ziemlich durcheinander. Ich meinte nur, dass man eine Gehirnerschütterung heutzutage Schädel-Hirn-Trauma nennt.«

Sie plauderten noch eine halbe Stunde, dann verabschiedete er sich wieder. Nicht ohne hoch und heilig zu versprechen, dass er am nächsten Tag wiederkommen würde.

Er war kaum verschwunden, da kam Eva mit einem kleinen Obstkorb, einem Stapel Bücher, einem Kofferradio und zwei verschiedenen Nagellack-Fläschchen.

»Was soll ich denn damit?«, fragte Charlotte verwundert.

»Du hast dich immer beschwert, dass dir die Zeit fehlt, dir die Fußnägel zu lackieren. Jetzt hast du Zeit.«

Charlotte zeigte erst auf ihr rechtes Bein und dann auf ihr Gipsbein. »Und wie toll das zu meinem Gips passen wird.«

»Eben. Und? Wie fühlst du dich?«

»Großartig. Nur das Lachen fällt mir schwer.«

»Dann lass es einfach.«

»Sehr witzig.«

»Tut mir leid, ich wollte schon früher kommen, aber mein Wagen sprang nicht an. Er ist in der Werkstatt, und ich habe jetzt einen todschicken Leihwagen.«

»Rolf war übrigens wieder hier.«

Eva verzog beeindruckt das Gesicht. »Dafür, dass ihr euch ewig nicht gesehen habt, legt er sich ganz schön ins Zeug.«

Charlotte hörte Helga leise glucksen.

»Er will einfach nett sein, Eva.«

»Ach, komm schon, Charlie, nett! Er will dich beeindrucken.«

»Und warum sollte er das tun?«

»Vielleicht mag er dich noch sehr.«

»Und das fällt ihm nach all der Zeit wieder ein?« Charlotte rutschte hin und her und stöhnte wütend auf. »Hilf mir mal, ja? Mir tut schon alles weh.«

Eva stellte das Kopfteil des Bettes so ein, dass Charlotte aufrecht sitzen konnte, und klopfte ihr sehr gewissenhaft auch gleich noch das Kopfkissen auf.

»Warst du damals eigentlich sehr verliebt in ihn?«

»Ich war über dreißig und hatte ein bisschen Torschlusspanik, fürchte ich.«

Eva lachte. »Das beantwortet meine Frage nicht, liebe Charlie. Warst du?«

»Eine Zeitlang war ich schon ziemlich verliebt. Rolf kann unglaublich charmant sein. Aber er hat auch dunkle Seiten.«

»Wie jeder Mensch«, erwiderte Eva trocken.

»Wir haben nicht zueinandergepasst. Aber das sieht man oft erst später.«

»Meistens sogar.« Eva legte den kleinen Bücherstapel auf die Bettdecke. »Alles Liebesromane.«

»Vielen Dank auch.«

»Ich dachte, wenn du schon mal Zeit hast ...«

»... und nicht nur damit beschäftigt bist, dir die Fußnägel zu lackieren«, ergänzte Charlotte und verkniff sich ein Lachen.

»Sie sind alle furchtbar schnulzig, aber richtig schön. Ich wette, du musst bei dem einen oder anderen heulen.«

»Ich halte dagegen.«

Eva drehte sich zur Seite und blickte Helga an, die in ihrer Illustrierten las. »Entschuldigung, würden Sie ein Auge auf meine Freundin haben? Sie wettet, dass sie nicht heulen muss, wenn sie die Romane liest.«

Helga schlug die Zeitschrift zu. »Das klingt nach einer

spannenden Wette. Ich spiele sehr gerne den Schiedsrichter.«

»Und Zeugin.«

»Und Zeugin.« Helga fand das sichtlich lustig. »Worum haben Sie gewettet?«

»Ja, worum wetten wir eigentlich?«

Eva wettete leidenschaftlich gern mit ihr, egal worum. Ihr ging es nur um den Spaß.

»Wer verliert, bekocht die andere mit einem Drei-Gänge-Menü«, schlug sie nach kurzem Überlegen vor.

Charlotte zeigte auf ihr Gipsbein. »Du verlangst, dass ich damit durch die Küche hüpfe und ein Drei-Gänge-Menü koche?«

»Nur wenn du verlierst.«

Helga klatschte vergnügt in die Hände. »Herrlich. Sie gefallen mir, alle beide.«

Am nächsten Tag kam Rolf wieder.

»Hast du wirklich nichts Besseres zu tun, als mich hier im Krankenhaus zu besuchen?« Charlotte seufzte kopfschüttelnd. »Wismar hat eine bezaubernde Altstadt, einen schönen Hafen und die Umgebung lohnt sich ebenfalls.«

Er zog sich einen Stuhl heran. »Ich bin aber lieber hier bei dir.«

Charlotte konnte es sich nicht verkneifen, einen flüchtigen Blick zu Helga zu werfen, die sich hinter einer ihrer Illustrierten verschanzt hatte und wahrscheinlich wie ein Honigkuchenpferd grinste.

»Ich habe ein paar Urlaubstage angehängt. Ich kann ein bisschen Erholung gebrauchen.«

»Hast du mir heute gar keine Pralinen mitgebracht?«

»Nein.« Er holte ein Buch aus einer kleinen Tüte hervor.
»Was ist das?«, wollte sie wissen.
»Ein Buch.«

Charlotte zog eine Grimasse und klopfte ihm leicht auf den Arm. »Das sehe ich, Rolf. Ich meine, was für ein Buch?«

Sie hörte Helga mit der Zeitschrift rascheln. Bestimmt lauschte die alte Dame konzentriert und nicht weniger amüsiert.

»Ein Liebesroman. Soll richtig gut sein, sagt die Buchhändlerin. Einer dieser Romane, die einen mit einem seligen Lächeln zurücklassen, hat sie gemeint.«

»Na denn.«

Hatte sie gerade ein leises, unterdrücktes Lachen gehört?

»Oder liest du lieber Krimis?«

»Nein, nein, ich freue mich, Rolf. Vielen Dank.«

Er wischte sich über die Stirn, die ein wenig glänzte. »Heiß hier drin.« Er stand auf. »Kann ich mal das Fenster aufmachen?«

»Sehr gerne«, sagten Charlotte und Helga gleichzeitig.

»Weißt du schon, wann sie dich entlassen?«, fragte er, als er sich wieder gesetzt hatte.

»Nein, ich werde morgen den Oberarzt fragen.«

»Und dann? Ich meine, du kannst doch so unmöglich nach Poel zurück?« Er zeigte auf ihren Gips. »Was hältst du davon, wenn ich dich abhole und wir uns ein paar schöne Tage hier in Wismar machen?«

Für einen kurzen Moment glaubte sie, er würde tatsächlich mit ihr flirten, dann aber schüttelte sie über sich selbst den Kopf. Flirten! Rolf war ein alter Freund, mehr sah sie wirklich nicht mehr in ihm, und er wollte sie nur ein bisschen auf andere Gedanken bringen. Es gab nur etwas, das er dabei völlig vergessen hatte: Sie hatte einen Sohn.

»Man merkt, dass du frei und unabhängig bist, Rolf. Ich habe einen Sohn, um den ich mich kümmern muss.«

»Wir könnten was zu dritt unternehmen«, schlug er vor.

»Das wird wohl nicht gehen«, sagte sie vage und hoffte, dass er es darauf beruhen ließ.

Rolf grinste breit. »Ah, verstehe. Er ist im besten Teenageralter und hat natürlich keine Lust, mit seiner Mutter und deren altem Freund was zu unternehmen.«

»So ungefähr.« Charlotte stützte sich auf einen Ellbogen und verzog das Gesicht. Diese verflixten Rippen! »Sag mal, wie ist das eigentlich bei dir? Bist du verheiratet, oder gibt's jemand in deinem Leben?«

»Ich bin nicht verheiratet«, entgegnete er. »Aber das hatte ich dir bereits gesagt.« Er winkte ab. »Verstehe, dein Gedächtnis ... Ich lebe allein.«

»Aus Überzeugung?«

»Teils, teils.«

In dem Moment wurde genau einmal angeklopft, dann ging die Tür auf und Schwester Andrea kam herein, auf dem Arm ein Tablett.

»Frischer Apfelkuchen, die Damen.«

Helga strahlte. »Immer her damit. Darauf freue ich mich schon den ganzen Tag.«

Charlotte liebte Apfelkuchen. Eigentlich. Der hier hatte allerdings nichts mit dem gemein, den sie gern aß.

Sie schob Rolf den Teller zu, der begeistert zu essen begann.

»Hast du dir ein Zimmer hier in der Stadt genommen?«
Er nickte mit vollem Mund.
»Und? Bist du zufrieden?«
Wieder nickte er.
»Und wie ist das Frühstück?«
»Auch gut.«
Machte sie gerade Konversation?

Sie sah Rolf beim Essen zu, trank einen Schluck Kaffee und wünschte, sie wäre auf Poel. Sie vermisste ihren Sohn, ihr kleines Häuschen, die Ziegen, Grete …

Nachdem Rolf wieder gegangen war, nahm sie das Buch, das er mitgebracht hatte, und schlug es auf.

Nach wenigen Seiten war sie eingeschlafen, das Buch auf dem Gesicht.

Am nächsten Tag beobachtete der junge Physiotherapeut, wie Charlotte auf Krücken gestützt versuchte, vom Bett bis zur Tür zu gehen.

»Sie müssen Ihr Gewicht anders verlagern, Frau Kristen.«

»Ich weiß, ich glaube, ich bin zu blöd, um mit Krücken zu laufen.«

»Ach was, das wird schon. Mit ein bisschen Übung wird das schon.«

Charlotte hatte kurz zuvor mit ihrem Sohn telefoniert, um ihm zu sagen, dass sie bald nach Hause könne und gerade dabei sei, das Gehen mit Krücken zu erlernen. Wie dämlich sie sich dabei anstellte, hatte sie auch erwähnt und gehofft, ihm ein Lachen zu entlocken. Fehlanzeige. Er hatte nur »Okay« gemurmelt und aufgelegt.

Der Arzt hätte sie gern noch ein paar Tage dabehalten,

doch sie hatte ihm so lange in den Ohren gelegen, nach Hause zu ihrem Sohn zu müssen, dass er schließlich eingewilligt hatte, ihre Entlassungspapiere fertigmachen zu lassen.

Nachdem sie eine Runde auf dem Flur zurückgelegt hatte, sank sie erschöpft und durchgeschwitzt auf ihr Bett.

»Normalerweise kümmere ich mich um zwanzig Ziegen, eine Käserei und zwei Haushalte und bin nicht halb so erledigt.«

Helga blickte sie mitfühlend an. »Das liegt daran, dass man hier nur rumliegt und die Zeit vergehen lässt. Das ist manchmal anstrengender, als aktiv zu sein. Ich bin froh, dass Sie da sind, Charlotte. Wir zwei haben es uns doch einigermaßen nett gemacht, finden Sie nicht?«

Charlotte lächelte sie an. Das stimmte, die beiden im Grunde ungleichen Frauen waren sich nicht nur auf Anhieb sympathisch gewesen, sie hatten sogar Freundschaft geschlossen. Oft passierte es Charlotte nicht, dass sie jemandem begegnete, mit dem sie gleich etwas verband. Während sie darüber nachdachte, überkam sie ein eigenartiges, fast wehmütiges Gefühl. Ein Gefühl, das sie nicht einordnen konnte.

Am Nachmittag kam Rolf und bestand darauf, dass sie nach unten in die Cafeteria gingen und dort einen Kaffee tranken und einen Kuchen aßen, der genießbar war.

»Ich dachte, du magst den Apfelkuchen hier.«

»Stimmt ja auch, aber ich dachte, du hättest auch Lust auf was Süßes.«

»Und wie.« Sie betrachtete ihren Gips. »Aber ehrlich gesagt, habe ich einen ziemlichen Horror davor, damit durch die Klinik zu marschieren. Ich schaffe es ja kaum den Flur entlang.«

»Dann wirst du es üben müssen«, meinte er entschlossen und half ihr beim Aufstehen.

»Ich lag gerade so schön«, stöhnte sie auf.

»Du wirst sehen, hinterher bist du froh.«

»Das hätte meine Mutter nicht besser sagen können.« Charlotte ächzte und stützte sich keuchend auf die erste Krücke. »Apropos: Wie geht's eigentlich deiner Mutter?«, fügte sie hinzu.

»Locker, Charlotte, locker.« Er umfasste ihr Handgelenk und zeigte ihr, wie sie die Krücken am besten anfassen sollte. »Siehst du, so geht's besser, oder? Und bevor du fragst: Ich musste selbst einige Wochen an Krücken gehen. Ist aber schon eine Weile her. Du wolltest wissen, wie es meiner Mutter geht. Gut. Sie jammert und beklagt sich jeden Tag, aber das kenne ich schon. Das ist ein Zeichen, dass es ihr gut geht. Erst wenn sie nichts mehr sagt, geht es dem Ende zu.«

Charlotte musste lachen und hielt sich die Seite. »Autsch, das tut immer noch weh.«

Rolf blieb in der Tür stehen und beobachtete mit kritischem Blick, wie sie an ihm vorbeihumpelte, die Stirn gerunzelt und leise keuchend. »Siehst du, das geht doch schon ganz prima.«

Er übertrieb schamlos.

Auf dem Flur ging es dann tatsächlich schon ganz gut, sie war selbst ganz erstaunt. Vielleicht hatte sie wirklich schon etwas Übung.

Rolf drückte auf den Fahrstuhlknopf.

»Ich hasse Fahrstuhlfahren«, stieß Charlotte aus. »Ich bin vor Jahren mal steckengeblieben, erinnerst du dich?«

»Klar. Du hast gebrüllt, dass du alle verklagen wirst, die irgendwas mit dem Fahrstuhl zu tun hätten.«

Sie wurde rot. »Mein Gott, ja, daran erinnere ich mich auch.«

Rolf lachte. »Es war eine Extremsituation, Charlotte, da benimmt man sich anders.« Er räusperte sich. »Wie geht's deinem Sohn?«

»Gut, glaube ich.«

»Glaubst du?«

Er hielt ihr die Fahrstuhltür auf und wartete geduldig, bis sie endlich eingestiegen war.

»Ja, genau wissen kann ich das nicht.«

»Und warum nicht?«

»Das ist eine längere Geschichte, Rolf.«

Als sie aus dem Fahrstuhl stiegen, wehte ihnen der Duft von frischem Kaffee und warmen Brötchen entgegen. Charlotte verspürte endlich wieder so etwas wie Lebensfreude und Energie. Sie hatte sich wie ausgesperrt und abgeschnitten von der Außenwelt gefühlt. Das wurde ihr erst jetzt klar.

Rolf zeigte nach rechts. »Da hinten ist ein schönes Plätzchen. Wollen wir uns dahin setzen?«

In der Cafeteria war es ziemlich laut, und in den Kaffeegeruch mischte sich der aufdringliche Duft von Kölnisch Wasser. Charlotte verzog das Gesicht. »Ich glaube, mir wird übel.«

»Warum?«, fragte Rolf verdutzt und steuerte den freien Tisch an.

»Riechst du das nicht?«

»Nein, was?«

Er schob ihr den Stuhl zurecht, und sie ließ sich wie ein nasser Sack darauf fallen. Die Krücken stellte sie neben den Stuhl.

Rolf nahm die kleine Speisekarte aus dem Tischständer und studierte sie eingehend. »Was möchtest du? Vielleicht einen Eisbecher?«

»O ja, das klingt wunderbar.«

»Amarena so wie früher?«

Das wusste er noch? Und sie freute sich vor allem, dass sie selbst all diese Dinge wieder wusste.

»Gerne.«

Rolf stand wieder auf und ging zum Tresen, um dort mit einer hübschen, jüngeren Frau zu sprechen, die geschäftig hin und her wuselte. Als er zurückkam, hatte er noch immer ein breites Grinsen im Gesicht.

»Sie hat ganz schön zu tun«, meinte er und setzte sich.

»Offenbar herrscht auch hier Personalmangel«, sagte Charlotte trocken.

»Du wolltest mir von deinem Sohn erzählen.« Er blickte sie auffordernd an. »Du sagtest, es sei eine längere Geschichte.«

Wollte sie das? Sie hatte eigentlich gar keine Lust, mit ihm darüber zu sprechen.

»Ach, nicht so wichtig. Lass uns lieber über was anderes sprechen, ja?«

»Wenn du meinst.« Er sah gekränkt aus. Und beleidigt. »Über das Wetter vielleicht?«

Charlotte blickte aus dem Fenster. Es nieselte leicht, ein grauer Tag, an dem man froh sein sollte, im Trockenen zu sitzen.

»Es regnet.«

»Stimmt. Worüber möchtest du sonst sprechen? Über Politik? Früher hast du gern über Politik gesprochen.«

Er schien wirklich ein gutes Gedächtnis zu haben.

»Das hat sich geändert. Ich fürchte, ich bin da ziemlich desillusioniert.«

»Geht mir nicht anders.« Er stand auf, um ihren Eisbecher und seine Bestellung abzuholen. »Bin gleich wieder da.«

Charlotte nutzte die Zeit, um sich in der Cafeteria umzublicken. Es waren fast ausschließlich ältere Herrschaften hier, manche Frauen trugen ein Hütchen, wie sie belustigt feststellte. Ein bisschen kam sie sich vor wie auf dem Pferderennen in Ascot.

Rolf kehrte zurück, und während sie ihr Eis und er seine Schokoladen-Sahne-Torte aß, bemühte er sich um eine zwanglose Unterhaltung. Charlotte war allerdings nicht in der Verfassung für eine harmlose Plauderei. Im Gegenteil, mit jeder weiteren Minute hatte sie das Gefühl, sie würde die Zeit absitzen. Zeit, die sie anderweitig viel besser nutzen könnte.

Ihre Laune war auf dem Nullpunkt, als Rolf sie zurück in ihr Zimmer brachte. Sie bedankte sich artig für das Eis und die nette Gesellschaft und betete, er würde die Tür hinter sich zumachen. Als er sich dann verabschiedet hatte, tat es ihr leid, dass sie so unfreundlich und schlechtgelaunt gewesen war. Sie musste dringend raus aus diesem Krankenhaus.

Rolf war ruhelos durch die Stadt gegangen und ab und zu vor einem der historischen Bauten stehengeblieben und hatte sie betrachtet, ohne wirklich etwas wahrzunehmen. Seine Gedanken kreisten um etwas ganz anderes. Schließlich hatte er sich auf eine Bank gesetzt, um nachdenken zu können.

Ob er sich da in etwas verrannt hatte? War er vielleicht doch nicht der Vater von Charlottes Sohn? Immer und immer wieder hatte er nachgerechnet. Malte war vierzehn, wann genau hatten Charlotte und er sich getrennt? Warum hatte er nur so ein verflucht schlechtes Gedächtnis in solchen Dingen? An andere Sachen erinnerte er sich wieder, als wären sie erst gestern passiert. Da war er wie der berühmte Elefant.

Er hatte den Jungen noch kein einziges Mal zu Gesicht bekommen. Vielleicht würde er sich sicherer sein, wenn das endlich geschehen war. Möglicherweise sah der Junge ihm ähnlich oder hatte irgendetwas an sich, das ihn an sich selbst erinnerte. Vielleicht sollte er Charlotte auch einfach fragen. *Du, sag mal, ist Malte eigentlich mein Sohn?*

Aber wie würde sie reagieren? Bestimmt würde sie glauben, er wolle sich zwischen sie und ihren Sohn drängen, aber das hatte er ja gar nicht vor. Er wollte nur Gewissheit, das war es. Und wenn Malte wirklich sein Sohn war, dann würde er sich kümmern wollen.

Er sollte dringend mit Charlotte reden, warum bloß eierte er so fürchterlich rum? Er hatte doch im Grunde nichts zu verlieren. Als er in einem Anflug von Mut und Entschlossenheit nach Poel gefahren war, um mit ihr zu sprechen, hatte sie diesen blöden Unfall gehabt. Und im Krankenhaus hatte er sie nun wirklich nicht danach fragen wollen.

Hinzu kam eine klitzekleine Kleinigkeit, die ihm zu

schaffen machte: Er war auf dem besten Wege, sich wieder in sie zu verlieben.

Das war vollkommen verrückt, aber leider wahr. Sie war eine tolle Frau, eine Frau mit Herz und Verstand. Sie stand mit beiden Beinen auf dem Boden, das hatte ihm schon damals gefallen. Jetzt aber war noch etwas hinzugekommen: Charlotte hatte sich zu einer reifen Frau entwickelt, die mitten im Leben stand. Das hatte ihn gleich bei ihrer Begegnung auf Poel beeindruckt.

Aber was war mit diesem Jo? Lief da was zwischen den beiden? Waren sie wirklich nur gute Freunde? Aber Charlotte erinnerte sich nicht mehr an ihn. War das ein Zeichen? Schicksal? Eine glückliche Fügung?

Rolf lehnte sich zurück und verschränkte die Arme im Nacken. Es nieselte noch leicht, das störte ihn aber nicht.

Hatten er und Charlotte wieder eine Chance?

Sie war so vollkommen anders als Angie. Sie besaß eine Natürlichkeit und Frische, die ihm guttat. Angie war immer etwas gekünstelt und konnte nie wirklich spontan sein, weil alles um sie herum stimmen musste. Charlotte war flexibel und unkompliziert, und das mochte er.

Wenn er doch bloß endlich ihren Sohn kennenlernen würde! Er musste am Ball bleiben, er durfte jetzt keinen Rückzieher machen.

9.

Insel Poel

Eva war keine begnadete Autofahrerin, niemand wusste das besser als sie selbst. Als sie in den dritten Gang schaltete, empfand Charlotte Mitleid mit dem kleinen Fiat.

Diese kurzfristige Empfindung machte aber gleich wieder einer fast kindlichen Vorfreude Platz. Sie durfte endlich wieder nach Hause!

Eva hatte sie aus der Klinik abgeholt, und gemeinsam waren sie zu ihrer Wohnung gefahren, um dort ein paar Sachen wie frische Wäsche abzuholen. Ihre Freundin hatte für sie gewaschen, so dass kein Berg Schmutzwäsche auf sie wartete, sondern frisch gewaschene und sogar gebügelte Wäsche in ihrem Kleiderschrank lag.

Malte hatten sie von seinem Freund abgeholt. Er war in sich gekehrt und wortkarg, aber das war nichts Besonderes. Schließlich musste er sich gerade wieder auf eine neue Situation einstellen.

»Rolf wollte mich abholen und nach Poel zurückbringen«, erzählte Charlotte nun mit deutlich gesenkter Stimme.

Eva nickte, während sie konzentriert auf die Fahrbahn blickte.

»Sag ich ja, er legt sich ganz schön ins Zeug.« Sie warf

erst Malte im Rückspiegel und dann Charlotte einen flüchtigen Blick zu, den Charlotte mit warnender Miene erwiderte. *Wehe, du sagst ein Wort über Rolf.*

Am Ende würde sich Malte wer weiß was denken.

Sie drehte sich zu ihm um. »Was hältst du davon, wenn wir heute Abend grillen? Und wir laden alle ein, die wir kennen.«

Er nickte, und sie nahm es als Einverständnis.

Als sie über die Landstraße in Richtung Wangern fuhren, begann ihr Herz wie wild zu schlagen. Nach Hause! Auch wenn Poel eigentlich noch nicht ihr richtiges Zuhause war, so fühlte es sich einfach wunderbar an, wieder hier zu sein. Ja, es war wie nach Hause kommen.

»Ich bin schon richtig gespannt auf Jo«, raunte sie Eva zu.

Ihre Freundin schien sich ein Lachen zu verkneifen. »Du kennst ihn bereits, Charlie.«

»Schon, aber irgendwie kenne ich ihn ja auch wieder nicht.«

In den letzten beiden Tagen waren viele Erinnerungen nach und nach zurückgekehrt, manche hatten sie geradezu im Schlaf überrascht, und sie war hochgeschreckt, weil sie sich so gefreut hatte. Zweimal hatte sie von einem sehr großen Mann geträumt, der sie angelächelt hatte. Sie hatten herumgealbert, und als sie aufgewacht war, hatte sie überlegt, ob das Jo gewesen war. In manchen Momenten war sie sicher gewesen, dann wieder hatten sie Zweifel geplagt.

Sie meinte auch, ab und an seine Stimme im Ohr zu haben, doch gleich darauf war sie dann wieder der Meinung, es sei wohl doch Rolfs gewesen.

Schon von Weitem sah sie ihre Ziegen auf der Weide

und wäre am liebsten gleich aus dem Wagen gesprungen. Aber wie, mit diesem dämlichen Gipsbein?

Eva machte den Motor aus. »Warte, ich helfe dir.«

Charlotte saß wie gebannt da und zeigte auf einen Mann, der auf dem Hof stand, beide Hände in den Hosentaschen. Er trug ein kurzärmeliges, kariertes Hemd und khakifarbene Cargohosen. Als sie sah, dass er einen längeren dunkelblonden Zopf trug, schlug ihr das Herz bis zum Hals. An diesen Zopf hatte sie denken müssen, als sie die Krankenschwester gesehen hatte.

»Ist er das?«, flüsterte sie, und Eva nickte stumm.

Himmel, war der Mann attraktiv. Und so groß. Und so breitschultrig. Und so langhaarig.

»Er sieht ziemlich gut aus«, flüsterte sie.

Ihr Herz überschlug sich beinahe, und sie hatte einen ganz trockenen Hals. Das war also Jo.

Langsam stieg sie aus, wobei sie Evas Hilfe gern in Anspruch nahm. Je näher sie Jo kam, desto nervöser wurde sie. Sie kannte ihn! Irgendetwas in ihr schrie, dass sie diesen Mann kannte. Gleichzeitig aber war es, als würde sie ihn das erste Mal sehen. Als sie direkt vor ihm stand, setzte ihr Herzschlag für ein, zwei Schläge aus. Sie wusste, sie würde kein einziges Wort herausbringen, wahrscheinlich nicht mal einen Laut. Dieser Jo, der nun ganz nah vor ihr stand und sie anlächelte, war der faszinierendste Mann, der ihr je begegnet war. Er hatte etwas an sich, das sie sprachlos machte. Sie wollte ihn umarmen, festhalten, am liebsten sogar küssen, und gleichzeitig würde sie am liebsten wegrennen.

»Jo.« Ihre Stimme war heiser.

»Charlie.« Er streckte die Arme aus und zog sie an sich.

Sie hatte sich wehren wollen, stattdessen stand sie da und lehnte sich mit geschlossenen Augen an ihn. Und ein weiterer Bruchteil ihrer Erinnerung kehrte zurück. Jo und sie im Garten, laut lachend, herumalbernd, diskutierend, in den Sternenhimmel blickend …

»Schön, dass du wieder da bist.« Er hielt sie etwas von sich. »Du bist ziemlich blass. Die frische Landluft hat dir gefehlt.«

Sie nickte stumm.

»Willkommen daheim.« Eine andere Stimme. Eine weibliche. Eine ältere Frau schob sich an Jo vorbei und streckte beide Hände nach ihr aus. »Du hast uns gefehlt.«

Grete.

Charlotte drückte die Frau fest an sich und lachte und heulte abwechselnd. Ihre Gefühle brachen sich Bahn, und sie war froh, dass sie es auf Gretes herzliche Begrüßung schieben konnte.

Auf die beiden Krücken gestützt, ging sie über den Hof.

Ob sie wohl irgendwann leichtfüßig wie eine Gazelle damit vorwärtskommen würde?

Jo ging neben ihr her, was sie fürchterlich nervös machte.

Sie hatte sein Rasierwasser in der Nase.

Um etwas Sinnvolles zu sagen, rief sie laut: »Heute Abend wird gegrillt. Und ihr seid alle herzlich eingeladen.«

Einige Zeit später kam Rolf auf den Hof gefahren.

Charlotte saß mit Grete auf der Bank vor dem Haus.

»Hab ich dir Rolf schon vorgestellt, Grete? Entschuldige, aber mein Gedächtnis lässt mich manchmal noch ziemlich im Stich.«

Grete legte ihr die Hand auf den Arm. »Du hast großes Glück gehabt, Charlie. Was sind da schon ein paar Gedächtnislücken?«

»Du hast recht, es fühlt sich trotzdem scheußlich an, dass einem einiges total entfallen ist.« ... *zum Beispiel, dass man mit dem attraktivsten und interessantesten Mann befreundet ist, den man sich vorstellen kann.*

Rolf kam auf sie zu und blieb dann vor ihnen stehen. »Tut gut, wieder hier zu sein, oder?«

»Das kannst du laut sagen. Darf ich dir Grete vorstellen? Sie ist meine Nachbarin, eigentlich aber auch eine sehr gute Freundin. Grete, das ist Rolf, ein alter Freund aus vergangenen Tagen.«

Die beiden schüttelten sich die Hände.

»Hast du Lust, heute Abend mit uns zu grillen?«, fragte Charlotte ihn. Sie ahnte, dass sie sich mit Jo merkwürdig befangen fühlen würde. Rolf in der Nähe zu wissen verschaffte ihr gerade ein sicheres Gefühl.

»Sehr gerne. Dann lerne ich bestimmt auch endlich deinen Sohn kennen.«

»Warum gehst du nicht schon mal in den Garten?«, schlug sie ihm vor. »Eva ist auch dort und genießt die Ruhe.« Sie zeigte nach rechts.

Er nickte und verschwand um die Ecke.

Grete stand auf. »Ich mache mich dann mal auf den Weg.«

»Nichts da, du bleibst schön hier. Glaubst du, für dich gilt die Einladung nicht?«

Grete zwinkerte ihr zu. »Ich will ja auch bloß nach Hause und mich ein bisschen frisch machen.«

»Ach so.«

Sie wartete, bis Grete auf ihrem Rad vom Hof gefahren war, dann nahm sie ihre Krücken und ging langsam in den Stall.

Bevor sie die Tür aufstieß, straffte sie die Schultern und sprach sich mit einem Mantra ein wenig Mut zu.

Sieh ihm einfach nicht in die Augen. Bleib ganz ruhig. Wir sind Freunde, gute Freunde ...

Er war beim Ausmisten und hatte ihr den Rücken zugedreht.

Sogar von hinten sah er toll aus. Sie bemühte sich, möglichst leise zu sein, am besten gar keine Geräusche zu machen. Doch ihre Krücken klackten über den Betonboden, ein hoffnungsloses Vorhaben, sich lautlos anzuschleichen.

Jo drehte sich zu ihr um. »Charlie.«

»Jo.« Sie spürte, wie ihr das Blut ins Gesicht schoss.

Klasse, wie ein Teenager. Der Schwarm betritt die Klasse, und ich kriege einen so roten Kopf, dass alle gleich merken, was los ist. »Du bleibst doch auch zum Grillen.«

»Klar, irgendwer muss ja den Grill anschmeißen.«

»Rolf ist auch da. Ähm ... das heißt natürlich nicht, dass du nicht den Grill anschmeißen darfst.«

Er kam näher, und sie hielt den Atem an.

»Geht's dir wirklich gut? Du sahst vorhin ziemlich blass aus.«

»Geht schon. Mein Kopf dröhnt hin und wieder noch ein bisschen.« Sie nickte in Richtung ihres Gipsbeins. »Und das da nervt fürchterlich.«

»Keine Schmerzen?«

Sie schüttelte den Kopf. »Ich hoffe, du bist nicht böse, weil ich nicht wollte, dass du mich besuchst.«

»Warum sollte ich? Wer geht schon gerne freiwillig in

ein Krankenhaus? Aber wenn du darauf bestanden hättest, wäre ich selbstverständlich gekommen.« Er zwinkerte ihr zu. »Mit Blumen.«

Warum zwinkerte er ihr dabei so seltsam zu? Hatte er ihr früher oft Blumen mitgebracht? Was für Blumen er wohl ausgesucht hätte? Worüber hatten sie früher gesprochen, diskutiert, philosophiert? Herrgott, warum ließ ihre Erinnerung sie da noch immer so bitterlich im Stich? Sie wüsste so gern, worüber sie sich unterhalten, wie sie herumgealbert hatten.

»Charlie?«

Sie fuhr zusammen. »Ja?«

»Du warst weit weg.«

»Entschuldige, ich bin manchmal noch etwas durcheinander.«

»Vielleicht solltest du dich ein bisschen hinlegen.«

Nein, sie würde gern einfach hier stehenbleiben und ihn ansehen.

»Charlie?«, fragte er wieder. Diesmal lächelte er verschmitzt. »Ich trage dich auch zur Couch, wenn du willst.«

Ja!

Nein! Um Gottes willen! Das Herz schlug ihr bis zum Hals.

»Ähm … nein, ich glaube, ich gehe in die Küche und sehe mal, was wir noch einkaufen müssen.«

»Soll ich das übernehmen? Das Einkaufen, meine ich.«

»Das wäre nett.«

»Dann lass uns gemeinsam nachschauen.« Er fasste an ihren Ellbogen, und sie stieß einen leisen, spitzen Schrei aus.

»Ich kann allein gehen!«

War sie noch zu retten?

Er lachte lauthals. »Ich hatte nicht vor, dich in die Küche zu tragen.«

Selten war sie sich dämlicher vorgekommen.

Als Jo zurückkam, fuhr Malte gerade auf den Hof.

Charlotte hatte man wieder auf die Bank neben der Haustür verbannt, damit sie weder im Weg stand noch versuchte, sich irgendwie nützlich zu machen.

Sie kam sich schrecklich überflüssig vor. Nicht mal Gemüse schneiden durfte sie. Das hatten Grete und Eva übernommen. Man hörte sie laut reden und ab und an lachen.

Jo gab Malte eine Tragetasche und hievte einen gut gefüllten Einkaufskorb aus dem Kofferraum. Dann kamen sie den Hof herauf.

Charlotte winkte den beiden zu. Wann wohl endlich ihre Erinnerung komplett wieder da wäre? Hin und wieder blitzten einzelne Erinnerungsfetzen auf, die sie noch etwas mühsam zusammenfügen musste. Malte und Jo, wie sie gemeinsam an einem Fahrrad herumschraubten, die beiden, wie sie in der Scheune den Kätzchen nachjagten und mit ihnen spielten.

Es war offensichtlich, dass die beiden sich blendend verstanden. Oder litt ihr Sohn womöglich an einem Vaterkomplex?

Charlotte runzelte die Stirn. Vaterkomplex, lächerlich!

Für einen kurzen Moment schoss ihr durch den Kopf, dass sie womöglich einen großen Fehler gemacht hatte, Malte ohne Vater aufwachsen zu lassen. Er hätte einen Vater gebraucht, der bedingungslos zu ihm stand, für ihn da war, den er um Rat hätte fragen können. Doch es hatte nie einen Mann gegeben, der diese Rolle hätte einnehmen können oder auch wollen, niemanden, mit dem auch sie glücklich gewesen wäre. Oder war sie zu egoistisch gewesen?

»Hast du noch Schmerzen?«, fragte Jo, als er vor ihr stand.

»Nein, wieso fragst du?«

»Du hast gerade so ausgesehen.«

»Nein, mir geht's prima. Hast du alles bekommen?«

»Alles bis auf reife Avocados.«

»Schade.« Hatte sie gerade gekrächzt?

Er und Malte verschwanden in der Küche. Charlotte blieb sitzen und fühlte sich überflüssiger denn je.

Rolf war gerade dabei, die Holzkohle in den Grill zu schütten, als sie wenig später in den Garten gehumpelt kam.

»Kann ich hier irgendwas tun? Herrje, ich komme mir total nutzlos vor«, beschwerte sie sich.

Er lachte.

»Du hattest einen Unfall, Charlie, und musst dich schonen.«

»Mir geht's gut«, knurrte sie und bemühte sich um ein heiteres Gesicht, das nicht verriet, wie sehr ihr die Rippen wehtaten.

Jo kam um die Ecke. »Oh, ich sehe, es gibt schon jemanden, der den Grill anheizt.«

Rolf hob beide Hände. »Wenn Sie das lieber machen möchten ...«

Jo verpasste ihm einen freundschaftlichen Klaps auf die Schulter. »Ach was. Waren wir nicht beim Du?«

»Was? Keine Ahnung, schon möglich.«

Jo streckte die Hand aus. »Egal wie, ich bin Jo.«

»Rolf.«

Rolf war deutlich distanzierter als Jo, fiel Charlotte auf. Ob er Jo nicht besonders mochte?

»Wo ist Malte?«, fragte sie Jo.

»In der Küche. Er räumt den Kühlschrank um, damit die Getränke besser reinpassen.« Jo ging zum Tisch, schüttelte den Kopf und machte gleich wieder kehrt. »Was man nicht im Kopf hat …«

»Ich bin wohl nicht die Einzige, die vergesslich ist«, sagte Charlotte trocken.

Sein Lächeln verursachte ihr nicht nur ein heftiges Magenziehen, sondern noch dazu eine Gänsehaut auf dem Kopf. Außerdem brachte es sie völlig aus dem Konzept.

Jo ging an ihr vorbei und berührte sie dabei leicht an der Schulter. Eine freundschaftliche Geste, nichts weiter.

Eine Geste, die sie beinahe vom Stuhl katapultierte.

Was war bloß mit ihr los?

»Oh, du hast endlich wieder richtig Farbe im Gesicht«, stellte Eva fest, die gerade um die Ecke bog.

Das sorgte dafür, dass Charlotte noch mehr errötete. War das noch möglich? Roter als rot, ging das überhaupt?

»Das liegt an der Landluft«, murmelte sie und verwünschte sich.

Malte kam mit einem Tablett voller Gläser in den Garten.

Als er Rolf sah, stutzte er kurz. Er stellte das Tablett auf den Tisch, und Charlotte nutzte die Gelegenheit und legte ihm kurz die Hand auf den Arm.

»Ich möchte dir jemanden vorstellen.« Sie zeigte auf

Rolf, der am Grill stand und schwitzte. »Das ist Rolf.« Und etwas lauter sagte sie: »Rolf? Das ist Malte, mein Sohn.«

Er blickte auf und kam mit ausgestrecktem Arm auf Malte zu, kugelte ihm fast die Schulter aus, als er seine Hand nahm, und betonte zweimal hintereinander, wie sehr er sich freue, ihn endlich kennenzulernen.

Ich hätte ihm sagen müssen, wie sehr Malte solche »Überfälle« hasst. Ich hätte ihn besser vorbereiten müssen ...

Ihr Sohn murmelte etwas, dann machte er, dass er zurück ins Haus kam.

»Oh, das war jetzt ein bisschen forsch, oder?« Rolf sah ganz unglücklich aus. »Ich bin ein solcher Schafskopp.«

Charlotte hätte ihm gern gesagt, wie unrecht er hatte, doch leider stimmte es ja.

Grete kam auf den Hof, in der Hand zwei Schüsseln mit Salat.

»Das sieht köstlich aus, Grete«, stellte Charlotte fest, um die betretene Stimmung etwas aufzulockern.

»Hast du dich auch brav ausgeruht?«, wollte Grete wissen.

»Jawohl.«

»Und dein Bein hochgelegt?«

»Jawohl.«

Jo erschien mit einem weiteren Tablett, darauf Geschirr, Getränke, Servietten und ein Windlicht, das er offenbar irgendwo im Schrank gefunden hatte. Während sie ihm dabei zusah, wie er die Sachen auf den Tisch stellte, hatte sie urplötzlich eine ganz ähnliche Szene vor Augen: Sie beide hier im Garten, an diesem Tisch ...

»Alles in Ordnung?«, fragte er sie besorgt.

»Jaja, alles in Ordnung.«

»Könntest du den Tisch decken?«, fragte Eva sie und schien nachzudenken. »Nein, ich glaube, das geht nicht, oder? Dann mach ich's selbst.«

»Sei nicht albern, warum soll das nicht gehen?« Charlotte zog sich am Tisch hoch und warf ihn dabei fast um. »Mit ein bisschen Übung ...« Sie wollte nach den Krücken greifen, doch ihre Freundin nahm sie ihr kurzerhand weg.

»Ich mach das schon, Charlie, bleib sitzen.«

»Ich komme mir total überflüssig vor!«, schimpfte Charlotte.

»Wenn du wenigstens singen könntest.« Eva lachte, als sie ihr entgeistertes Gesicht sah. »Schon gut, war ein Scherz.« Sie warf Charlotte das Päckchen Servietten zu. »Aber du kannst tolle Schmetterlinge falten.«

»Herzlichen Dank auch.« Charlotte nahm eine Serviette heraus und begann, sie zu falten.

»Toll«, sagte Eva beeindruckt und ging in Deckung, als Charlotte mit der Serviettenpackung nach ihr warf.

Jo grinste und griff nach einer Bierflasche. Er blickte Charlotte fragend an. »Du auch?«

Es war absurd, doch sie musste ein, zwei Sekunden darüber nachdenken, ob sie gern Bier trank. Am liebsten hätte sie auf den Tisch gehauen.

»Gerne«, stieß sie durch die Zähne hervor.

»Die Würstchen sind bald fertig«, rief Rolf fröhlich.

»Wenn ich dich ablösen soll, sag Bescheid.« Jo prostete ihr zu. »Auf dein Wohl, Charlie.« Er trank einen großen Schluck und zeigte dann auf ihren Gips. »Darf ich?«

Sie wusste nicht gleich, was er genau meinte. Das wurde ihr erst klar, als er einen schwarzen Filzstift aus der Brusttasche seines kurzärmeligen Hemdes zog. Er rutschte näher an sie heran und bat sie, ihr Bein auf seinen Oberschenkel zu legen. Genau das hätte sie lieber nicht getan, und als hätte sie es geahnt, bekam sie wieder eine Gänsehaut auf dem Kopf.

»Hab ich euch schon erzählt, dass ich im Krankenhaus mit den blöden Krücken auf dem langen Flur geübt habe? Ein paarmal hab ich die Plastikstühle, die an der Wand stehen, mitgeschleift. Einmal den Schirmständer und dann sogar beinahe einen Besucher, weil ich mit der Krücke in seinem Hosenaufschlag hängengeblieben war«, plapperte sie fröhlich drauflos. »Was malst du da eigentlich?«, fragte sie ihn schließlich.

»Lass dich überraschen.« Er hatte nur ganz kurz den Kopf gehoben, doch dieser Blick hatte ausgereicht, dass ihr erst heiß und gleich darauf eiskalt wurde.

Jo war ein Zeichengenie. Er malte einen Dinosaurier, der an einer Blüte knabberte, und einen Jeep, der auf den Dino zufuhr und in dessen Heck eine Frau saß, einen Fotoapparat in der Hand. Er malte Kraniche, die über den Dino hinwegflogen, und Flamingos, die an einem See standen, ein Bein im Gefieder versteckt.

Als er fertig war, sagte sie zunächst kein Wort. Meine Güte, konnte der Mann malen! Für einen kurzen Augenblick dachte sie fieberhaft darüber nach, was er eigentlich beruflich machte. Das konnte doch nicht sein, dass ihr selbst das nicht mehr einfallen wollte.

»Das ist … du siehst mich sprachlos, Jo. Du magst Dinosaurier. Interessant, was ich so alles noch nicht von dir weiß.« … *sehr witzig, Charlotte, wirklich sehr witzig.*

»Fing in meiner Kindheit an. Freut mich, dass dir die Zeichnungen gefallen.«

Als sie die Stimme ihres Sohnes hinter sich hörte, fuhr sie zusammen. Sie hatte gar nicht mitbekommen, dass er in den Garten gekommen war.

»Abgefahren, ein Brachiosaurus.«

Jo zwinkerte ihm zu. »Mein Lieblings-Dino.«

»Meiner auch.«

Im selben Moment fiel Charlotte ein, dass Jo Biologe war.

»Ich esse in meinem Zimmer«, murmelte ihr Sohn.

»Ach komm, es ist doch gerade so nett«, meinte Rolf, »und die ersten Würstchen sind fertig.«

Malte ignorierte ihn. Stattdessen bat er Jo: »Kann ich zwei Würstchen haben?«

»Klar.«

Rolf stand betreten da. »Wie du meinst.« Dann räusperte er sich und rief fröhlich: »Wer hat noch nicht, wer will noch mal?«

Es war ein netter Abend, an dem sie viel geplaudert und noch mehr gelacht hatten. Malte hatte sich mit seinem Essen ins Haus verzogen und nicht mehr blicken lassen.

Kurz nach Mitternacht brach Rolf als Erster auf und bot Grete an, sie vor ihrer Haustür abzusetzen, da die gemeint hatte, keinen einzigen Schritt mehr gehen zu können.

Eva blieb im Garten sitzen, als auch Jo erklärte, er müsse aufbrechen, da er am kommenden Morgen mit den Hühnern aufstehen würde. Charlotte bestand darauf, ihn zu seinem Fahrrad zu begleiten. Sie sah ihm dabei zu, wie er eine Haarsträhne zurück in den Zopf steckte, und wünschte inständig, sie hätte das tun dürfen.

»Danke für den schönen Abend, Charlie.«

»Gern geschehen, Jo.«

Sie standen voreinander, und sie atmete seinen Duft ein. Ein Duft, der eine Mischung aus Rasierwasser und Heu war. Sie dachte nicht groß darüber nach, stützte sich auf einer Krücke ab und küsste ihn auf den Mund. Es war ein zarter, etwas scheuer Kuss, und doch einer, der jeden bisherigen Kuss in den Schatten stellte. Seine Lippen fühlten sich wunderbar fest und warm an, und sie schmeckten ganz leicht nach Rosmarin. Sie schloss die Augen und dehnte den Kuss so lange aus, wie sie konnte. Und Jo wich keinen Zentimeter zurück.

Als sie sich von ihm löste und die Augen wieder aufschlug, blickte sie direkt in seine. »Was war das denn?«

»Ein Kuss«, hauchte sie. »Und was für einer.«

Ob sie ein bisschen betrunken war? Noch nie hatte sie einen Mann einfach so geküsst. Oder hatte sie das womöglich auch vergessen?

Er lachte leise. »Stimmt. Nacht, Charlie, und danke für diesen Kuss.«

Mit diesen Worten im Ohr ging sie zu ihrer Freundin zurück. Ihre Wangen glühten, ihr Herz pochte so wild, dass es fast unangenehm war, und ihre Knie waren butterweich.

»Ich hab ihn geküsst.«

»Wen? Rolf?«

Charlotte schnaubte. »Rolf! Warum sollte ich Rolf küssen?«

Eva zuckte mit den Schultern. »Anders gefragt: Warum solltest du Jo küssen?«

Charlotte blickte in den Sternenhimmel. »Ich hab ihn geküsst. Und es war wundervoll.«

»Ach, du liebe Zeit.« Eva seufzte. »Wo ihr doch so gute Freunde seid.«

»Mir schlottern die Knie, Eva«, flüsterte Charlotte nach einer ganzen Weile.

»Fehlt nur noch, dass du dich in ihn verliebt hast.«

Charlotte schwieg. In diesem Augenblick geschah nämlich noch etwas Erstaunliches: Sie erinnerte sich plötzlich wieder daran, wie sie und Jo sich kennengelernt hatten.

10.

Am folgenden Tag lag Charlotte gemütlich auf der Couch, das Fenster war weit geöffnet und ließ wunderbar frische, beinahe kühle Luft ins Zimmer. Eva saß in ihrem Lieblingssessel, die Beine untergeschlagen, ein Buch auf den Knien – ein Liebesroman –, aus dem sie Charlotte bis eben vorgelesen hatte.

Jetzt seufzte sie sehnsüchtig. »Ist das nicht ein schöner Schlusssatz?«

Charlotte nickte schläfrig. Beinahe wäre sie eingeschlafen.

»Sei ehrlich, du findest das Buch langweilig, oder?«

»Geht so.« Charlotte gähnte. In diesem Moment fiel ihr wieder die Wette ein. »Ich musste bei den Liebesromanen, mit denen du mich regelrecht überschüttet hattest, übrigens kein einziges Mal heulen. Helga ist mein Zeuge.«

Eva ließ das Buch sinken. »Und das soll ich dir glauben?«

»Hab ich dich jemals angelogen?«

»Nein, nie.«

»Eben.«

»Du musstest wirklich nicht heulen? Nicht ein einziges Mal?«

Charlotte schüttelte den Kopf. »Vielleicht fehlt mir der Sinn für Romantik.«

Jetzt lachte ihre Freundin. Dann wurde sie schlagartig ernst.

»Apropos Romantik: Was ist da zwischen dir und Jo?«

Charlotte hatte es befürchtet. Hätte sie bloß nicht damit angefangen! Sie wusste ja selbst nicht, was da zwischen Jo und ihr war. War da überhaupt was? Mal abgesehen von dem Kuss, den sie ihm geradezu aufgedrängt hatte.

Aber er hatte zurückgeküsst.

»Wir sind Freunde«, erklärte sie wenig überzeugend.

»Na klar, ihr seid Freunde. Gute hast du vergessen.« Eva schnaubte amüsiert. »Du hast ihn geküsst, Charlie. Und du bist nicht der Typ, der durch die Gegend läuft und Männer einfach so küsst.«

Charlotte drehte den Kopf weg und blickte demonstrativ zur Seite. »Sieh mich nicht so mit deinen Röntgenaugen an. Vielleicht hatte ich einen kleinen Schwips. Hast du nie irgendeine Blödheit angestellt, wenn du angesäuselt warst?«

»Doch, in meiner Jugend.«

»Später nicht mehr?«

»Nein.«

»Komm schon, Eva, das glaube ich dir nicht. Hast du mir nicht neulich erst erzählt, dass du auf Teufel komm raus mit Karsten geflirtet hast, als du einen im Tee hattest?« Ihre Freundin errötete leicht, und sie triumphierte. »Wusste ich's doch.«

»Aber du hast Jo geküsst«, beharrte Eva.

»Weil ich beschwipst war und wir einen sehr schönen Abend hatten.«

»Warum fällt es dir so schwer zuzugeben, dass du dich in Jo verliebt hast?«

»Weil ich dann lügen würde.«

Eva schaute sie so durchdringend an, dass sie diesem Blick erneut ausweichen musste.

»Ich bin fast fünfzig, da verliebt man sich nicht mehr einfach so.«

Das war nicht überzeugender als die Aussage, sie und Jo seien Freunde.

»Du glaubst, es ist eine Sache des Alters?«, fragte Eva ungläubig.

Charlotte zuckte mit den Schultern. »Findest du etwa nicht?«

»Nein.« Eva legte das Buch auf den kleinen Tisch neben sich. »Schön, ich formuliere es anders: Wir verlieben uns nicht mehr so schnell. Wir sind anspruchsvoll und möglicherweise auch misstrauisch und überkritisch.«

»Du vergisst Karsten.«

»Was ist mit ihm?«

Charlotte betrachtete sie belustigt. Drollig, dass sie immer wieder rot wurde, sobald das Gespräch auf Karsten kam.

»Ich dachte, du bist ein bisschen in ihn verliebt.«

»Kann man das? Ein bisschen verliebt sein?«

»Ich glaub schon.«

Eva legte ein Bein über die Sessellehne und ließ es baumeln. »Na schön, ja, vielleicht bin ich ein bisschen in ihn verliebt. Zufrieden?«

Charlotte grinste. Dann wurde sie wieder ernst und senkte die Stimme. »Ich hatte mir fest vorgenommen, mich nie wieder auf einen Mann einzulassen. Inzwischen weiß ich aber, dass ich unglaublich froh und erleichtert war, dass Jo nie versucht hat, mit mir zu flirten. Es war so unkompliziert, so leicht mit uns. Und dann dieser blöde Unfall. Ich komme aus der Klinik, sehe ihn da stehen und denke: Lieber Himmel, was für ein toller Mann! Und warum denke ich das? Weil ich vergessen hatte, was ich mir geschworen hatte. Ich wollte mich nie wieder verwundbar machen, für keinen Mann der Welt wollte ich meine kleine innere Festung verlassen.« Sie seufzte tief. »Das alles war zeitweise weg, verstehst du?« Sie tippte sich an die Stirn. »Ich habe Jo mit völlig anderen Augen gesehen, als ich aus dem Krankenhaus kam. Meine Synapsen hatten sich gelockert und mir signalisiert: Mach ruhig, warum verliebst du dich nicht in diesen interessanten, faszinierenden Mann, der so ganz anders ist als alle Männer, die du je zuvor getroffen hast?« Sie verstummte und stutzte.

Oha, das war mehr als ein Geständnis, das war eine Beichte.

Eva sah sehr zufrieden aus, aber sie sagte kein Wort.

»Und dieser verdammte Kuss«, fuhr Charlotte fort, »... dieser Kuss war unglaublich schön. Und nicht die Spur freundschaftlich«, gab sie trocken zu. Dann klopfte sie auf die Lehne der Couch. »Aber das war gestern. Heute weiß ich, dass das ein Fehler war. Jo und ich sind gute Freunde, und das werden wir verdammt noch mal auch bleiben.«

»Amen.«

»Ich mein's ernst, Eva.«

Ihre Freundin baumelte mit dem Bein. »Vielleicht sieht Jo das ja ganz anders.«

»Bestimmt nicht. Er ist überzeugter Single. Er liebt seine Freiheit.«

Charlotte warf einen Blick zur Tür. Nicht dass Jo plötzlich hier auftauchen würde. Er war heute länger geblieben, weil einer der Zaunpfähle umgekippt war. Sie hatte so eine Idee, auf wessen Konto das ging.

»Wenn man sich verliebt, Charlie, also ernstlich verliebt, meine ich, sieht man diese Dinge manchmal anders. Dann nimmt man gerne in Kauf, dass man nicht mehr unabhängig und frei ist.«

»Jo nicht.«

Eva verdrehte die Augen und wollte etwas erwidern, doch die Tür ging auf, und Malte blickte ins Zimmer. »Jo braucht einen Vorschlaghammer.«

»Er weiß doch, wo er ist«, gab Charlotte verwundert zurück.

»Da liegt er aber nicht.«

»Dann hat ihn jemand verlegt.«

»Du vielleicht?«

Sie musste lachen. »Warum sollte ich mich am Vorschlaghammer vergreifen?«

Er zuckte mit den Schultern und verschwand wieder.

»Du vergisst einen sehr entscheidenden Faktor«, sprach Eva mit feierlicher Miene weiter.

Charlotte unterdrückte ein Seufzen. So schnell würde ihre Freundin nicht aufgeben.

»Ach ja?«, fragte sie betont gelangweilt, um Eva ein bisschen zu ärgern.

Ihre Freundin beugte sich so weit vor, dass Charlotte schon befürchtete, sie könnte aus dem Sessel kippen. »Jo und Malte sind richtig dicke Kumpel, sie mögen sich. Und wir sind keine jungen Hüpfer mehr. Wenn uns die Liebe vor die Füße fällt, sollten wir sie packen und festhalten.«

»Meinst du damit jetzt mich oder dich selbst?«

»Wenn ich mich noch mal binden sollte, dann will ich, dass es für immer ist. Egal, wie bescheuert das klingt.«

»Bescheuert nicht, vielleicht nur etwas naiv.«

»Dann eben naiv und wenn schon. Ich habe das Alleinsein satt, du etwa nicht? Und wenn das mit Karsten so weitergeht, werde ich die Sechzig erreicht haben und komplett grau sein.«

Charlotte lachte leise und sehr vorsichtig. »Dann musst du eben den ersten Schritt machen. Du bist doch sonst auch nicht …«

Jo erschien in der Tür. »Entschuldigung. Der Hammer ist spurlos verschwunden. Ich stelle mich auf eine längere Suche ein.« Er lächelte sie an. »Vorher würde ich mich gerne stärken. Hat noch jemand Lust auf Tee?«

Charlotte hatte ihn die ganze Zeit angestarrt. Ihre Emotionen überfluteten sie, egal wie verbissen sie versuchte, dass genau das nicht passierte. Hatte sie sich etwa wirklich in Jo verliebt? Gütiger, dann sollte sie schleunigst zusehen, dass diese erste Verliebtheit wieder verschwand.

»Sehr gerne«, sagte sie freundlich. »Und du, Eva?«

»Ich sage auch nicht Nein.«

Jo nickte und ging wieder hinaus.

»Und er kennt sich ziemlich gut in deiner Küche aus«, raunte Eva und ging schnell in Deckung, als Charlotte ein Kissen nach ihr warf.

Sie musste eingedöst sein.

Als sie ein Geräusch aus der Diele hörte, schreckte sie hoch.

Einen kurzen Moment wusste sie weder, ob Morgen oder Abend, noch welcher Tag heute war. Und wo war Eva?

»Charlie?«, hörte sie eine laute Stimme, die sie nicht gleich zuordnen konnte.

»Hier in der Stube.«

Rolf kam herein, ein strahlendes Lächeln im Gesicht. Früher hatte sie es sein Zahnpasta-Lächeln genannt. Dass er es noch immer so gut drauf hatte, verblüffte sie allerdings.

»Ich hab Kuchen mitgebracht.«

»Oh, das ist aber nett«, sagte sie. Das war nicht mal gelogen oder übertrieben, sie hatte Appetit auf etwas Süßes.

»Du magst doch Kirsch-Streuselkuchen?«

»Ich liebe Kirsch-Streuselkuchen. Ich sollte endlich selbst backen lernen.«

»Sag bloß, du kannst nicht backen?«

»Nicht besonders«, gab sie zu. »Das konnte ich schon damals nicht.«

»Stimmt.« Er nickte noch immer grinsend. »Ich erinnere mich.«

Ich erinnere mich endlich auch wieder, sagte sie zu sich selbst. *Mein Gedankenwirrwarr lichtet sich, und mein Erinnerungspuzzle setzt sich Teil für Teil wieder zusammen.*

Rolf blickte sie fragend an. Hatte sie laut gedacht?

»Hast du was gesagt?«, fragte sie ihn verwirrt.

»Ja, ob du Sahne da hast?«

»Keine Ahnung. Vielleicht gehst du einfach in die Küche und siehst nach.«

Er nickte und zog die Tür hinter sich zu. Gleich darauf war er wieder da. »Auf dem Tisch steht eine Kanne Tee mit einem Zettel dran. Soll ich dir vorlesen?«

Sie schüttelte den Kopf. Hatte Malte ihr eine Nachricht hinterlassen? Oder Jo? Sie nahm den Zettel entgegen.

Charlie, du hast so schön geschlafen. Eva musste nach Wismar zurück, und ich und der Vorschlaghammer – gefunden! – kümmern uns um den Zaun. Bis später, Jo

Verflixt, sie sollten unbedingt über diesen dämlichen Kuss reden. Solche Dinge durften nicht unausgesprochen bleiben, das war Gift für jede Freundschaft. Und genau die wollte Charlotte um nichts in der Welt gefährden, das war ihr praktisch im Schlaf klar geworden.

»Tee oder Kaffee?«

»Was?« Sie blickte auf. »Ach so, Tee, bitte.«

»Sahne ist im Kühlschrank. Wenn ich einen Mixer gefunden habe ...«

»Die Suche kannst du dir sparen, Rolf. Ich besitze keinen. Also ich habe schon einen, aber der ist in Wismar.«

»Ach herrje.« Er schien zu überlegen. »Dann versuche ich's eben mit dem Schneebesen.«

»Viel Glück.«

Der Kuchen war wirklich lecker.

Als sie sich gerade das zweite Stück nahm, kam Jo herein.

Rolf schien nicht sonderlich begeistert, aber vielleicht konnte er seine Freude auch nicht so zeigen.

»Setz dich doch«, bat Charlotte Jo und zeigte auf den Kuchenteller. »Kirsch-Streusel, sehr lecker.« Dann zeigte sie auf die kleine Schale mit etwas darin, das entfernt an Sahne erinnerte. »Und wenn du Sahne möchtest ...«

Er hob die Augenbrauen. »Ach, das ist Sahne?«

»Es gab keinen Mixer«, erklärte Rolf und schenkte Charlotte Tee nach.

»Doch.« Jo drehte sich um und wies auf eine der größeren Schubladen im Schrank. »In der untersten Schublade.«

»Seit wann habe ich einen Mixer hier?«, fragte Charlotte verblüfft.

Er zuckte mit den Schultern und nahm sich ein Stück Kuchen.

»Keine Ahnung, jedenfalls liegt dort einer.«

Das hatte sie tatsächlich nicht gewusst. Hatte sie vergessen, dass sie ihn irgendwann mitgebracht hatte? Weil sie ihn so selten benutzte? Ach, im Grunde war es auch vollkommen egal.

Beim nächsten Mal würde sie daran denken. Hoffentlich.

Sie wünschte, Rolf würde wieder gehen, damit sie endlich mit Jo über diesen bescheuerten Kuss sprechen könnte.

Aber Rolf sah nicht so aus, als habe er kein Sitzfleisch.

»Möchten Sie Kaffee?«, fragte er Jo.

Warum siezte er ihn so hartnäckig, das war doch mehr als albern.

»Ich trinke Tee, danke.« Jo schenkte sich ein. »Der Zaun ist repariert, Charlie.«

»Danke, Jo.«

Sie wurde erneut von einem warmen, nein, heißen Gefühl durchflutet, hinzu kam eine Mischung aus Zärtlichkeit und dem innigen Wunsch, aufzustehen, Jos Gesicht in beide Hände zu nehmen und ihn …

Nein! Schluss damit! Du wirst sofort mit diesem Unsinn aufhören!

»Gern geschehen.« Er aß seinen Kuchen, und sie sah ihm dabei zu. »Karl wird sich was anderes ausdenken müssen, um durch die Gegend streunen zu können.«

»Und das wird er, verlass dich drauf.«

Er lachte und blickte sie über den Rand seines Teebechers an.

Sie hielt diesem Blick stand, auch wenn es ihr schwerfiel.

Ihr Herz raste und schlug einen Salto nach dem anderen, und in ihrem Magen tummelten sich Schwärme von Schmetterlingen. Gott, sie war verliebt! Sie hatte sich tatsächlich verliebt!

Aber das geht nicht! Du darfst das nicht, Charlotte! Lass das, um Himmels willen! Unserer wunderbaren Freundschaft zuliebe ...

Am frühen Abend kam ein heftiger Wind auf, der sich womöglich wieder zu einem Sturm auswachsen würde. Jo war in der Scheune, um nach dem Leck zu sehen, das er notdürftig abgedichtet hatte, und Rolf hatte sich einen Sahnefleck aus dem Hemd waschen wollen.

»Lange wird das nicht halten«, meinte Jo, als er zurückkam und sich ihr gegenüber in den Sessel setzte.

Sie nickte nachdenklich. Urplötzlich war ihr Unfall wieder dagewesen, und sie hatte sich wieder und wieder durch die Bodenluke fallen sehen. Auch den Aufprall hatte sie wieder und wieder gespürt.

»Ich hab mir überlegt, Kostenvoranschläge einzuholen.«

Und das war ihr genau in diesem Moment durch den Kopf gegangen.

»Dann willst du doch nicht mehr warten.«

»Ich werde versuchen, einen Kredit zu bekommen. Die Käserei läuft mittlerweile ziemlich gut.«

»Du könntest mit Rolf sprechen. Immerhin ist er Gutachter und hat gute Verbindungen zur Bank«, schlug er vor.

»Zu einer Bank in Hannover.« Sie schüttelte den Kopf. »Nein, Rolf würde ich da gerne rauslassen, damit hat er nichts zu tun.«

In diesem Augenblick kam Rolf wieder herein. Auf seinem Hemd prangte ein großer, feuchter Fleck. »Habt ihr gerade von mir gesprochen? Ich meine, meinen Namen gehört zu haben.«

»Ist der Fleck rausgegangen?«, erkundigte sie sich.

Er zuckte mit den Schultern. »Hoffentlich.«

»Wir sprachen gerade davon, dass du in deinem Beruf sicher viel herumkommst«, schwindelte Charlotte.

»Was für eine Familie nicht besonders förderlich wäre«, fügte er hinzu.

»Die du sowieso nie haben wolltest«, setzte sie obendrauf und ärgerte sich sofort. Was sollte das? Warum konnte sie nicht einfach manchmal den Mund halten?

»Das habe ich so nie gesagt, Charlotte.«

»Ist ja auch egal.«

»Sie haben auch keine Familie, oder?« Er hatte sich Jo zugewandt, der jetzt aufblickte. »Vielleicht habe ich das auch nur falsch verstanden.«

»Nein, ich lebe allein«, erklärte Jo ruhig und warf einen Blick auf seine Uhr. »Ich sollte mich auf den Weg machen.«

»Bei dem Sturm?«, fragte Charlotte.

»Noch ist es Wind. Und wenn ich mich beeile, bin ich zu Hause, bevor sich das ändert.«

Plötzlich fand sie den Gedanken, er könne sie gleich allein lassen, unerträglich.

»Manchmal funkt einem das Schicksal dazwischen«, sagte Rolf zu Jo, und für einen Augenblick war Charlotte ganz verwirrt, was er damit nun meinte.

»Man entscheidet sich immer für oder gegen etwas«, gab Jo zurück. »Und meistens freiwillig.«

Darauf erwiderte Rolf nichts.

Charlotte überlegte, was das hier gerade war. Die große Philosophiestunde? Zwischen zwei Menschen, die sich kaum kannten, sich vermutlich nicht mal besonders schätzten?

O nein, besser nicht. Dem würde sie einen Riegel vorschieben. Sie war nämlich überhaupt nicht in der Stimmung.

Irgendwo schlug eine Tür oder ein Fenster zu, und alle drei blickten sich fragend an.

»Ich sehe mal nach«, meinte Jo und verließ die Stube.

»Ihr versteht euch gut, oder?« Rolf hatte ihm nachdenklich nachgeblickt. »Kennt ihr euch eigentlich schon lange?«

Sie überlegte, ob er sie das nicht schon mal gefragt hatte.

»Seit dem letzten Sommer.«

»Und er greift dir hier unter die Arme.«

Da das keine Frage, sondern offenbar eine Feststellung war, schwieg sie.

Oh, und jetzt bitte keine Grundsatzdebatte über Freundschaft zwischen Mann und Frau.

Jo kam zurück und schob sich eine lange Haarsträhne hinters Ohr. »War nur eine Tür im Obergeschoss.«

»Gott sei Dank.«

»Willst du die obere Etage eigentlich ausbauen lassen?«

»Das weiß ich noch nicht.« Sie war erleichtert, dass er wieder da war, so würde sie einem Frage-und-Antwort-Spiel mit Rolf aus dem Weg gehen können. »Erst mal muss ich wissen, was auf mich zukommen würde.«

»Du kannst doch einen Kredit beantragen«, schlug Rolf vor.

»Glaubst du, dass ich einen bekommen würde?«

»Warum nicht? Das Haus wird geschätzt und würde als Sicherheit dienen. Und deine Käsefirma läuft doch ganz gut, oder?«

Charlotte musste lachen. »Käsefirma klingt nach mehr, als es ist.«

»Käseimperium.« Jo warf ihr einen belustigten Blick zu. »Charlottes Käseimperium. Wäre das kein passender Name?«

Er stimmte in ihr Lachen ein.

Rolf lachte nicht. Er sah etwas verwirrt aus, und sie hatte ein schlechtes Gewissen, so als habe sie sich über ihn lustig gemacht. Das hatte sie aber gar nicht vorgehabt.

Nach einer Weile erhoben sich Jo und Rolf fast gleichzeitig.

»Ihr wollt mich also ganz alleine zurücklassen? Bei Wind und Wetter?« Sie zeigte auf die Krücken, die neben dem Sofa standen. »Und ich könnte nicht mal flüchten, falls es mein Haus umpustet.«

Jo grinste. »Wie bei den drei kleinen Schweinchen. Meine Mutter musste es mir dauernd vorlesen, als ich vier oder fünf war.«

»Malte mochte es auch. Nur den Wolf, der ihr Haus umbläst, mochte er nicht. Der hat ihm Angst gemacht.«

»Was? Wovon sprecht ihr?« Rolf hatte erst zu ihr, dann zu Jo geblickt.

»Schon gut.« Charlotte winkte ab. »Pass auf dich auf, Jo.«

»Mach ich.« Jo war bereits an der Tür. »Bis morgen.«

Bleib noch ein bisschen! Bitte! Wir müssen reden! Unbedingt!
Doch er hatte die Tür bereits hinter sich zugemacht.

Rolf blieb vor der Couch stehen und schien ihr die Hand geben zu wollen, überlegte es sich dann aber offensichtlich anders. »Bis dann, Charlie.«

»Bis dann, Rolf.«

Sie starrte auf die geschlossene Tür und überlegte, wo Malte wohl stecken mochte. Draußen heulte der Wind, und der Fensterladen schlug gegen die Scheibe. Hoffentlich hockte Malte nicht wieder in der Scheune.

Sie rief zweimal sehr laut nach ihm, und wenig später erschien er schlaftrunken in der Tür.

»Was denn?«

»Ich dachte, du wärst vielleicht in der Scheune.« Sie zeigte zum Fenster. »Bei dem Wetter.«

»Warum sollte ich? Ich habe geschlafen.«

»Tut mir leid. Schlaf gut.«

… und ich hoffentlich auch.

11.

Am nächsten Morgen stand sie am Fenster und sah Jo und Malte dabei zu, wie sie den Stamm ihres geliebten Apfelbaumes mit der elektrischen Säge in mehrere halbwegs handliche Stücke zerteilten und mit der Schubkarre wegbrachten. Für den Winter war gesorgt, jedenfalls teilweise. Zudem würde das Holz einen betörenden Apfelduft im Haus verbreiten. Glücklich war sie trotzdem nicht. Es tat ihr leid um den schönen alten Baum.

Ob Rolf sich noch mal melden würde?

Für einen Moment gab sie sich der Vorstellung hin, er würde einfach anrufen und sich verabschieden. Besonders traurig wäre sie nicht, auch wenn sie ihn mochte. Sie plauderten über vergangene Zeiten, lachten viel und zogen über alte Bekannte her, denen sie nie wieder begegnet waren. Aber mittlerweile lagen Welten zwischen ihnen, Rolf hatte sein Leben und sie ihres.

Malte kam herein und riss sie aus ihren Gedanken. »Sorry. Kann Jo zum Essen bleiben?«

»Natürlich.«

»Okay.« Er war schon fast wieder draußen.

»Du solltest ihn trotzdem fragen.«

Er blieb stehen, und sie schmunzelte, weil sie ahnte, dass er genau das noch nicht getan hatte.

»Jaja.« Er machte die Tür hinter sich zu.

Kurz darauf erschien Grete und wischte sich den Schweiß von der Stirn. »Eine Luft ist das heute. Die Ziegen sind versorgt. Ist sonst noch was?«

»Ja, Grete.« Charlotte humpelte zu ihr und ergriff ihre Hand. »Ich möchte wieder mit Käsen anfangen. Ganz untätig sein, das liegt mir einfach nicht.«

Grete brummte etwas von »Dachte ich mir«.

»Wenn wir zu lange pausieren, hat man uns am Ende vergessen.«

»Meinst du?«

»So was geht schneller, als man bis drei zählen kann, sagt mein Vater immer. Aber erst mal koche ich uns eine Gemüsesuppe.«

»Kommt nicht in Frage.«

»Ich habe mich genug ausgeruht. Ich kann nicht nur rumsitzen und Däumchen drehen. Beim Gemüseschnippeln setze ich mich auch brav hin.«

»Versprochen?«

»Hoch und heilig.«

Sie hatten gemeinsam zu Mittag gegessen.

Die anderen hatten auf Nachtisch verzichtet, weil sie noch einiges zu erledigen hatten. Und so saß Charlotte allein am Küchentisch, vor sich ein Apfel-Birnen-Kompott, das sie aus der Vorratskammer geholt hatte, und starrte trübsinnig auf die blaue Plastikplane vor dem Fenster. Schon wieder war sie dazu verdonnert worden, im Haus zu bleiben und sich auszuruhen. Dabei hatte sie sich längst genug ausgeruht, im Gegenteil, je mehr Ruhe sie hatte, desto mehr grübelte sie. Und das war gar nicht gut.

Die Sonne schien und die Nässe auf Gras und Weide war bereits fast vollständig verdunstet. Wie gern würde sie in den Garten gehen und Unkraut in dem kleinen Gemüsebeet jäten, das sie im Frühjahr angelegt hatte. Oder sie würde zu den Ziegen gehen und mit ihnen spielen. Stattdessen hockte sie hier und starrte die Wände an.

»Sieht lecker aus.« Jo stand plötzlich hinter ihr und zeigte auf das Kompott vor ihr. »Darf ich?«

»Natürlich«, antwortete sie müde.

»Willst du dich nicht ein bisschen hinlegen?«

Sie sah ihn stirnrunzelnd an. »Wenn ich mich noch mehr ausruhe, werde ich bald gar nicht mehr aufstehen können.«

Er hob beide Hände. »Schon gut.«

Er probierte das Kompott und nickte anerkennend. »Das ist wirklich gut. Hast du das gekocht?«

Sie nickte träge.

Seine Mundwinkel zuckten, und in seinen Augen blitzte es.

»Das ist nicht komisch, Jo.«

»Doch.«

»Ähm, Jo ...« Jetzt oder nie. »Wir sollten über diesen blöden Kuss reden.«

»So blöd fand ich ihn gar nicht.«

»Tut mir leid, dass ich dich einfach so geküsst habe. Normalerweise mache ich so was nicht.« Sie knetete ihre Finger. »Wir sollten vielleicht einfach so tun, als hätte es ihn gar nicht gegeben. Was meinst du?« Er schien darüber nachzudenken, dann nickte er, und sie redete gleich weiter: »Ich meine, wir haben eine tolle Freundschaft, die möchte ich nie und nimmer aufs Spiel setzen, und dieser Kuss ...«

»Schon gut, Charlie.«

»Ich meine, wir ... Ja, findest du? Dann steht das nicht zwischen uns?«

»Nein, keine Sorge.«

Sie stieß ein Zischen aus, und er lachte leise.

»Hat dich das so belastet?«

Sie nickte und kam sich plötzlich ziemlich albern vor.

Es war ein Kuss, ein harmloser Kuss, du meine Güte.

Jo schob seine leere Schale beiseite und rutschte etwas dichter an sie heran. Charlotte hielt den Atem an. Er würde sie doch nicht ...

Behutsam legte er ihr Gipsbein auf einen freien Stuhl. Dann holte er den Filzstift aus seiner Hemdtasche.

»Was tust du da?«

Was macht er wohl, Charlotte? Dachtest du, er würde eine Säge aus der Tasche zaubern und deinen Gips durchschneiden?

Wieder sagte er kein Wort. Er zeichnete Notenlinien, darauf einzelne Noten. Darunter schrieb er: *Don't worry, be happy.*

»Das Lied kennst du bestimmt.«

Sie lachte. »Ja, das kenne ich.«

»Immer, wenn du nicht gut drauf bist, schaust du auf deinen Gips.« Jo stand auf und schob den Filzstift zurück in seine Hemdtasche. »Und dann singst du es laut.«

»Besser nicht. Aber ich werde mich daran erinnern, wie du es auf meinen Gips geschrieben hast.«

Er ging zur Tür. »Ich mache mich dann mal auf den Weg.«

»Danke, Jo.«

»Ach, wofür denn.«

»Du weißt, wofür. Du hilfst hier, obwohl du Urlaub hast.«

»Untätig rumsitzen ist nichts für mich.«

»Oh, wie gut ich das kenne. Trotzdem, mir ist das richtig unangenehm.«

Einen kurzen Moment lang schauten sie sich schweigend an. Jo hatte ein Lächeln im Gesicht, das sie nicht deuten konnte, aber ganz besonders an ihm mochte.

Schließlich sagte er: »Ja, dann ... verschwinde ich mal wieder. Bis morgen.« Er kratzte sich am Kopf, was etwas unbeholfen aussah, und sie unterdrückte ein Lachen. »Ich würde Malte übermorgen gerne mit nach Langenwerder nehmen.«

»Er wird sich freuen, Jo. Wenn er dazu fähig wäre, würde er dir um den Hals fallen.«

»Für mich muss er sich nicht verbiegen.«

Sie erhob sich schwerfällig wie ein Walross und griff nach ihren Krücken.

»Was hast du vor?«, fragte er sie verwundert.

»Aufstehen.«

»Und warum?«

Sie zeigte zur Spüle, auf der sich schmutziges Geschirr stapelte. »Deswegen. Ich kann nicht den ganzen Tag faul auf der Couch liegen. Bis morgen, Jo«, sagte sie nachdrücklich und schob ihn mit dem Ellbogen in Richtung Tür.

Sie ließ Wasser in die Spüle und gab ein paar Tropfen Spülmittel hinein. Aus den Augenwinkeln sah sie, dass Jo noch da war. Sie nahm den kleinen Tellerstapel und legte ihn ins heiße Wasser. Dabei musste sie sich mit der Hüfte an die Spüle lehnen, damit sie nicht umfiel. Dieses dämliche Gipsbein würde sie noch wahnsinnig machen.

Jo nahm ein Geschirrtuch und begann seelenruhig, das Geschirr abzutrocknen.

»Spinnst du?«

»Nein, ich trockne ab. Oder findest du, das sei Frauenarbeit?«

Sie stieß ihm den Ellbogen in die Seite. »Du sollst nach Hause fahren, Jo.«

»Wenn ich hier fertig bin«, entgegnete er ungerührt.

Sie gab auf.

»Hoffentlich hat Malte wirklich Lust mitzukommen«, sagte Jo und räumte die abgetrockneten Teller in den Schrank.

Charlotte zuckte mit den Schultern. »Ich hab's dir nicht gesagt, aber Vogelschutzgebiete findet er eigentlich todlangweilig, und dich kann er gar nicht leiden.«

Ein, zwei Sekunden hielt er inne, das Geschirrtuch in der Hand, dann lachte er kopfschüttelnd. »Ich gewöhne mich schon noch an deinen Humor.«

Jetzt musste auch sie lachen. »Komm schon, Jo, mein Humor ist deinem verflixt ähnlich, findest du nicht?«

»Stimmt.« Er hängte das Handtuch an den Haken und ging zur Tür. »Jetzt mache ich Feierabend.«

»Na endlich. Danke für deine Hilfe.«

»Gern geschehen. Bis dann.« Er zog die Tür hinter sich zu.

Während sie versuchte, die Küche ein wenig aufzuräumen, musste sie daran denken, was er vorhin gesagt hatte: *Für mich muss Malte sich nicht verbiegen.*

Sie kam zu dem Schluss, dass Jo einer dieser Menschen war, bei denen man sich nicht verstellen oder verbiegen musste.

Es war wunderbar, ihn getroffen zu haben.

Sie hatte geschlafen wie ein Murmeltier und war am frühen Morgen zu Grete in den Melkstand gehumpelt, um ihr vorzuschlagen, eine neue Frischkäsesorte herzustellen.

»Bist du auch wirklich sicher, dass du schon wieder fit bist, Charlie?«

»Um einen neuen Käse auszuprobieren?«, fragte sie zurück. »Ich bitte dich, Grete. Ich hab ein Gipsbein, sonst nichts.«

»Vergiss die angebrochenen Rippen nicht.«

»Angebrochen, genau, Grete.«

»Du bist störrisch wie ein alter Esel.« Grete ging an ihr vorbei, um Moni an die Melkanlage anzuschließen. Dabei tätschelte sie Charlottes Arm. »Aber ich mag Esel schrecklich gern.«

Sie arbeiteten bis zum späten Mittag.

Charlottes Magen knurrte entsetzlich, und sie beschloss, eine Tiefkühl-Lasagne in den Ofen zu schieben. Wenn sie erst mal diesen verfluchten Gips los war, würde sie wieder richtig kochen. Und vielleicht sogar endlich backen lernen, wer weiß.

Sie war nicht schlecht erstaunt, als sie Malte in der Küche antraf. »Was machst du denn hier?«

»Was macht man denn so in einer Küche?«, fragte er zurück.

»Kochen, backen, abwaschen, aufräumen, alles Dinge, die du wohl gerade eher nicht machst«, erwiderte sie trocken.

»Wie wär's mit essen?«

»Auch wieder wahr. Und was isst du?«

Er zeigte auf den Ofen. »Lasagne.«

»Genau darauf habe ich auch Appetit.« Sie zog sich einen Stuhl heran und ließ sich darauf fallen. »Gibst du mir was ab?«

»Ist genug da.«

Charlotte war vollkommen erledigt. Gut, dass Grete sie nicht so sah.

Während sie ihre Lasagne aßen, war ein Hupen auf dem Hof zu hören. Sie warf ihrem Sohn einen überraschten Blick zu. Er aß ungerührt weiter. Hatte sie einen Termin mit der Veterinärin vergessen? Ganz auszuschließen war das nicht.

Dann siegte ihre Neugier, und sie schnappte sich die Krücken.

Als sie aus der Haustür humpelte, traute sie ihren Augen nicht. Rolf stand neben seinem Auto und winkte ihr zu.

Während sie zu ihm ging, überlegte sie, ob sie sich gefreut hätte, wenn er einfach wieder nach Hannover zurückgefahren wäre, ohne sich zu verabschieden.

Als sie dann vor ihm stand, fiel ihr auf, wie attraktiv er noch immer war. Er trug helle Jeans und darüber ein weißes Jeanshemd. Er wirkte um Jahre jünger. Der spontane Urlaub schien ihm gutzutun.

Ihr ging noch etwas anderes durch den Kopf, was sie ziemlich verwirrte: Wie wäre es wohl gewesen, wenn sie sich damals nicht getrennt hätten? Wenn sie geheiratet und eine Familie gegründet hätten? Vielleicht hätten sie ein Haus gekauft, und Malte hätte Geschwister. Wie Rolf sich wohl als Familienvater machen würde?

Er sah sie fragend an. »Alles in Ordnung?«

»Ja, wieso fragst du?«

»Du hast mich so komisch angesehen.«

»Ach, das ...« Sie machte eine wegwerfende Handbewegung. »Ich dachte, du wärst vielleicht schon wieder in Hannover.«

»Ich habe mir die Gegend um Wismar angesehen. Das Dorf Mecklenburg zum Beispiel. Warst du mal dort?«

Sie nickte. »Ist schon eine Weile her.« Sie zeigte auf seinen Kofferraum. Ein dunkles, topmodernes Fahrrad lag darin. »Du fährst Fahrrad?«

Er schüttelte den Kopf. »Ich sollte das wahrscheinlich öfter mal tun. Nein, das Rad ist für Malte. Glaubst du, dass es ihm gefällt?«

»Du kannst meinem Sohn doch nicht einfach ein Fahrrad schenken.«

Er blickte sie entgeistert an. »Warum denn nicht? Es macht mir Spaß.«

»Es macht dir Spaß?«, fragte sie ungläubig. »Das Ding hat wahrscheinlich ein kleines Vermögen gekostet, und du kennst Malte doch kaum.«

Er betrachtete sie mit eigenartigem Blick, und sie fragte sich, was der nun zu bedeuten hatte.

»Ist er da?«

»Wer? Ach so, ja, in der Küche.«

»Würdest du ihm Bescheid sagen?«

Er griff in die Tasche seiner Jeans und zog etwas hervor. Ein Computer-Spiel, wie sie sah.'

»Ist das etwa auch für ihn?«

»Ja. Es sei denn, du spielst so was gerne.«

Sie wusste nicht, was sie sagen sollte. Wie kam er dazu, ihren Sohn mit Geschenken, noch dazu so teuren, zu überschütten?

Malte mochte sein altes Rad und würde damit fahren, bis es auseinanderfallen würde.

Ob Rolf zu der Sorte Mann gehörte, die sich auf wildfremde Kinder, speziell Jungen, stürzten, weil sie selbst keine hatten?

Sie wollte Rolf nicht vor den Kopf stoßen, trotzdem sollte sie das klären. Und zwar am besten sofort.

»Rolf, ich glaube, ich muss dir was erklären. Mein Sohn ...«

»... wird sich ein zweites Loch in den Bauch freuen, wolltest du sagen?« Er lachte unbekümmert. »Oder?«

»Ich fang's anders an: Malte ist Autist, Asperger-Autist.«

»Aha.« Er sah nicht so aus, als würde er verstehen, was das bedeutete. »Tut mir leid, besonders viel weiß ich nicht über Autismus. Ist so was erblich?«

Erst glaubte sie, sich verhört zu haben, dann blinzelte sie irritiert. »Die Anlage dazu, ja.«

Er machte »Hmm« und schien darüber nachzudenken.

»Malte ist völlig überfordert, wenn du ihm solche Geschenke machst. Er ist schnell überfordert, Rolf.«

»Verstehe.« Er nickte vor sich hin. »Du meinst, ich überfahre ihn sozusagen mit meinen Geschenken.«

»Genau.«

»Verstehe«, sagte er wieder. »Und jetzt?«

»Vielleicht ist es am besten, wenn du das Fahrrad zurückbringst.«

»Möglicherweise möchte er es sich später ansehen und eine Runde damit drehen.«

»Nein, das glaube ich nicht. Er hat ein Fahrrad.«

Rolf lachte leise. »Ja, ein altes, halb verrostetes.«

»Das er liebt. Und er ist es gewohnt, damit zu fahren.«

»Tja, wenn das so ist ...« Er wandte sich um und betrachtete das schicke Fahrrad, das noch im Kofferraum lag. Dann schien er einen Moment nachzudenken und sagte schließlich: »Gut, wie du meinst. Aber ich lasse es trotzdem hier. Wenn er es wirklich nicht will, bringe ich es zurück. Keine Widerrede.« Er lächelte sie an. »Und jetzt mache ich mich wieder auf den Weg. Ich habe noch einen Termin.«

»Ich dachte, du hast Urlaub.«

»Ich bin selbstständig, da vermischt sich oft Freizeit mit Pflicht.«

Er tat ihr leid, doch was sollte sie tun? Malte zwingen, mit dem nagelneuen Rad zu fahren? Einen Autisten zu etwas zu zwingen, wäre, als würde man versuchen, ein Loch in die Frischluft um einen herum zu schneiden.

Sie blickte Rolf nach, wie er vom Hof fuhr und ging nachdenklich zurück ins Haus.

Malte ignorierte das neue Fahrrad, Charlotte hatte nichts anderes erwartet. Immerhin hatte er es einen Moment betrachtet, es dann aber schließlich in die Scheune gebracht.

Eva war spontan vorbeigekommen, und Charlotte hatte ihr davon erzählt.

»Wie kommt Rolf dazu, deinem Sohn ein so teures Geschenk zu machen?«, fragte sie nun, als sie bei Tee und Kokosplätzchen im Garten saßen.

»Ich hab nicht die geringste Ahnung. Du hättest sein Gesicht sehen sollen, er war so enttäuscht. Er hat mir richtig leidgetan.«

Eva nahm ihren Teebecher, stand auf und ließ sich auf die bequeme Gartenliege fallen. Dann stieß sie ein genussvolles Seufzen aus und verschränkte die Arme hinter dem Kopf.

»Soll ich dir was sagen? Ich bin grün vor Neid, dein Garten ist ein Traum.«

»Welcher Garten?«

Eva lachte. »Im Ernst, Charlie. Du hast euch hier ein kleines Idyll geschaffen. Wäre ich du, würde ich alle Hebel in Bewegung setzen und ganz hierherziehen.« Sie drehte sich halb zu Charlotte um und zwinkerte ihr neckisch zu. »Und ich würde die Handwerker der Reihe nach becircen, damit sie mir einen guten Preis machen und sich beeilen.«

»Sonst noch was?« Charlotte lächelte kopfschüttelnd. »Ich würde auch am liebsten gleich morgen ganz hierherziehen, aber wie sagt man so schön: Gut Ding will Weile haben. Erst mal werde ich Kostenvoranschläge einholen und alles in Ruhe durchrechnen.«

Eva trank ihren Tee und blinzelte in die Sonne. »Warum tut Rolf dir leid? Er hätte dich vorher fragen können, bevor er losfährt und deinem Sohn so was Teures kauft.«

»Ich glaube, er will einfach nur nett zu uns sein. Er ist eben so.«

War er früher auch schon so gewesen? Nein. In dieser Hinsicht hatte Rolf sich ganz offenbar verändert. Früher hatte er sich mehr Gedanken um sich selbst gemacht.

Eva riss sie aus ihren Gedanken. »Vielleicht ist ihm bewusst geworden, dass er einsam ist. Er hat keine Familie, vielleicht steckt er mitten in einer Midlife-Crisis, du weißt doch, wie seltsam viele Männer da werden.«

»Frauen auch«, gab Charlotte trocken zurück.

Ihr war genau in diesem Augenblick ein Gedanke gekommen, der sie nicht mehr losließ. Glaubte Rolf womöglich, Malte sei sein Sohn?

Offenbar war sie blass geworden, denn ihre Freundin fragte: »Was ist los?«

»Mir ist gerade ein ganz komischer Gedanke gekommen, Eva.«

»Ach ja?«

»Vielleicht glaubt Rolf, Malte sei sein Sohn.«

Eva setzte sich ruckartig auf und starrte sie entgeistert an. »Du lieber Himmel.«

»Aber warum fragt er mich nicht einfach?«

Eva nahm ihr langes Haar zu einer Art Knoten zusammen und legte sich zurück auf die Liege. »Weil er Angst vor seiner eigenen Courage hat?«

»Und warum taucht er so plötzlich hier auf?«

»Du meinst, sein Besuch ist kein Zufall?«, fragte Eva. »Aber woher soll er wissen, dass du ein Kind hast? Denn nur dann könnte er auf die Idee kommen, er sei der Vater dieses Kindes. Oder aber er war wirklich ganz zufällig hier, hat dich gesehen, und als er erfahren hat, dass du einen vierzehnjährigen Sohn hast, hat er eins und eins zusammengezählt.«

»Und sich verrechnet«, setzte Charlotte nachdenklich hinzu.

12.

Insel Poel im August

Jo und Malte waren gemeinsam am frühen Morgen losgezogen, Schlafsack und Isomatte im Gepäck. Jo hatte auch ein kleines Zelt dabei; er hatte eigentlich ständig eins dabei. Er wollte immer darauf vorbereitet sein, jederzeit und überall übernachten zu können.

Das ist typisch für ihn, dachte Charlotte jetzt und wurde erneut von einem eigenartigen zärtlichen und sehr befremdlichen Gefühl durchflutet. Sie hatte den beiden nachgeblickt, bis sie nicht mehr zu sehen gewesen waren.

Ein tolles Gespann. Wenn man es nicht besser wüsste, könnte man sie für Vater und Sohn halten.

Sie lächelte vor sich hin. Jo wäre bestimmt ein wunderbarer, toleranter Vater. *Ein Vater, wie Malte ihn gebraucht hätte ...*

Sie humpelte in die Stube und stellte sich ans Fenster. Sie sollte dringend mit Rolf sprechen. Sie hatte schon versucht, ihn anzurufen, aber nur die Mailbox erreicht.

Damals, als sie ein Paar gewesen waren, hatte sie geglaubt ihn zu kennen, so wie man eben meint, seinen Partner zu kennen. Mittlerweile war sie der Meinung, dass er ihr vollkommen fremd war. Was waren schon zwei Jahre in einem fast fünfzigjährigen Leben?

Als Grete kam, widmeten sie sich dem Käsen und stellten neuen Weichkäse und Camembert her. Anschließend setzten sie sich auf die Bank vor dem Haus und plauderten.

Charlotte erzählte Grete, dass sie es kaum erwarten konnte, endlich ganz auf Poel wohnen zu können.

»Weißt du noch, was ich neulich zu dir gesagt habe, Charlie: Kommt Zeit, kommt Rat.«

Charlotte nickte nachdenklich.

Ein weißer Sprinter fuhr auf den Hof.

»Der Tischler. Endlich.«

Sie hatte sich entschlossen, die zerbrochene Fensterscheibe nicht ersetzen, sondern gleich ein neues Fenster einbauen zu lassen. Es wäre ein erster Schritt und eine Art Symbol.

Ihr Herz klopfte vor freudiger Erwartung. »Das erste neue Fenster, Grete.«

Grete drückte ihr die Hand.

»Das Haus soll weiße Rundbogenfenster behalten, und irgendwann werde ich auch die alten Fensterläden ersetzen.«

Der Tischler, ein junger Mann mit Drei-Tage-Bart und Stoppelhaarschnitt, kam auf sie zu und hob die Augenbrauen.

»'tschuldigung, wollte nicht lauschen, aber sagten Sie grade was von Fensterläden ersetzen?« Charlotte wollte aufstehen, doch er winkte ab. »Bleiben Sie ruhig sitzen.« Er hob den Kopf und betrachtete das Haus. »Wenn Sie mich fragen, würde ich sie nur reparieren lassen. Neue würden den Charme des alten Hauses kaputtmachen. Wäre schade drum.«

»So habe ich das noch gar nicht gesehen.«

»Dafür haben Sie ja mich.« Er drehte sich zu seinem Sprinter um und winkte dem Mann zu, der neben dem Fahrzeug stand. »Auf geht's, Jan!«

Während die beiden das neue Fenster ausluden und damit ins Haus gingen, erhob sich Grete, eine Hand auf ihrem Kreuz.

»Mein Rücken bringt mich heute um.«

»Du bleibst morgen zu Hause«, entschied Charlotte.

»Nein.«

»Doch.«

Die beiden Frauen blickten sich gespielt streng an, die eine stand der anderen in nichts nach. Schließlich gab Charlotte auf, und Grete nickte zufrieden. »Du kannst störrisch sein wie ein Esel, Charlie, aber ich kann das auch.«

Charlotte musste lachen. »Und sogar ziemlich gut. Und nun sieh zu, dass du nach Hause kommst.«

Grete stieg auf ihr Rad und fuhr winkend und leise singend vom Hof. Charlotte stemmte sich schwerfällig hoch und ging ins Haus. Die Küchentür stand auf, und sie sah, dass das Fenster bereits ausgebaut war.

»Das ging ja flott.«

»Tut mir leid, dass wir erst heute kommen. Aber wir haben im Moment so viel zu tun, dass wir kaum nachkommen.« Der mit dem Drei-Tage-Bart kratzte sich am Kinn. »Diese ständigen Unwetter ...«

Charlotte nickte. »Verstehe. Ich würde später gerne noch was mit Ihnen besprechen. Bei einem Kaffee vielleicht?«

»Kaffee wäre super«, meinten beide.

»Schön, dann warte ich so lange in der Stube.«

Eigentlich hatte sie draußen warten wollen, doch in diesem Moment war ihr, als würde sie die paar Meter bis dahin nicht mehr schaffen.

War sie auf der Couch eingedöst? Wieder mal?

Das Erste, was sie sah, waren dunkle staubige Schuhe.

»Frau Kristen? Wir wären dann so weit.«

»Was? Wie?«

»Sie wollten doch mit uns ...«

Erst jetzt erkannte sie den Mann mit dem Drei-Tage-Bart. Sie musste wirklich eingeschlafen sein.

»Entschuldigung«, murmelte sie. »Es war ein langer Tag.«

»Wenn Sie doch lieber später ...?«

»Nein, bloß nicht.« Sie hievte sich vom Sofa. »Warum setzen Sie sich nicht schon mal in die Küche.«

Kurz darauf saßen sie zu dritt am Küchentisch, die Kaffeekanne und ein Teller mit Keksen stand in der Mitte.

»Ein schönes altes Haus mit Charakter«, meinte der mit dem Stoppelhaarschnitt.

Das war das Stichwort.

»Ich habe mich in das Haus verliebt«, erzählte Charlotte, »als ich das erste Mal hier war. Es zu kaufen war allerdings zunächst gar nicht meine Absicht. Ich möchte es sanieren und umbauen lassen. Und ich möchte, dass das ortsansässige Handwerker machen.«

Beide warfen sich einen überraschten, aber durchaus erfreuten Blick zu.

»Das klingt doch gut«, sagte der mit dem Drei-Tage-

Bart, vermutlich der Chef. »Ich habe mich erst vor Kurzem mit meiner kleinen Tischlerei selbstständig gemacht.«

»Sie sagten vorhin, es sei so viel zu tun ...«, warf sie ein.

Er winkte lässig ab. »Das kriegen wir schon hin. Und preislich ... da machen Sie sich mal keinen Kopf. Ich und auch die Kollegen kommen Ihnen da gerne entgegen.«

Sie musste an Evas Worte denken: *Ich an deiner Stelle würde die Handwerker becircen, damit sie mir einen guten Preis machen ...*

Er trank einen Schluck. »Aber nicht dass Sie jetzt denken, wir mauscheln.«

»Darauf würde ich nicht im Traum kommen.«

Er warf seinem Mitarbeiter einen fragenden Blick zu und stand auf. »Wenn Sie wollen, sehen wir uns jetzt gleich alles an und machen dann einen Kostenvoranschlag.«

»Das wäre wunderbar.«

Er nickte zustimmend und schob beide Hände in das Brustteil seiner Latzhose. »Dann mal los.«

Die beiden verließen die Küche, und Charlotte folgte ihnen in einigem Abstand. Und wieder war sie ihrem Traum ein Stückchen näher gerückt.

Am Abend machte sie sich eine Kleinigkeit zu essen und probierte es ein letztes Mal, Rolf anzurufen.

Der Empfänger ist vorübergehend nicht erreichbar ...

Mit einem Krimi legte sie sich auf die Gartenliege unter den Birnbaum und genoss die wunderbare Stille und das wunderbare Gefühl von Vorfreude, bald ganz in diesem Paradies wohnen zu können. Genau wie das zutiefst beruhigende Gefühl, dass ihr Sohn und Jo gerade eine richtig gute Zeit miteinander hatten.

Sie war auf der Liege eingeschlafen und wachte auf, als etwas Nasses auf ihr Gesicht klatschte. Erschrocken setzte sie sich auf und wischte sich mit der Hand übers Gesicht. Was war das?

Erst dann begriff sie, dass es regnete.

Hastig stand sie auf, was nicht unbedingt wirklich hastig war, da sie alles wie in Zeitlupe verrichtete, seitdem sie diese verflixten Krücken hatte. Sie klemmte sich das Polster samt Buch unter den Arm und ging ins Haus.

Als sie endlich in der Küche ankam, war sie klatschnass. Nicht nur sie, auch das Buch hatte einiges abbekommen.

Ein Fensterladen schlug gegen die Scheibe.

Es sah aus, als würde schon wieder ein Unwetter aufziehen. Meine Güte, hatte es früher auch so häufig Unwetter gegeben?

Ein heftiger Wind kam auf, und ihr wurde ganz mulmig.

Malte und Jo da draußen in Gollwitz in ihrem kleinen Zelt. Sie konnte sich ausmalen, dass das alles andere als gemütlich war. Sie humpelte in ihr kleines Schlafzimmer, kroch auf die Matratze und versuchte einzuschlafen. Doch ihre Gedanken waren bei ihrem Sohn und Jo.

Schließlich stand sie wieder auf, warf einen flüchtigen Blick auf ihre Krücken und beschloss, auf einem Bein in die Küche zu hopsen, um sich einen Tee zu machen.

Beruhige dich, Malte ist kein Baby mehr, und Jo ist ein verantwortungsbewusster Mann, der sich zu helfen weiß. Außerdem ist es nicht die erste Nacht, die er irgendwo draußen verbringt. Er war schon im brasilianischen Regenwald, meine Güte, da wird ihn ein kleiner Sturm auf Poel wohl kaum aus der Fassung bringen ...

Sie setzte sich an den Tisch, freute sich über das neue Fenster und betete, der Sturm möge ihr kleines Haus diesmal verschonen. Dann hörte sie ein leises Geräusch auf dem Hof. Und sprach da nicht auch jemand?

Die Haustür ging auf, und sie erkannte die Stimme ihres Sohnes. Gleich darauf auch Jos.

»Ich bin hier!«, rief sie.

Malte kam herein und warf sich auf einen Stuhl. »Was für ein Scheißwetter! Wir sind gleich los, als es anfing.«

Jo setzte sich ebenfalls und streckte die langen Beine aus.

»Ich hätte auf den Wetterdienst hören sollen, aber ich hätte nicht gedacht, dass es so schlimm wird.«

Beide waren nass, die Haare hingen ihnen wirr ins Gesicht. Und beide hatten gerötete Wangen, aber leuchtende Augen, wie Charlotte amüsiert feststellte. Besonders missmutig sahen sie wirklich nicht aus. Das Unwetter hatte ihnen also offensichtlich nicht den ganzen Ausflug verdorben.

»Möchtet ihr einen Tee?«

Malte schüttelte den Kopf. »Ich gehe gleich ins Bett.«

Für einen Moment legte er die Hand auf Jos Schulter. Eine Geste, die so vertraut, so freundschaftlich war, dass sich Charlottes Magen vor lauter Glück zusammenzog.

»Hattet ihr trotzdem eine gute Zeit?«, fragte sie Jo, nachdem ihr Sohn das Zimmer verlassen hatte.

»Absolut. Du hast einen tollen, einzigartigen Sohn, Charlie.«

»Er mag dich, Jo. Er hatte von Anfang an einen guten Draht zu dir. Du musstest dich nicht mal groß bemühen.«

Er holte sich einen Teebecher aus dem Regal.

»Moment mal.« Er setzte sich wieder. »Ich musste mich nicht groß bemühen?«

Sie lachte leise. »Ein Scherz.«

»Weiß ich doch.«

Während er seinen Tee trank, betrachtete sie ihn etwas verstohlen. Das nasse Haar klebte ihm an Stirn und Wange, und er musste es sich immer wieder aus dem Gesicht schieben. Jetzt hätte er wirklich in einem Mantel- und Degenfilm mitspielen können.

»Charlie?«

Sie fuhr schuldbewusst zusammen. »Ja? Entschuldige, ich habe nur gerade gedacht, dass du mich an d'Artagnan erinnerst.«

Jo sah sie an, seine Mundwinkel zuckten. »Ich erinnere dich an einen der drei Musketiere?«

»Ein bisschen. Ähm … vielleicht solltest du dich umziehen. Du bist klatschnass.«

»Ist mir auch schon aufgefallen. Aber du hast recht.« Er stand auf und ging zur Tür. »Bin gleich wieder da. Hast du was zu essen da?«

»Natürlich. Ich habe sogar noch frisches Brot und köstlichen Ziegenkäse.«

»Was für ein Glück, wenn man an der Quelle sitzt. Und bleib bloß sitzen. Ich mache mir ein Brot, wenn ich wieder da bin.«

Eine gute Stunde später saßen die beiden zusammen in der Stube; Jo in Charlottes Lieblingssessel, dick eingemummelt in eine warme Decke, und Charlotte auf der Couch, das Gipsbein auf einem dicken Kissen. Es war schon nach halb vier, aber beide konnten nicht schlafen.

Jo blickte sie an und lächelte. Und Charlotte registrierte atemlos, wie ihr schon wieder heiß und gleich darauf wieder kalt wurde.

»Wie war's eigentlich auf Langenwerder?«

»Wahnsinnig schön, wie immer. Du musst unbedingt mal mitkommen. Malte war auch hin und weg.«

»Das glaube ich. Er ist glücklich, wenn er irgendwo in der Natur unterwegs ist.«

»Genau wie ich.« Jo stand auf, wobei die Decke ein klein wenig verrutschte und sie so einen Blick auf seine nackte Brust werfen konnte. Er trug ein schwarzes Lederband mit einem Anhänger daran, den sie so schnell nicht genauer erkennen konnte. »Hast du noch Lust auf einen Tee? Ich glaube, du hast eine Kräutermischung mit Passionsblume da.«

»Tatsächlich?«

»Ich glaube, ich habe eine Packung im Regal gesehen. Bin gleich wieder da.«

Während sie auf ihn wartete, versuchte sie, ihre momentanen Empfindungen zu sortieren und so einzuordnen, dass sie einen Sinn ergaben. Aber egal, wie sie es drehte und wendete, es lief immer darauf hinaus, dass sie sich in Jo verliebt hatte. In ihren Freund, in ihren guten Freund. In den Mann, mit dem sie eine wunderbare, unkomplizierte Freundschaft verband.

Nein, das ging nicht! Sie durfte einfach nicht so kopflos reagieren. Vielleicht sollte sie eine kleine Liste machen mit seinen schlechten Eigenschaften. Sie schüttelte über sich selbst den Kopf. Als Siebzehnjährige hätte sie das getan, möglicherweise sogar als Siebenundzwanzigjährige. Jetzt aber mit achtundvierzig …

Ihr Herz pochte heftig und nervös, als er wieder ins Zimmer kam. Er stellte die Teekanne auf den Tisch, dazu zwei neue Teebecher und einen kleinen Teller mit Haferplätzchen.

»Passionsblume wirkt beruhigend. Genau das Richtige nach so einer aufregenden Nacht.« Er schenkte ihr Tee ein und summte dabei leise vor sich hin. »Dieses dämliche Lied geht mir heute nicht mehr aus dem Kopf.«

»Welches?«

»You can leave your hat on.«

Sie schluckte und hoffte inständig, dass sie nicht rot geworden war. »Joe Cocker«, murmelte sie.

Er setzte sich wieder. »Hab ich dir eigentlich mal erzählt, dass ich früher in einer Band gespielt habe?«

»Nein.« Es war albern, aber sie empfand es als aufregend, noch nicht alles von ihm zu wissen. »Was hast du gespielt?«

»Gitarre.«

Ja, das passte zu ihm.

»Hast du auch gesungen?«

»Ab und zu.«

Plötzlich hatte sie den unbändigen Wunsch, er möge ihr noch viel mehr von sich erzählen. Sie wusste wahrscheinlich noch immer viel zu wenig von ihm, auch wenn sie glaubte, ihn ziemlich gut zu kennen. Aber sie wollte *alles* wissen. Wie waren seine Eltern? Wie war seine Kindheit gewesen, seine Jugend? Wie war er als kleiner Junge gewesen? Wie oft war er verliebt gewesen? Nein, das nicht!

Sie betrachtete ihn. Wie anziehend er war, und wie gut ihm das lange Haar stand. Und wie seine Augen leuchteten, wenn er über seinen Beruf sprach. Und wie sie blitzten, wenn er sie hochnahm.

»Hast du mal eine ganze Nacht in der Natur verbracht und bis zum Morgen dagesessen und gelauscht? Wenn der erste Vogel erwacht? Wenn der Wind durch die Äste streicht? Wenn die Wolken über den immer heller werdenden Himmel ziehen? Wenn das Tau auf dem Gras glitzert?« Er seufzte auf. »Entschuldige, manchmal werde ich etwas seltsam.«

»Seltsam? Ich finde dich überhaupt nicht seltsam.«

Warum war ihre Stimme so rau?

Sie stellte sich plötzlich vor, er würde diesmal die Initiative ergreifen und sie küssen. Wie warm und fest sich seine Lippen angefühlt hatten. Und wie gern sie mit beiden Händen in sein Haar greifen würde. Wie gern sie ihm noch einmal die Arme um den Hals legen würde.

Bestimmt würde er heute nach Kräutertee schmecken ...

»O Himmel«, hörte sie sich aufseufzen.

Jo lachte. »Was?«

»Ach nichts«, sagte sie hastig und schluckte. »Mir ist nur gerade was vollkommen Verrücktes durch den Kopf gegangen.«

»Das kenne ich«, sagte er leise, nahm ihren Becher und schenkte ihr nach. Als sie die Hand danach ausstreckte, berührten sich ihre Finger, und sie könnte schwören, dass sie einen leichten Stromschlag bekommen hatte. Konnte man sich das einbilden?

Jo blickte sie eine Weile an, so als würde er sich etwas fragen. Er sagte aber kein Wort. Dann stand er langsam auf, die Decke um die Schultern, und setzte sich zu ihr auf die Couch. Mit einem Finger strich er erst über ihre Hand, dann über ihre Wange, ihre Lippen.

Und sie begann zu vibrieren. Es war verrückt, lächerlich, aber genauso fühlte es sich an. Ihr ganzer Körper sandte eigenartige Vibrationen aus, ihre Kehle wurde ganz trocken, und in ihrem Unterleib kribbelte es. Wann hatte sie sich das letzte Mal so nach einem Mann gesehnt? Sie konnte es nicht abwarten, bis er sie endlich an sich zog.

Jo streckte die Hand nach ihrer aus. Wie in Zeitlupe legte sie ihre Hand darauf. Er rutschte dichter an sie heran, sein Gesicht kam näher. Seine Arme schlossen sich um sie, und sie seufzte. Endlich hob er ihr Kinn an und blickte ihr in die Augen. »Ich finde dich … unglaublich, Charlie.«

»Unglaublich?«

»Im Moment fällt mir kein passenderes Wort ein.«

Alles in ihr schrie: *Ja! Küss mich jetzt sofort und hör nie wieder auf!*

Seine Lippen waren wieder ganz warm und fest. Und sie schmeckten nach Kräutertee.

Sie küssten sich, schauten sich in die Augen, küssten sich wieder. Als er sie losließ, blickte er ihr erneut tief in die Augen. Es war wie eine stumme Frage, und sie nickte.

Er hob sie hoch und trug sie in das kleine Zimmer, das sie vorübergehend als Schlafzimmer nutzte.

Es gab nur eine Matratze, die auf dem Boden lag, darauf eine Wolldecke, die ihre Mutter ihr geschenkt hatte. Daneben ein kleines, wackeliges Tischchen mit einer Reispapier-Lampe. Vorhänge gab es nicht, dafür ein orangefarbenes Bettlaken, das sie vors Fenster gehängt hatte. Als Kleiderschrank diente eine alte Herrenkommode, die schon bessere Tage gesehen hatte, die aber früher oder später in neuem Glanz erstrahlen würde. Nämlich dann, wenn Charlotte sie abgeschliffen und neu lackiert hätte.

Romantisch war sicherlich anders, und doch konnte

Charlotte sich in diesem Augenblick nichts Himmlischeres, nichts Aufregenderes vorstellen, als zusammen mit Jo hier in dieser Kammer zu sein.

Sie legten sich nebeneinander auf die Matratze, lachten, als sie beinahe unter ihnen wegrutschte, und begannen von Neuem, sich zu küssen. Nach und nach zog Jo Charlotte aus, und sie schob die Decke von seinen Schultern. Er hatte blonde Haare auf der Brust und einen sehr sportlichen, schlanken Körper. Mit zwei Fingern nahm sie den kleinen Anhänger, der an einer Lederkette hing, und betrachtete ihn.

»Was ist das?«, flüsterte sie.

»Das Rad von Arianrod, einer walisischen Göttin.«

»Und was bedeutet es?«

»Ihr Name bedeutet Silbernes Rad. Das Rad steht für glückliche Ereignisse und Gelegenheiten.«

Sie blickte ihn verdutzt an. »Du nimmst mich hoch.«

Er schüttelte den Kopf und strich ihr mit einem Finger über die Unterlippe. Dann schmunzelte er. »Ich habe noch einen anderen Anhänger, auch ein keltisches Symbol, das Schutz bedeutet. Ist es nicht ein glücklicher Zufall, dass ich ausgerechnet heute das Rad von Arianrod trage?«

Sie lachte leise und küsste ihn auf die Brust. Dann entdeckte sie ein kleines Tattoo auf seinem Oberarm, einen Dinosaurier, der an einem Blatt knabbert. »Du hast einen Dinosaurier auf deinem Arm?«

»Moment, das ist nicht einfach ein Dinosaurier, das ist ein Brachiosaurus. Ich sagte doch, ich habe seit meiner Kindheit ein Faible für Dinos. Und den hab ich mir stechen lassen, als ich gerade achtzehn geworden bin.« Er zuckte mit den Schultern. »Meine Eltern waren entsetzt. Andere lassen sich chinesische Schriftzeichen oder Anker stechen, ich eben einen Brachiosaurus.«

Wieder küsste er sie und beugte sich über sie.

»Dein Gips wird ein bisschen stören«, murmelte er.

»Wahrscheinlich.«

Sie sahen sich an, lächelten und küssten sich wieder.

Sollte die Erde irgendwann aufhören sich zu drehen, jetzt wäre ein wunderbarer Zeitpunkt dafür.

Charlotte wurde vom Vogelgezwitscher wach und schlug die Augen auf. Jo lag neben ihr und streckte den Arm nach ihr aus.

»Das ist das Rotkehlchen. Es singt immer um diese Zeit.«

»Ach ja?«

Er drehte sich auf die Seite und küsste sie auf den Mund.

»Danke für diese Nacht.«

Sie war verblüfft über seine Worte. Sie mochten so gar nicht zu ihm passen, gleichzeitig kam es ihr vor, als habe er das noch nie zuvor zu einer anderen Frau gesagt.

Sie kuschelte sich an ihn und fuhr mit dem Zeigefinger über seine Tätowierung. »Hat er einen Namen?«

»Wer? Brachiosaurus?«

»Hmm.«

»Du darfst aber nicht lachen.«

»Als ob ich lachen würde.«

»Friedrich.«

»Dein Brachiosaurus heißt Friedrich?«

»Wie mein Großvater. Ein toller Mann. Warmherzig und sanft, gleichzeitig aber zielstrebig und direkt. Das hat mir gefallen. Er war so was wie mein Vorbild.«

Charlotte nickte. »Kinder brauchen Vorbilder. Ganz besonders für Jungs ist es wichtig, wenn sie sich an einem Vater oder Großvater orientieren können.«

»Wie war das bei Malte?«

»Ihm fehlt ein richtiger Vater. Und sein Großvater, mein Vater, ist bis heute nicht wirklich warm mit ihm geworden.«

»Verstehe. Und du? Wie ist dein Verhältnis zu deinem Vater?«

»Wir verstehen uns, gehen aufeinander ein. Ich habe ihn allerdings immer als eher schwach wahrgenommen. Meine Mutter war und ist die Stärkere, glaube ich.«

»So selten ist das gar nicht. Die Männer geben das nur nicht gerne zu.« Er legte sein Kinn auf ihren Scheitel und hielt sie fest umschlungen.

Auf dem Hof war ein Motorengeräusch zu hören. Charlotte interessierte es aber nicht weiter. Für sie gab es nur Jo und sie. Alles, was sich außerhalb dieses Hauses, dieses Zimmers befand, war eine andere Welt, ein anderes Universum. Das hier gehörte ihr allein.

Jo schwang sich von der Matratze und stand auf. Einen Augenblick lang betrachtete sie seinen nackten Körper.

»Ich bin gleich zurück.«

Stumm nickte sie, ihr Herz schlug wie wild, es fühlte sich beinahe etwas unheimlich und besorgniserregend an.

Irgendjemand klopfte kräftig an die Haustür, dann war eine Stimme zu hören. Charlotte interessierte auch das nicht. Sie machte die Augen zu.

Dann ein lautes: »Jemand zu Hause? Es gibt frische Brötchen!«

Rolf.

Die andere Welt hatte sie wieder.

13.

Auf der Diele begegneten sich Jo und Rolf, wie Charlotte hören konnte. Was wollte Rolf denn schon so früh am Morgen hier?

Sie warf einen Blick auf den kleinen Wecker, der auf dem Boden stand. Früh am Morgen? Nun ja, immerhin war es bereits nach neun. Grete war sicher schon im Stall beim Melken.

Charlotte stand auf, wozu sie deutlich länger brauchte als Jo eben. Sie stützte sich auf ihre Krücken, zog sich ein frisches Shirt an und schlüpfte in ihre Jeans. Wobei »schlüpfen« nicht das richtige Wort war, da das suggerierte, dass sie elegant hineingleiten würde. Und das war nun weiß Gott nicht der Fall.

Als sie schließlich angezogen war, war sie nassgeschwitzt wie immer. Sie verließ die kleine Kammer und traf auf Rolf, der auf der Diele stand und aussah, als wisse er nicht, ob er nicht besser gleich wieder wegfahren sollte.

»Rolf, du bist aber früh auf den Beinen«, begrüßte sie ihn.

»Ich dachte, ich überrasche dich mit frischen Brötchen«, erwiderte er etwas betreten, fast kleinlaut. »Ich wusste ja nicht, dass du … ähm … Besuch hast.«

»Lass uns in die Küche gehen«, schlug sie vor.

Rolf legte die Brötchentüte auf den Tisch.

»Mohn«, murmelte er. »Früher mochtest du Mohn total gerne.«

»Den mag ich immer noch.«

Sie setzte Kaffeewasser auf und blickte dabei nachdenklich aus dem Fenster. Sollte sie die Initiative ergreifen oder warten, bis er sich entschlossen hatte, das Gespräch auf Malte und eine mögliche Vaterschaft zu bringen?

»Könntest du den Tisch decken?«, bat sie ihn. »Bei mir dauert das momentan eine halbe Ewigkeit, weil ich immer nur ein Teil nehmen kann.«

»Natürlich.« Er begann, emsig und beinahe übereifrig das Geschirr aus dem Regal zu holen und auf dem Tisch zu verteilen. »Ich nehme mal an, dass ... ähm ... Jo mit uns frühstückt?«

»Ja«, erwiderte sie knapp.

Malte kam herein, und als er den für ihn fremden Besuch sah, machte er gleich wieder kehrt.

»Was hab ich nun schon wieder falsch gemacht?«, murmelte Rolf und seufzte leise.

»Gar nichts, Rolf, er ist einfach so.«

Er machte »Hmm« und schwieg.

Jo erschien komplett angezogen, und Charlotte meinte, ein flüchtiges Runzeln auf Rolfs Stirn gesehen zu haben.

Vielleicht mochte er Jo nicht besonders? Oder aber er kam sich wie ein Störenfried vor, das wiederum würde sie nicht verwundern. Jo trank nur schnell einen Kaffee im Stehen und nahm sich eins der Mohnbrötchen.

»Ich helfe Grete beim Melken«, erklärte er, strich Charlotte mit dem Handrücken über die Wange und ging hinaus.

»Er und du also.« Rolf nickte und trank gedankenverloren seinen Kaffee. »Und? Ist es was Ernstes?«

»Ich weiß gar nicht, ob dich das was angeht«, gab sie sehr freundlich, aber auch sehr bestimmt zurück.

»Entschuldige, natürlich geht mich das nichts an. Tut mir leid, dass ich einfach so hier reingeschneit bin. Die Haustür war übrigens nicht abgeschlossen.«

Sie nickte. »Irgendwann muss ich ein neues Schloss einbauen lassen. Aber hier auf der Insel versperrt eigentlich niemand seine Türen.«

»Hast du keine Angst, dass jemand einbricht?«

»... und mich zum Frühstück überraschen möchte, meinst du?« Sie lachte. »Nein, ehrlich gesagt, hab ich mich noch nie irgendwo so sicher und geborgen gefühlt wie hier auf Poel.«

Er musterte sie mit einer Mischung aus Erstaunen und Bedauern, jedenfalls empfand sie es so.

»Hat sich dein Sohn das Fahrrad angesehen?«, fragte er dann nach einer ganzen Weile. Ein Blick in ihr Gesicht genügte offenbar, denn er seufzte wieder. »Es gefällt ihm nicht«, konstatierte er und nahm einen weiteren Schluck Kaffee.

»Doch, doch«, versicherte sie ihm rasch. »Er findet es sehr cool.«

»Aber er wird es nicht benutzen.«

»Wenn du es doch lieber ...«

Er winkte ab. »Nein, nein. Er soll es ruhig behalten, vielleicht ändert er seine Meinung irgendwann.«

Eine Zeitlang schwiegen sie. Nur das leise Klirren der Kaffeetassen und das Ticken der alten Wanduhr waren zu hören. Ein unangenehmes, betretenes Schweigen. Am liebsten wäre Charlotte aufgestanden und hinausgelaufen. Wenn sie doch bloß endlich diesen verfluchten Gips los wäre!

Grete kam herein, das Gesicht verschwitzt, eine graue Haarsträhne lugte unter ihrem Kopftuch hervor, die sie kurzerhand wieder darunterschob.

»Charlie.« Sie lächelte. »Gut geschlafen?«

In Charlottes Ohren klang es zweideutig, aber natürlich war es nicht so gemeint. Es konnte gar nicht so gemeint sein, schließlich wusste Grete nicht, dass Jo bei ihr übernachtet hatte. In Erinnerung an die gemeinsame Nacht lief ihr ein Schauer über den Rücken, und auf ihrem Kopf bildete sich eine Gänsehaut. Wie gut er gerochen hatte. Und wie toll er sich angefühlt hatte.

»Ich sollte mir eine neue Matratze anschaffen.« Grete sank auf einen Stuhl. »Mir tut jeder Knochen im Leib weh.«

… und unsere ist dauernd weggerutscht.

»Und dann noch der Vollmond.«

… der schien ins Zimmer.

»Je älter ich werde, desto mondsüchtiger werde ich.«

»Mondsüchtig?« Charlotte blinzelte irritiert. »Wieso mondsüchtig?«

»Du hast mir gar nicht zugehört, Charlie.« Grete schnalzte mit der Zunge. Dann lächelte sie nachsichtig. »Der Vollmond hat mich nicht schlafen lassen.«

Charlotte nickte eifrig. »Und dann noch das Unwetter. Aber das Haus hat es diesmal heil überstanden.«

Jo erschien wieder. Erst jetzt fiel ihr auf, dass er sein Hemd falsch zugeknöpft hatte. Am liebsten würde sie die Hand ausstrecken und es neu knöpfen.

»Es hat in die Scheune geregnet.«

»O nein! Das Leck im Dach.«

»Du solltest den Dachdecker anrufen.« Er zeigte auf die Brötchen. »Darf ich?«

»Natürlich.«

Rolf erhob sich. Es wirkte müde und erschöpft. »Ich werde dann mal aufbrechen.«

»Nach Hannover, meinst du?«

Wahrscheinlich hatte sie hoffnungsvoll geklungen, denn er hob die Augenbrauen. »Nein, ich fahre nach Wismar zurück. Ein, zwei Tage werde ich noch bleiben.«

»Dann solltest du einen Ausflug zum Darß machen. Es lohnt sich.«

»Mal sehen.«

Jo und Grete gingen wieder hinaus, und Charlotte wagte es. Irgendwann musste es sein, und dieser Zeitpunkt war so gut und so schlecht wie jeder andere.

»Bleib doch noch einen Moment, ja?«

»Wieso?«

»Ich würde gerne was mit dir besprechen.«

Er setzte sich wieder.

»Noch Kaffee?«

»Nein, danke.«

Sie hatte Zeit schinden wollen. Nun, dann musste es auch so gehen.

»Ich frage dich einfach geradeheraus, ob dein Besuch hier auf Poel einen bestimmten Grund hat. Bist du hier, weil du glaubst, dass Malte dein Sohn ist?«

Für ein, zwei Sekunden sah er aus, als habe sie versucht, ihm den Stuhl wegzuziehen, dann wurde er blass. »Wie kommst du darauf?«

»Warum antwortest du mir nicht einfach?«, fragte sie zurück.

Er verschränkte die Arme vor der Brust, eine Geste, die sie von vielen Menschen kannte, die Distanz schaffen wollten. Irgendwann hatte sie sich mit Körpersprache beschäftigt, ein interessantes Thema, deshalb wusste sie, dass Rolf eine schützende Mauer um sich herum aufbauen wollte.

»Schön, ich sag's dir. Ich habe vor einiger Zeit Britta getroffen. In Hamburg. Ich war beruflich dort. Erinnerst du dich an sie?«

»O ja.«

»Sie meinte, du seist damals nach unserer Trennung schwanger gewesen. Und da habe ich mich gefragt, ob das Kind von mir sein könnte.«

»Und dann hast du dich ins Auto gesetzt und bist hierhergefahren. Warum hast du mich nicht gefragt, Rolf, anstatt zu spekulieren?«

»Ich hab's ein paarmal versucht, aber irgendwie …« Er seufzte. »Keine Ahnung, vielleicht war ich einfach zu feige.«

Charlotte hatte einen Kloß im Hals, der nicht rutschen wollte. Britta. Hatte sie nichts Besseres zu tun, als Rolf, der ihr zufällig nach vielen Jahren wieder über den Weg lief, auf die Nase zu binden, dass er vermutlich Vater eines Kindes war?

»Und? Ist er mein Sohn?«, fragte Rolf leise.

Sie schüttelte langsam den Kopf. »Nein.«

»Bist du sicher?«

Sie nickte.

»Und wer ist dann sein Vater?«

»Ich finde nicht, dass dich das was angeht.« Es hatte harscher geklungen, als sie beabsichtigt hatte. »Entschuldige, aber ich möchte einfach nicht darüber reden, in Ordnung?«

Er räusperte sich. »Dann frage ich dich ganz direkt, Charlie: Hast du mich damals betrogen?«

Erst konnte sie ihm nicht ganz folgen, dann aber begriff sie. »Du glaubst, ich sei fremdgegangen?«

Als Antwort zuckte er nur mit den Schultern.

»Besser, du gehst jetzt, Rolf.«

»Tut mir leid, Charlotte, aber wäre es so abwegig? Du hast einen vierzehnjährigen Sohn, und wir waren vor fünfzehn Jahren ein Paar. Ist das so absurd, wenn ich dich frage, ob du mich betrogen hast?«

Sie schluckte. »Ich hab dich nicht betrogen, Rolf. Genügt dir das als Antwort?«

»Dann hast du dir gleich nach unserer Trennung einen anderen angelacht?«

Sie wollte wütend sein, ihn anblaffen, aber dummerweise verstand sie ihn. »Geh jetzt bitte, Rolf«, sagte sie leise.

Er schob seinen Stuhl hastig zurück und ging hinaus.

Kurz darauf hörte sie die Haustür zufallen.

Noch sehr viel später saß sie am Küchentisch und hing ihren Gedanken nach. Rolf hatte wirklich geglaubt, Malte sei sein Sohn. Deswegen war er also hier.

Sie konnte sich vorstellen, was gerade in ihm vorging. Ob er gern Maltes Vater wäre? War es das? War er womöglich enttäuscht? Erleichtert hatte er jedenfalls nicht ausgesehen.

Und sie? Was war mit ihr? Sie mochte Rolf, als Freund, als Vater für Malte konnte sie ihn sich nicht vorstellen.

Ein Anflug von Ärger überkam sie. Wäre Rolf doch

bloß in Hannover geblieben! Er kam hierher und brachte alles durcheinander. Gleich darauf besann sie sich. Sie tat ihm unrecht, er hatte lediglich wissen wollen, ob er Maltes Vater war. Und dass er sich gefragt hatte, ob sie ihn betrogen hatte, war doch verständlich, oder? Und was war mit ihr und Jo? Sie hatten eine himmlische, atemberaubende Nacht miteinander verbracht. Noch jetzt lief ihr ein Schauer über den Rücken, wenn sie daran dachte. Nie zuvor hatte sie sich mit einem Mann so wohlgefühlt. Ja, sie hatte sich in ihn verliebt, sie sollte das nicht länger hartnäckig leugnen.

Aber Jo war eingefleischter Single und hatte mit Familie nichts am Hut, das hatte er mehr als deutlich gesagt.

Und sie hatte sich vor etlichen Jahren fest vorgenommen, nie wieder einen Mann so nah an sich heranzulassen, dass sie sich ernsthafte Hoffnungen machen könnte. Irgendwann hatte bisher jeder Mann Reißaus genommen, spätestens dann, wenn er begriffen hatte, wie anstrengend ihr Familienleben sein konnte. Außerdem war da noch etwas: Sie hatte sich immer nach einem Mann gesehnt, der nicht nur ihr Partner und Liebhaber, sondern auch ihr bester Freund sein würde. Sie war lange Zeit davon überzeugt gewesen, dass das möglich sein konnte. Im Laufe der Jahre hatte sie allerdings eingesehen, dass es reines Wunschdenken war, eine nette Illusion und hübsche Seifenblase, mehr nicht.

Jo war ein wirklich guter Freund, und sie war gerade dabei, diese wunderbare Freundschaft für eine romantische und vermutlich auch kurze Phase der Verliebtheit zu opfern.

Wollte sie das wirklich? Sollten sie es nicht besser bei

dieser leichten und damit kostbaren Freundschaft belassen?

Sie stützte sich schwer am Tisch ab, griff nach den Krücken und verließ die Küche, um zu Grete in den Stall zu gehen.

Jo war ein freiheitsliebender, unabhängiger Mann, der sein Leben so lebte, wie er es immer gewollt hatte. Eine Frau und ein Kind an seiner Seite wären eine Last, ein Klotz am Bein.

Wahrscheinlich hatte er diese Nacht genauso genossen wie sie, aber sie sollten es unbedingt bei dieser einen Nacht belassen. Und sie sollte endlich sehen, dass sie die Schmetterlingsschwärme in ihrem Bauch bändigte. Sie hatte doch längst eingesehen und sich damit abgefunden, dass sie und ihr Sohn allein durchs Leben gingen.

Ich muss einfach ein bisschen mehr auf Distanz gehen ...
Und darin war sie nun wirklich geübt.

Jo wollte gerade das Scheunentor aufziehen und hielt inne, als er ein nagelneues, bestimmt sündhaft teures Fahrrad entdeckte, das hinter zwei Strohballen stand. Maltes? Aber warum stand es hier in der Scheune? Und vor allem, warum fuhr Malte nicht damit, sondern lieh sich regelmäßig seins aus?

Jo grinste. Wer blickte schon in den Kopf eines Teenagers?

Er hatte sich oft dabei ertappt, wie er sich vorstellte, Maltes Vater zu sein. Malte, Charlotte und er. Eine richtige kleine Familie. Früher hatte er sich Kinder gewünscht und sich ausgemalt, wie er wohl als Vater taugen würde. Er hatte es anders machen wollen als sein eigener Vater.

Er hatte überlegt, ob er lieber einen Sohn oder eine Tochter haben würde. Am Ende war es immer darauf hinausgelaufen, dass es ihm egal gewesen wäre. Ob Mädchen oder Junge, er hätte das Kind auf seine Touren mitgenommen, wenn es groß genug gewesen wäre. Er hatte sich vorgestellt, wie es wohl wäre, wenn sie gemeinsam durch die Natur wandern und Tiere beobachten und sich Pflanzen ansehen würden.

So wie er Malte schon oft Pflanzen gezeigt hatte, die es nur hier in der Gegend gab. Malte war ein außergewöhnlicher Junge, der ihn als Vater herausgefordert hätte, davon war er überzeugt. Genau wie Charlotte eine außergewöhnliche Frau war.

Als er die Hand auf den Balken legte, um ihn zurückzuschieben, hörte er Rolfs Stimme. Unterhielt er sich mit Charlotte?

Nein, offenbar telefonierte er.

Jo blieb stehen und wartete ab, bis Rolf sein Gespräch beendet hatte. Dabei wollte er nicht lauschen, das war nicht seine Art. Doch weghören war leider unmöglich, da Rolf ziemlich laut sprach. Er schien etwas verärgert zu sein.

»Das habe ich dir jetzt schon dreimal erklärt ... Nein, ich bleibe noch ein paar Tage ... Das musst du auch nicht verstehen ... Von mir aus, mach, was du willst ... Nein, ganz sicher nicht, er ist schließlich mein Sohn. Was? Warum interessiert dich das? Er heißt Malte. Ist gut. Ja, bis dann.«

In Jos Ohren rauschte es. Malte war Rolfs Sohn? Warum hatte Charlotte ihm das nie gesagt? Und was war mit Malte selbst? Wusste er, dass Rolf sein Vater war?

Jo wartete, bis sich Rolfs Schritte entfernt hatten. Er brachte gerade einiges nicht überein. War Rolf deswegen hier? Um seinen Sohn zu sehen? Weshalb machte Charlotte so ein Geheimnis daraus? Sie hätte ihm doch sagen können, wer Rolf in Wahrheit war. Ein Freund aus vergangenen Tagen, ja klar.

Jo schlug mit der Faust auf den Türbalken. Ihn so zu belügen! Und vor allem, warum? Warum hatte sie ihm nicht klipp und klar gesagt, was los war? Was spielte sie für ein Spiel? Rolf war womöglich hier, um auch sie wiederzusehen.

Wieder schlug Jo auf den Balken. Und Charlotte? Stieg mit ihm ins Bett!

Er schob das Tor auf und trat auf den Hof. Nein, einer eventuellen Familienzusammenführung würde er garantiert nicht im Weg stehen. Was hatte Charlotte gestern – oder war es heute früh – noch gesagt? *Ein Junge braucht einen Vater ...*

Okay, die letzte Nacht war toll gewesen, aber er hatte beschlossen, es bei dieser einen zu belassen. Das hatte nicht mal was mit Rolf zu tun. Er würde sich einfach nicht wirklich auf eine Frau einlassen können. Da war immer dieser eine Gedanke: Er würde sie enttäuschen. Ja, es würde eh darauf hinauslaufen, dass er Charlotte enttäuschte.

Außerdem war ihm ihre Freundschaft wichtig, sehr wichtig, fast sogar heilig. Er verzog das Gesicht. Gewesen. Jetzt sah die Sache ganz anders aus. Charlotte hatte ihn ziemlich mies hintergangen, und so was konnte er nicht verzeihen.

Eine Weile stand er auf dem Hof, die Fäuste geballt. Sollte er nicht am besten gleich reingehen und ihr sagen, dass er Bescheid wusste? Und sie fragen, was sie sich dabei gedacht hatte?

Er war hin und her gerissen. Schließlich siegte sein Stolz. Nein, sie war der Meinung gewesen, dass es ihn nichts anging, sonst hätte sie mit ihm geredet, ihm alles erklärt.

Nie zuvor hatte er sich in einem Menschen so getäuscht. Freunde! Auf solche Freunde konnte er verzichten.

Er schwang sich auf sein Rad. Ein anderer Gedanke schlich sich ein: Hatte sie ihn nur ausgenutzt? Seine Hilfe in Anspruch genommen, seine Fürsorge genossen? Ihn womöglich sogar als Liebhaber benutzt?

Er hatte wirklich geglaubt, sie zu kennen, durchschauen zu können. So getäuscht zu werden, musste er erst mal verdauen.

Er radelte los, wobei er so fest in die Pedale trat, dass es in den Waden zog. Alles hatte plötzlich einen schalen Beigeschmack. Ihre Freundschaft, die er bis eben für einzigartig gehalten hatte, ihre gemeinsame Nacht, alles.

Er war ein Idiot gewesen. Noch dazu blind auf beiden Augen.

»Hast du Jo gesehen?« Charlotte war bereits in der Scheune und im Stall gewesen, von Jo keine Spur. »Ich verstehe das nicht. Er fährt doch nicht einfach, ohne sich zu verabschieden.«

Grete wischte sich den Schweiß von der Stirn. »Er hat mir beim Melken geholfen, und dann wollte er in die Scheune, irgendwas holen.« Sie kratzte sich am Kopf und nahm das Kopftuch ab. Mit einer Hand fuhr sie sich durch ihr schweißnasses Haar. »Eine Luft ist das wieder.«

»Geh nach Hause, Grete«, sagte Charlotte energisch. »Ich bitte dich, du kippst mir irgendwann noch aus den Latschen.«

»Ach was, ich …«

»Keine Widerrede.«

»Meine Güte, kannst du streng sein.«

Charlotte musste lachen, auch wenn sie ziemlich durcheinander wegen Jo war. Wo steckte er nur? Sie zeigte nach rechts, dorthin, wo er immer sein Rad abstellte. Es war nicht mehr da.

»Sein Rad ist weg.«

»Dann ist er wohl nach Hause gefahren.« Grete schlüpfte aus ihrem Kittel. »Bis morgen.«

»Ohne Bescheid zu sagen? Das passt gar nicht zu ihm«, murmelte Charlotte nachdenklich.

»Vielleicht musste er was Wichtiges erledigen.«

»Ja, das ist möglich. Wenn du dich morgen früh nicht gut fühlst, bleibst du zu Hause, hast du gehört? Ich schaffe das mit dem Verkauf auch alleine.«

»Kommt nicht in Frage. Bis morgen, Charlie.«

Sie blickte Grete nach, die müde den Hof hinunterging. Dann nahm sie ihr Handy und rief Jo an.

Nur die Mailbox.

Seltsam. Warum war er ohne irgendein Wort gegangen?

Sie war auf der Couch eingeschlafen und hatte dabei so verdreht gelegen, dass ihr das rechte Bein und der rechte Arm eingeschlafen waren. Sie brauchte einen Moment, um zu sich zu kommen. Dann war wieder alles da: Rolf, der sich für Maltes Vater gehalten hatte, und Jo, der urplötzlich verschwunden war.

Ihr fiel auch wieder ein, dass sie von ihrem Sturz vom Heuboden geträumt hatte. Nur, dass sie diesmal gefallen und gefallen war, ohne unten anzukommen.

Die Tür ging auf, und Malte stürmte ins Zimmer. »Karl ist weg.«

»Ach, er wird irgendwo auf der Weide sein. Vielleicht ist er ausgebüxt, weil er seine Ruhe vor Gustav haben wollte.«

Malte schüttelte den Kopf. Wie unschuldig, wie kindlich er in diesem Moment aussah. Ein verschrecktes Kind, genau das war er gerade. »Nee, habe überall nachgeschaut.«

»Bist du sicher? Ich meine, wirklich überall?«

Er nickte.

Das war allerdings merkwürdig. Karl hatte sich zweimal unter dem Zaun hindurchgegraben und war auf Erkundung gegangen. Am Abend war er aber immer von selbst wieder zurückgekommen, weil ihm die Sicherheit im Stall gefehlt hatte.

»Warte, ich komme gleich, dann suchen wir gemeinsam.«

Was lachhaft war, wie sollte sie mit diesem dämlichen Gipsbein suchen? Sollte sie damit über das Gatter steigen und die benachbarten Wiesen absuchen? Sie kam ja gerademal im Schneckentempo auf ebenem Gelände vorwärts.

Großartig. Und kein Jo weit und breit, der beim Suchen helfen konnte.

Malte zeigte skeptisch auf ihren Gips. »Damit?«

»Ja, mir ist auch gerade klar geworden, dass das Blödsinn ist. Ich versuche, Jo zu erreichen. Vielleicht weiß der irgendwas.«

Aber wenn er etwas wüsste, dann hätte er ihr nicht nur Bescheid gesagt, er hätte Karl auch so lange gesucht, bis er ihn gefunden hätte.

Sie erreichte wieder nur seine Mailbox. Diesmal sprach sie ihm kurz darauf, er möge sich bitte bei ihr melden, es sei dringend.

Während Malte weiter nach dem Ziegenbock suchte und laut dessen Namen rief, humpelte Charlotte über den Hof und warf einen Blick in den Stall. Vielleicht hatte sich Karl ja besonnen und war wieder da.

Nein, nur Gustav stand da und meckerte, als er sie entdeckte.

Jo hatte immer noch nicht zurückgerufen. Irgendetwas stimmte nicht.

Charlotte ging in die Küche und starrte die Wände an.

Malte kam schließlich zurück, und an seinem Gesichtsausdruck erkannte sie bereits, dass er Karl nicht gefunden hatte.

»Aber ich habe was entdeckt.«

Sie schob ihm ein großes Glas Wasser hin, das er in einem Zug leerte. »Und was?«

»Der Zaun.«

»Was ist damit?«

»Ein Pfahl ist umgekippt. Der Zaun ist ganz schief. Karl hat sich bestimmt vom Acker gemacht.«

»Und treibt sich jetzt sonstwo rum. Klasse.«

»Und jetzt?«

»Keine Ahnung, Malte. Was sollen wir schon tun? Bisher ist er noch jedes Mal von alleine zurückgekommen. Im Grunde seines Herzens ist Karl ein Hasenfuß.«

Sie hatte sich gerade auf die Couch gelegt, als sie Schritte in der Diele hörte. Gleich darauf rief jemand: »Charlotte? Bist du da?«

Rolf.

»Ich bin in der Stube«, rief sie müde. Sie hatte nicht die geringste Lust, ihn zu sehen. Warum war er überhaupt da? Nach ihrem Streit gestern hätte sie geschworen, dass er gleich nach Hannover zurückfahren würde. Wenn er nur gekommen war, um ihr Vorhaltungen zu machen, konnte er gleich wieder …

Die Tür wurde ein Stück aufgeschoben, und ein Strauß dunkelroter Anemonen kam zum Vorschein. »Verzeihst du mir?«

Sie musste lachen und spürte, wie sich der Wutknoten, den sie bis eben noch im Magen gespürt hatte, auflöste.

»Klar, komm rein, Rolf.«

»Tut mir leid, dass ich gestern einfach so abgehauen bin«, sagte er zerknirscht und legte den Strauß auf den Tisch. »Ich bin ein Idiot.«

»Ach, komm …«

»Doch, doch. Ich war eingeschnappt, weil du mir nicht sagen wolltest, wer Maltes Vater ist.«

Immerhin war er ehrlich.

»Ich hab nicht wirklich geglaubt, dass du mich betrogen hast.«

Sie lächelte flüchtig. »Schon gut.«

Offenbar spürte er, dass sie nervös war, denn er sagte: »Stimmt was nicht? Du wirkst so zerstreut.«

»Karl ist verschwunden.«

»Ist Karl ein Hamster oder so was?«

»Wie kommst du jetzt auf Hamster?«

Er zuckte mit den Schultern. »Ich dachte, er sei vielleicht Maltes Haustier.«

»Karl ist ein Ziegenbock, einer, der mir sehr am Herzen liegt.«

»Ach so. Soll ich beim Suchen helfen?«

»Das würdest du tun?«

»Selbstverständlich.« Er ging zur Tür, blieb dort stehen und drehte sich zu ihr um. »Ist Jo nicht da?«

Sie schüttelte den Kopf. Sie würde ihm nicht sagen, dass Jo ebenfalls verschwunden war. Genauso wie sie ihm nicht sagen würde, wie sehr sie das aufgewühlt hatte.

»In Ordnung, dann mache ich mich mal auf die Suche.« Er zog die Tür hinter sich zu.

Es hatte wenig Sinn, dass er Karl suchte, schließlich hatte Malte bereits überall gesucht. Doch sie rechnete es ihm hoch an, dass er behilflich sein wollte.

Sie hinkte über den Hof zum Melkstand, wo Grete mit Sigrid und Gundula beschäftigt war.

»Die Veterinärin kommt am Nachmittag.«

»Weiß ich.« Grete zeigte auf den Plan, der an der Wand hing. »Du schreibst es doch immer auf.«

»Ach ja, natürlich. Entschuldige, ich bin total durcheinander.«

»Wegen Karl?«

»Auch.«

»Und wegen Jo.« Das war keine Frage, sondern eine Feststellung.

»Ich verstehe das nicht, Grete. Er haut einfach ab, sagt kein Wort, geht nicht an sein Handy, kommt nicht vorbei. Da stimmt doch was nicht.«

»Und wenn er krank ist? Oder einen Unfall hatte?«

Charlotte stutzte einen Moment. Daran hatte sie tatsächlich noch gar nicht gedacht. Was war sie doch für ein egoistischer Mensch. Sie hatte nur an Karl gedacht und daran, dass Jo sie einfach im Stich gelassen hatte. Was, wenn ihm wirklich etwas passiert war?

Wieder versuchte sie, ihn zu erreichen. Diesmal ging er nach mehrmaligem Klingeln dran. Ihr Herz schlug heftig vor Aufregung.

»Jo? Was ist los? Warum bist du einfach abgehauen gestern?«

»Tut mir leid, ich musste dringend weg.« Täuschte sie sich oder klang er merkwürdig? »Und ich dachte, ich nehme mir mal ein paar Tage nur für mich.«

»Ja ... natürlich«, stammelte sie, während ihr Herz eine Kapriole nach der anderen schlug.

»Wenn du Hilfe brauchst, könntest du Rolf fragen.« Ein Unterton in seiner Stimme, ganz eindeutig.

»Rolf? Aber ...«

»Ich brauche einfach mal ein bisschen Zeit für mich, Charlotte.«

Und »Charlotte«. Er sagte sonst immer Charlie.

Sie schluckte. »In Ordnung.«

»Ich melde mich wieder.« Damit legte er einfach auf.

Es war sicher wegen ihrer gemeinsamen Nacht. Die war schuld, dass er so seltsam, so abweisend und kühl war. Er hatte genau das Gleiche gedacht wie sie. Auch er sah ihre Freundschaft in Gefahr und zog sich nun eine Weile zurück. Aber was sollte die Bemerkung mit Rolf? Was hatte der mit alldem zu tun?

»Was ist denn?« Grete legte ihr eine Hand auf den Arm und blickte sie besorgt an. »Ist er krank?«

»Er braucht ein bisschen Zeit für sich.«

»Wir schaffen das schon, Charlie.« Grete warf einen Blick auf ihre kleine, alte Armbanduhr, ein Geschenk ihres Mannes. »Ich sperre gleich den Verkaufsstand auf und fange an einzuräumen.«

»Ich helfe dir.«

Rolf kam zurück, die Ärmel seines weißen Hemdes bis zum Ellbogen hochgekrempelt, eine Sonnenbrille auf der Nase.

»Kein Ziegenbock weit und breit«, sagte er bedauernd zu Charlotte, die gerade zwei junge Männer bedient hatte. Die beiden hatten sich die ganze Zeit verliebt und sehr zärtlich angeschaut.

Was Charlotte wieder daran erinnert hatte, dass Jo sich ausgesprochen seltsam benommen hatte. Wenn es wirklich an ihrer gemeinsamen Nacht lag, dann sollten sie das schleunigst aus der Welt schaffen.

»Alles in Ordnung?«, erkundigte sich Rolf und blickte sie prüfend an.

»Jaja, ich bin nur ein bisschen müde. Ich habe schlecht geschlafen.«

»Ich auch.« Er lächelte sie an, als würden sie ein Geheimnis miteinander teilen. »Die Matratze in der Pension ist mir zu weich.«

»Und meine zu hart.«

»Was hältst du von einem kleinen Picknick? Nur wir beide?«

Ein Picknick zu zweit? War das nicht ein bisschen intim? Andererseits, mein Gott, sie waren mal ein Paar gewesen, hatten also durchaus intime Momente gehabt. Sie sollte das etwas lockerer sehen.

»Warum nicht? Heute Abend um sieben?«

»Klasse. Ich freue mich.«

Er ging den Hof entlang, und sie starrte auf seinen Rücken.

Seine Schultern waren deutlich breiter als früher. Auch das stand ihm gut.

Plötzlich machte er kehrt und kam wieder auf sie zu. »Könnte ich kurz dein Bad benutzen?«

»Natürlich. Du weißt ja, wo es ist.«

Er nickte und schenkte ihr ein strahlendes Lächeln. Ein Lächeln, das sie früher garantiert umgehauen hätte. Heute nicht mehr. Auch wenn sie zugeben musste, dass es sie kurzzeitig verwirrte.

Doch dann waren ihre Gedanken wieder bei Jo.

Am späten Nachmittag hörte sie ein Meckern, das sie sofort einer ganz bestimmten Ziege zuordnen konnte: Karl!

Sie schnappte sich ihre Krücken und humpelte, so schnell sie konnte, und sehr schnell war das nicht, über den Hof hin zur Weide, von wo es gekommen war.

Und tatsächlich! Karl stand da, ein Büschel Klee im Maul, und meckerte fröhlich, als er sie kommen sah.

»Wo warst du denn, du Ausreißer?« Sie wäre gern über das Gatter zu ihm geklettert, um ihn zu kraulen. »Ich habe mir Sorgen gemacht, und du gehst seelenruhig spazieren.«

Er senkte den Kopf und rupfte etwas Gras aus.

»Das stört dich wohl kein bisschen. Du solltest dich wenigstens etwas schämen.« Sie drehte sich halb um und rief so laut sie konnte: »Karl ist wieder da!«

Es dauerte auch nicht lange, und Malte kam angelaufen,

kletterte über das Gatter und ging zu dem Ziegenbock, der es sich sichtlich schmecken ließ.

»Und wo war er?«

»Das hat er mir nicht verraten.«

Malte strich über Karls Hörner. »Hauptsache, du bist wieder da.«

»Ich habe heute Abend übrigens eine Verabredung.«

Was erzählte sie denn da! Eine Verabredung! Sie machte ein Picknick mit Rolf, dem Mann, mit dem sie zwei Jahre zusammen gewesen war. Das nannte man keine Verabredung, sondern ein … ein harmloses Treffen unter alten Freunden, genau.

»Von mir aus«, gab ihr Sohn zurück.

»Du kommst mal einen Abend ohne mich aus, oder?«

Er sah sie an, als habe sie nicht alle beisammen und brummte dann: »Gerade mal so.«

Sie musste lachen und überlegte dann, ob sie sich auf den Abend freue.

Ja, sie freute sich, gestand sie sich schließlich ein.

Nicht nur, weil das Picknick sie bestimmt auf andere Gedanken bringen würde.

14.

Rolf hatte köstliche Sachen eingekauft: frische Ananas und Mango, die er bereits zerteilt mitgebracht hatte, grüne und schwarze gefüllte Oliven, getrocknete Tomaten und eingelegte Artischockenherzen. Dazu gab es knuspriges Baguette, das wunderbar duftete, und kühlen Weißwein, der ganz leicht auf der Zunge perlte.

Sie hatten sich ein hübsches Plätzchen in der Nähe des Naturschutzgebietes Fauler See gesucht und saßen nun auf einer karierten Picknickdecke. Für Charlotte war es nicht halb so bequem, wie es für Rolf vermutlich war. Ihr Gipsbein störte auch hier, nie wusste sie, wie sie es am besten lagern sollte. Und so hockte sie mit kerzengeradem Rücken da, beide Beine ausgestreckt. Lange würde sie so nicht sitzen können.

»Das war wirklich eine sehr schöne Idee, Rolf.«

»Freut mich, wenn du dich wohlfühlst. Geht das auch so mit deinem Gipsbein?«, fragte er besorgt. Dann schnalzte er mit der Zunge. »Wie blöd von mir. Warte, ich habe ein Kissen im Auto.« Er sprang auf und lief zu seinem Wagen.

Er hatte ein Kissen im Auto? Fuhr er immer damit durch die Gegend, für den Fall, dass er es mal weich und kuschelig haben wollte? Oder hatte er es extra für diesen Abend eingepackt?

Er kam mit strahlender Miene zurück, schob ihr ein dickes Kissen mit Blümchenbezug unters Bein und nickte zufrieden.

»Hast du das etwa aus deinem Zimmer geklaut?«

»Geklaut würde ich nicht sagen.« Er zuckte mit den Schultern. »Ich hab's mir ausgeliehen.«

Er streckte sich auf der Decke lang aus und stützte den Kopf auf den Ellbogen. »Weißt du noch, früher hab ich rumgesponnen, dass ich für ein paar Jahre nach Frankreich gehen möchte. Und was hab ich gemacht?«

»Du bist nach Hannover gegangen«, gab sie trocken zurück.

Er grinste. »Eigentlich hatten wir doch eine schöne Zeit zusammen, oder?«

»Eine Zeit, die irgendwann vorbei war, Rolf. Weil uns klar geworden war, dass wir nicht zueinander passen.«

»Du hast damals hin und wieder davon gesprochen, dass du ein Kind möchtest«, sagte er leise. »Und ich Idiot habe nicht hingehört.«

»Weil du keins wolltest.«

»Das stimmt so nicht.« Er zupfte an einem langen Grashalm. »Ich glaube, ich hatte Angst vor der Verantwortung. Ich hatte gerade die Stelle gewechselt und wollte erst mal Fuß fassen.«

Charlotte griff nach einer grünen Olive, die mit Paprika gefüllt war, und schob sie sich in den Mund. »Die sind unglaublich lecker.«

Rolf nickte abwesend und blickte in die Ferne. »Es ist übrigens schön hier, ein herrlicher Platz.«

Sie zeigte nach vorn. »Von dort drüben kann man bis Wismar schauen.«

»Ich kannte bisher nur die Ostseeküste in Schleswig-Holstein.«

Für einen Moment glaubte sie, er würde gerade versuchen, ihr zu sagen, dass er beschlossen habe, sich auf Poel niederzulassen.

Er kniff die Augen zusammen. »Ein hübsches Fleckchen. Eigentlich bist du zu beneiden.«

»Eigentlich?«

Sie lachten.

»Möchtest du noch Wein?«

»Gerne.« Sie hielt ihm ihr Glas hin. »Würdest du mir auch noch ein Stück Baguette geben? Es schmeckt irgendwie nach Frankreich.«

Gleich nach dem Abitur war sie für ein Jahr nach Paris gegangen, um die Sprache noch besser zu erlernen.

»Das wirst du besser beurteilen können als ich.« Er räusperte sich. »Du hast übrigens einen … ähm … wirklich tollen Sohn.«

Sie trank einen Schluck Wein, damit sie nichts sagen musste.

»Auch wenn ich mich vielleicht etwas dämlich bei ihm angestellt habe …«

»Das ist Unsinn, Rolf. Malte ist nicht unkompliziert, selbst ich komme oft an meine Grenzen. Und ständig erklären zu müssen, warum er so ist, wie er ist, macht es nicht besser. Und wenn er komplett zumacht, sich total zurückzieht und selbst mich nicht an sich heranlässt, wünschte ich, ich hätte jemanden, an den ich mich anlehnen kann.«

Sie verstummte erschrocken. War sie noch bei Trost? Was plapperte sie denn da? Das lag bestimmt am Wein. Sie sollte nicht so viel trinken.

Wahr war es trotzdem. Sie hatte häufig das Bedürfnis, sich anzulehnen, fallenzulassen und an jemandem festzuhalten.

Immer hatte sie die starke Frau sein müssen, oft hatte sie es nur gespielt. Aber sie hatte es immer sein *müssen*, war nie gefragt worden, ob sie überhaupt dazu fähig war. Tränen traten ihr in die Augen, und sie blinzelte sie wütend weg.

»Alles in Ordnung?«, fragte er leise und so sanft, dass sie sich zusammenreißen musste, sich nicht an *ihn* anzulehnen.

Das fehlte noch.

»Entschuldige, ich bin heute Abend etwas durcheinander.«

Lag das an ihm? Oder lag es einfach daran, dass sie mental völlig erschöpft war?

Ein Bild schlich sich in ihren Kopf: Sie, Malte und Rolf. Warum eigentlich nicht? Warum sollte sie Rolf keine zweite Chance geben? Und warum sollte sie sich nicht endlich mal fallenlassen, die Augen schließen und genießen, dass sich jemand um sie kümmerte?

Beinahe erschrocken schob sie das Bild und ihre Gedanken beiseite. Was war bloß mit ihr los?

Sie legte sich noch ein paar Oliven, Artischocken und frische Ananas auf den Teller und begann, genüsslich zu essen. Schluss mit den sentimentalen Anwandlungen! Sie würde sich jetzt entspannen und den Abend genießen. Basta!

Das hätte sie sogar geschafft, wenn Rolf nicht irgendwann näher an sie herangerutscht wäre und sie sehr eigenartig angesehen hätte.

Die Sonne ging gerade unter, und Charlotte hätte dieses abendliche Schauspiel sehr gern beobachten wollen. Stattdessen rutschte sie wie beiläufig etwas weiter weg und tat so, als überlege sie, noch etwas zu essen.

»Ich habe oft an dich gedacht, Charlotte.« Rolf fuhr mit dem Zeigefinger über ihren Unterarm. »Was ist jetzt eigentlich mit dir und Jo? Läuft da was zwischen euch? Ich meine, er ist aus deinem Zimmer …«

»Ich möchte nicht darüber reden, Rolf.«

»Du hast recht, es geht mich ja auch gar nichts an.«

Da würde sie nicht widersprechen.

Er strich mit dem Finger über ihre Wange, dann über ihre Nasenspitze und schließlich über ihre Lippen.

Und dann kam er noch näher.

Und näher. Bis sein Gesicht so dicht vor ihrem war, dass sie gar nicht anders konnte, als ihn anzusehen. Er war attraktiv, ja, und da waren eine Menge gemeinsamer Erinnerungen. Hinzu kam, dass sie sich urplötzlich schrecklich einsam fühlte. Würde er sie jetzt küssen wollen, hätte sie nichts dagegen.

»Wie hübsch du immer noch bist. Und sehr aufregend.«

Genau in diesem Augenblick musste sie an Jo denken. An seine Küsse, an ihre gemeinsame Nacht und an seine Worte.

Ich finde dich unglaublich, Charlie …

Jetzt nahm Rolfs Finger Kurs auf ihren Oberkörper, und sie warf sich beinahe nach hinten. Natürlich musste sie so früher oder später das Gleichgewicht verlieren, und tatsächlich kippte sie, ihr Weinglas in der Hand, mitten in die eingelegten Artischocken. Mit Jo hätte sie brüllend darüber gelacht, und es hätte der ursprünglich romantischen

Situation keinen Abbruch getan, nun aber wollte sie nur noch aufspringen und davonlaufen. Mit Gipsbein. Wunderbare Vorstellung. Sie würde sich ihre Krücken schnappen, behände wie ein Walross aufstehen und im Schneckentempo davonhinken.

»Rolf, bitte, lass das …«, stieß sie hervor, während sie versuchte, sich wieder aufzurichten. Der Gedanke, ihn küssen zu wollen, sich fallenzulassen, all das kam ihr mit einem Schlag völlig absurd vor.

Ihr Rücken fühlte sich feucht und ölig an, und ihre hübsche weiße Bluse war aller Wahrscheinlichkeit nach hinüber. Als sie endlich wieder saß, tastete sie mit einer Hand an ihren Rücken und verzog das Gesicht. »Guck dir die Schweinerei an.«

»Lass mal sehen«, murmelte er und versuchte, an ihr vorbei auf ihren Rücken zu spähen. »Man sieht fast gar nichts.«

Charlotte hatte genug. »Ich möchte nach Hause, Rolf.«

Er nahm ein Taschentuch und begann, auf ihrem Rücken herumzureiben. »Es tut mir leid. Wirklich, ich …«

»So schlimm ist es auch wieder nicht.« Sie versuchte, noch etwas weiter abzurücken und gleichzeitig seine Hand abzuschütteln. »Könntest du das bitte …«

»Das meinte ich doch gar nicht. Es tut mir leid, dass ich … Keine Ahnung, was in mich gefahren ist. Aber du sahst so wunderschön aus und so verletzlich … Ich wollte doch nur … Mein Gott noch mal, bin ich ein Trottel! Warum bloß muss ich mich bei dir immer wie ein hirnamputierter Trottel benehmen.«

Eva würde trocken entgegnen: Weil du einer bist?, Charlotte aber schluckte eine Erwiderung hinunter.

»Würdest du mich jetzt bitte nach Hause bringen?«

»Natürlich. Klar.« Wieselflink war er aufgesprungen, und genauso flink räumte er alles zusammen und verstaute es in dem Picknickkorb. »Es tut mir so leid, das musst du mir glauben. Ich weiß nicht, was da über mich gekommen ist.«

Charlotte half ihm halbherzig und bestand darauf, allein aufzustehen. Was eine kleine Ewigkeit dauerte, doch sie hätte seine Berührung gerade nicht ertragen können.

Rolf bot ihr seinen Arm, aber auch den ignorierte sie.

Schweigend gingen sie zu seinem Wagen.

»Wir könnten noch ein bisschen rumfahren.« Er zeigte mit unglücklicher Miene nach rechts. »Da vorne soll es so schön sein. Das sagtest du doch, oder? Man könne Wismar sehen und so.«

Er würde doch nicht anfangen zu heulen?

»Da vorne ist Naturschutzgebiet«, erklärte sie knapp. »Da geht's nicht weiter.«

»Nicht mal zu Fuß?«, fragte er mit kläglicher Stimme.

Sie blieb stehen. »Was soll das, Rolf? Versuchst du gerade, mich zu besänftigen und mir vorzuschlagen, dass wir noch einen hübschen kleinen Spaziergang machen? Eine Wanderung?« Sie reckte ihr eingegipstes Bein. »Damit, ja? Witzbold!«

»Du bist sauer auf mich, das verstehe ich. Aber du …«

»Ich bin nicht nachtragend, das weißt du. Ich möchte jetzt einfach gerne nach Hause und ins Bett. Morgen kann ich vielleicht darüber lachen. Im Moment finde ich das allerdings überhaupt nicht komisch.«

Endlich waren sie an seinem Auto angekommen.

»Lass uns jetzt bitte fahren und versuchen, das hier zu vergessen. Danke für das Picknick und für all die leckeren Sachen. Aber hör auf, mir vorzumachen, dass die Pferde mit dir durchgegangen sind.«

Er hielt ihr die Beifahrertür auf und blickte sie bestürzt an.

»Du glaubst, ich mache dir was vor?«

»Ja, das glaube ich.«

»Aber ich … es ist wirklich einfach so passiert! Ich wollte das nicht! Und ich hab das ganz sicher nicht geplant! Schließlich bist du doch mit diesem Jo …«

Charlotte hatte sich auf den Sitz gehievt. »Lass Jo da raus! Das hat überhaupt nichts mit ihm zu tun!«

Rolf ging mit eingezogenem Kopf auf die Fahrerseite, stieg ein und ließ den Motor an. Schweigend fuhr er los, und schweigend lieferte er sie wenig später auf dem Hof ab.

»Ich kann alleine aussteigen«, knurrte sie.

Wofür sie wieder ewig brauchte. Und wenn schon. Sie wollte einfach nicht, dass er sie anfasste. Für ihren Geschmack hatte er das heute schon viel zu oft getan.

»Kann ich dich morgen zu einem Frühstück …?«

»Nein.«

»Dann rufe ich dich an, ja?«

»Nein.«

Sie knallte die Tür zu und humpelte mit zusammengebissenen Zähnen ins Haus.

Charlotte hatte miserabel bis gar nicht geschlafen und war wie gerädert aufgestanden, um sich einen starken Kaffee zu machen.

Es wurde gerade hell, und die ersten Vögel zwitscherten bereits lautstark in den Obstbäumen. Im Hintergrund war das Meckern der Ziegen zu hören.

Karl.

Sie lächelte. Wenigstens etwas, über das sie sich freuen konnte. Was für ein verkorkster Abend!

Sie hatte überreagiert, keine Frage, inzwischen tat es ihr leid, dass sie Rolf so angefahren hatte. Sie hätte über seinen Annäherungsversuch lachen sollen, nichts weiter. Er war ein wenig plump und unbeholfen gewesen, sie dagegen war diejenige, die sich unmöglich benommen hatte. Sie hatte krampfhaft versucht, etwas in ihm zu sehen, das nicht vorhanden war. Sie hatte ihn sogar mit Jo verglichen. Sie nahm ihr Handy, um nachzusehen, ob sie Nachrichten auf der Mailbox hatte. Ihre Schwester hatte angerufen. Sie würde sie gleich zurückrufen. Aber keine Nachricht von Jo.

Sie nippte an ihrem schwarzen Kaffee und starrte nach draußen.

So saß sie noch da, als Grete zur Tür hereinkam.

»Mein Gott, Charlie, hast du mich erschreckt!«

Charlotte war herumgewirbelt und nicht weniger erschrocken. So früh hatte sie nicht mit Grete gerechnet.

»Was guckst du denn so griesgrämig?«

»Ich gucke griesgrämig?«

Grete setzte sich neben sie und legte ihr die Hand auf den Arm. »Allerdings. Ist was passiert?«

»Nein. Doch. Karl ist wieder da.«

»Das ist ja wunderbar! Dann gehe ich mal gleich zu ihm.« Sie stand auf, blieb aber neben Charlotte stehen. »Deswegen wirst du aber kaum so griesgrämig gucken.«

»Ich glaube, ich habe mich gestern ziemlich blöd benommen, Grete.«

»Kannst du das nicht wieder hinbiegen?«

»Ich weiß nicht.«

»Auf einen Versuch kommt's doch an«, meinte Grete aufmunternd.

»Du hast recht. Ich rufe ihn gleich an.«

»Wen? Jo?«

»Nein, Rolf.«

Sein Handy war ausgeschaltet. Ob er noch schlief? Oder war er so wütend, dass er nicht mit ihr sprechen wollte? Oder aber er schämte sich so, dass er ihr aus dem Weg ging.

Malte kam herein und warf sich auf einen Stuhl. »Hast du meine Zahnbürste weggeworfen?«

»Nein, ich dachte, das machst du selbst, wenn du eine neue brauchst.«

»Kann sie nicht finden.«

»Vielleicht ist sie runtergefallen und liegt unter dem Schränkchen. Ich besorge dir heute eine neue.«

Er nahm die angebrochene Cornflakespackung aus dem Regal, stellte sie auf den Tisch, holte die Zuckerdose und die Milch und setzte sich wieder. Schweigend aß er, und Charlotte blickte ebenso stumm aus dem Fenster.

»Is' was?«, fragte er nach einer ganzen Weile.

»Nein, warum?«

»Du sagst gar nichts.«

»Du ja auch nicht.«

Er löffelte weiter.

Als er fertig war, stellte er das Geschirr in die Spüle und sagte: »Ich sehe mal nach Karl.«

»Tu das.« ... *ich bleibe derweil hier sitzen, bis die Zeit vergangen, mein Gips weg und Jo wieder da ist.*

Dann fiel ihr ein, dass sie einen Arzttermin in Wismar hatte. Sie würde ein Taxi rufen müssen. Bis Wismar wäre das recht teuer, aber nicht zu ändern.

Ihr Handy klingelte. Es war Rolf.

»Ich möchte mich bei dir entschuldigen«, sagten sie fast gleichzeitig. Und gleichzeitig mussten sie lachen.

»Ich habe total überreagiert, Rolf, tut mir leid.«

»Und ich war nicht ganz bei mir. Kommt nicht wieder vor, versprochen. Ich bin nur noch bis morgen hier und würde dich gerne in Wismar zum Essen einladen. Ganz ohne Hintergedanken, ehrlich.«

»Ich habe heute leider einen Arzttermin.«

»In Wismar?« Sie ahnte, was er vorhatte. »Ich könnte dich abholen und zum Arzt bringen, und anschließend gehen wir essen. Was hältst du davon?«

»In Ordnung. Ich muss um elf Uhr in der Praxis sein.« Sie hatte das Bedürfnis, ihr Verhalten wiedergutzumachen.

»Dann bin ich um Punkt zehn bei dir.«

Sie legte auf.

Malte kam zurück. »Der Zaun muss repariert werden, der Pfahl ...«

Sie seufzte. »Ich weiß. Kriegst du das hin?«

Er schüttelte den Kopf. »Ich kriege ihn nicht tief genug in die Erde. Kann Jo das nicht machen?«

Charlotte presste die Lippen aufeinander. Dann murmelte sie: »Das geht nicht.«

»Und warum?«

»Weil Jo ... zu tun hat.«

Eine Weile schien er unentschlossen, schließlich nickte er.

»Dann versuch ich's.«

Träge stand sie auf und ging ins Bad.

Jo, was ist nur passiert, dass du dich so zurückziehst? Warum diese plötzliche Distanz?

Ob es wirklich nur an ihrer Liebesnacht lag? Oder war da mehr?

Während sie auf Rolf wartete, wurde sie von düsteren Gedanken und schlechten Gefühlen überflutet. Alles kam ihr plötzlich vollkommen sinnlos vor. Warum war sie überhaupt hier? Was war das für eine Schnapsidee gewesen, hier ihren Lebensmittelpunkt haben zu wollen? Wie war sie bloß auf die verrückte Idee gekommen, eine Ziegenkäserei zu eröffnen? Sie hätte Gärtnerin bleiben und sich mit Pflanzen beschäftigen sollen. Die verschwanden nicht einfach so, rochen gut und Dreck machten sie auch nicht.

»Meine Güte, du machst ein Gesicht wie sieben Tage Regenwetter.«

Sie fuhr zusammen, als Grete plötzlich hinter ihr stand.

»Ich weiß, ich hab einfach einen schlechten Tag. Das vergeht auch wieder.«

»Wenn ich dir irgendwie …«

Sie zwang sich zu einem unverkrampften Lächeln. »Nein, schon gut. Danke, Grete.«

Rolfs laute Stimme ließ sie ein weiteres Mal zusammenzucken.

»Schon fertig?«, fragte er und schenkte erst Grete, dann ihr sein strahlendes Zahnpasta-Lächeln.

Charlotte nickte und ließ sich von ihm die Krücken reichen.

Sie war sogar zu träge zum Sprechen.

Ein paar Stunden später saßen sie und Rolf in einem kleinen Restaurant am Lohberg, einer der schönsten Straßen in Wismar. Früher war das Gebäude ein Speicher gewesen. Von hier aus hatte man einen herrlichen Blick auf den Hafen.

Sie bestellten Fisch und Salat, dazu Weißwein und eine Flasche Mineralwasser.

»Danke, dass du mich gefahren hast, Rolf.«

»Kein Problem. Geht's dir wieder besser?«

Natürlich war auch ihm nicht entgangen, wie kurz angebunden, beinahe mürrisch sie gewesen war. Es tat ihr leid, dass sie sich so gehenließ, aber sie konnte einfach nicht aus ihrer Haut.

»Der Arzt sagt, der Bruch heilt sehr gut. Lange brauche ich dieses blöde Ding wohl nicht mehr.« Sie klopfte auf ihren Gips. Dabei fiel ihr Blick auf die Liedzeile, die Jo daraufgekritzelt hatte: *Don't worry, be happy.*

Erstaunlicherweise verfehlte es seine Wirkung nicht im Geringsten. Erst musste sie lächeln und schließlich lachte sie. Rolf lachte mit, auch wenn er nicht wissen konnte, was sie so komisch fand.

»Ich glaube, meine Laune bessert sich gerade etwas.«

»Vielleicht liegt das ja daran, dass wir hier in diesem gemütlichen Lokal sitzen, die Sonne scheint, die Möwen kreischen über dem Wasser …«

»Ja, vielleicht«, unterbrach sie ihn, bevor er noch mehr romantische Anwandlungen bekam.

»Hast du eigentlich nie darüber nachgedacht, dich wieder fest zu binden? Ich meine, du allein mit einem Kind ...«

»Das ist genau der Punkt.« Sie schlug die Speisekarte auf und wieder zu und legte sie schließlich beiseite. »Die meisten Männer sind genauso schnell verschwunden, wie ich alleinerziehend sagen kann.«

Er musterte sie ungläubig. »Ist das so?«

»Ja, das ist so.«

»Dann ist dir die große Liebe bis jetzt nicht mehr begegnet?«

Nicht *mehr*? Hatte er sich damals für ihre große Liebe gehalten?

»Nein.«

Rolf nahm sein Glas und prostete ihr zu. »Auf die Liebe, Charlotte.«

»Auf die Liebe. Es tut mir leid, wie ich mich benommen habe, Rolf. Ich war ... Ach, ich weiß auch nicht. Es war einfach nicht mein Tag.«

»Schon gut, wirklich.«

»Manchmal hab ich das Gefühl, als müsste ich besonders stark sein. Und dann wieder ...« Sie winkte ab. »Jetzt fange ich an zu lamentieren.«

»Du bist eine starke Frau, Charlotte, aber auch starke Frauen dürfen mal schwach sein. Vielleicht müssen sie das sogar hin und wieder mal.«

Sie schenkte ihm ein Lächeln. »Ja, wahrscheinlich.«

Der Wein war herrlich kühl und hatte eine angenehme, ganz leichte Säure. Und er stieg ihr augenblicklich zu Kopf.

»Du sagtest, du würdest übermorgen zurückfahren?«

Sie würde das Gespräch gern auf ein anderes, unverfänglicheres Thema lenken.

»Ja, ich muss zurück nach Hannover.«

Ihr Essen wurde serviert, und die folgenden Minuten aßen sie schweigend. Der Fisch war hervorragend gebraten. Charlotte hatte lange nicht mehr so köstlichen Fisch gegessen.

»Kann ich dich was fragen, Rolf?«, sagte sie irgendwann.

»Natürlich.«

»Wärst du gerne Maltes Vater?«

Die direkte Frage schien ihn nicht nur zu überraschen, sie brachte ihn ganz offensichtlich auch aus der Fassung. Er griff nach seiner Serviette, tupfte sich den Mund ab, legte sie weg und nahm sie gleich wieder auf.

Charlotte bereute ihre Frage und wollte schon sagen, dass er die Antwort ruhig schuldig bleiben dürfe, da räusperte er sich. »Ich will ehrlich sein. Ja, ich glaube, ich hätte mich gefreut. Aber ich gebe auch zu, dass ich wahrscheinlich etwas überfordert wäre. Ich habe den Eindruck, dass er mich nicht besonders mag.«

»Malte braucht sehr lange, um jemandem zu vertrauen. Aber wenn man seine Freundschaft und Zuneigung erst mal gewonnen hat, bekommt man einen Freund fürs Leben. Malte ist absolut loyal und sehr treu.«

Rolf lächelte. »Das hört sich ziemlich gut an.«

»Eva hat sich sehr lange um ihn bemühen müssen und nie aufgegeben. Inzwischen übernachtet er ab und an bei ihr, und sie sehen sich die halbe Nacht DVDs an und stopfen sich mit Popcorn voll. Wenn Malte jemanden mag, ist es ihm vollkommen egal, ob derjenige achtzehn oder achtzig ist.«

Rolf lächelte noch immer. »Du bist eine großartige Mutter.«

Charlotte trank einen Schluck Wein.

»Ich versuche zumindest, diesem besonderen Kind gerecht zu werden. Das funktioniert nicht immer, ich bin auch nur ein Mensch, der Fehler macht. Aber ich gebe mir Mühe, jeden Tag wieder.«

Ob der Wein ihre Zunge gelockert hatte?

»Möchtest du Nachtisch?«

»Nur einen Espresso.«

»Für mich auch.« Er hob die Hand und winkte die Kellnerin heran. Als sie die Bestellung aufgenommen hatte und wieder gegangen war, sagte er: »Jo scheint jemand zu sein, den Malte ins Herz geschlossen hat.«

Charlotte schluckte. Sie spürte, wie ihr die Tränen in die Augen traten. Jo. Ach verdammt, warum war es plötzlich nur so kompliziert, so vertrackt mit ihnen?

»Irgendwas stimmt nicht.« Rolf legte den Kopf schief und schaute sie prüfend an. »Ist es seinetwegen?«

»Nein.«

»Du siehst traurig aus.«

»Ach was.«

Der Espresso wurde gebracht, und sie war erleichtert. Die nächsten Minuten verbrachte sie damit, Zucker in die Tasse zu geben und hingebungsvoll umzurühren.

»Entschuldige, ich hätte nicht davon anfangen sollen«, sagte Rolf schließlich. »Ich fürchte, ich bin eifersüchtig.«

»Du bist eifersüchtig?«

Er nickte. Es sah aus, als habe ihn sein Geständnis selbst überrascht.

»Ich bin so ein Idiot«, murmelte er kopfschüttelnd. »Warum kann ich nicht einfach meine verdammte Klappe halten?«

Charlotte wusste nicht, was sie sagen sollte. Am liebsten würde sie auch gar nichts sagen, sondern aufstehen und gehen.

»Ach, was soll's, jetzt kann ich's dir auch sagen: Ich glaube, ich habe mich wieder in dich verliebt.«

»Rolf, bitte, ich möchte wirklich nicht …«

»Ich kann's nicht ändern, Charlie. Es war fast wie damals. Als ich vor dir stand, habe ich gedacht: Wow! Und jetzt, nachdem wir uns wieder ein bisschen angenähert …«

»Moment. Wir haben uns nicht angenähert.«

»Wir haben viel geredet, und ich habe gespürt, dass da wieder ganz viel zwischen uns ist. Wenn ich bemerke, wie dieser Jo dich ansieht …« Er seufzte. »Und als er neulich aus deinem Zimmer kam … Ja, ich bin eifersüchtig. Am liebsten würde ich dich davon überzeugen, es noch mal mit mir zu versuchen. Ich bin nicht mehr der, der ich früher war. Ich habe mich verändert, ich bin reifer geworden. Ich weiß jetzt, was ich will.«

»Sag's bitte nicht«, flüsterte Charlotte fast verzweifelt.

»Ich will *dich*, Charlie. Und wenn du nur ein Wort sagst, nur ein einziges Wort, dann fahre ich morgen nicht.«

Sie blieb stumm, blickte ihn nicht mal an.

Nach einer Weile sagte er leise: »Verstehe. Schon gut. Du hast recht, ich hätte es nicht sagen sollen.« Etwas abrupt stand er auf. »Bin gleich wieder da.«

Charlotte wartete, bis er um die Ecke verschwunden war, dann stand sie auf, nahm ihre Krücken und verließ das Restaurant.

Sie war zunächst etwas kopf- und auch ziellos durch die Stadt gelaufen, dann hatte sie die Idee gehabt, Conny zu besuchen. Sie besaß einen hübschen, kleinen Deko-Laden in der Altstadt, in dem Charlotte gern und häufig einkaufte.

Im Laden roch es nach Lavendel und Zitronen, und das Windspiel aus Perlmutt über dem Eingang klimperte leise und seltsam beruhigend.

»Charlotte, wie schön!« Conny kam hinter dem Tresen hervor. »Ach herrje, was hast du denn gemacht?«

»Tag, Conny. Ich bin vom Heuboden gefallen.«

»Ach, du liebe Güte! Komm, setz dich doch da vorne hin.«

Sie steuerten einen kleinen Sitzplatz vor einem Regal mit Porzellan an.

»Möchtest du einen Tee? Oder lieber einen Kaffee?«

»Weder noch. Ehrlich gesagt, bin ich mehr oder weniger auf der Flucht.« In wenigen Sätzen erzählte sie Conny von ihrem Essen mit Rolf. »Und mit diesem Gips ist ein langer Spaziergang, den ich gebraucht hätte, schlecht möglich.«

Conny zeigte auf die Zeichnungen auf ihrem Gips. »War das dein Sohn?«

Charlotte spürte einen dicken Kloß im Hals. »Nein, die sind von einem ... guten Freund.«

»Der dich gerade ganz schön traurig macht«, ergänzte Conny. »Warte, ich stelle dir jemanden vor.« Sie stand auf und kehrte gleich darauf mit einer Frau zurück. »Darf ich dir Hella vorstellen? Wir haben uns vor gut einem Jahr auf Usedom kennengelernt. Hella, das ist Charlotte.«

Charlotte schüttelte Hellas Hand. »Ich erinnere mich. Du hast mir damals davon erzählt.« Zu Hella gewandt sagte sie: »Conny hat mir auch von Ihrem bezaubernden Ferienhäuschen erzählt.«

Sie plauderten eine ganze Weile, bis Charlotte irgendwann feststellte, dass es schon reichlich spät war.

»Soll ich dir ein Taxi rufen, oder möchtest du in deine Wohnung?«, erkundigte sich Conny.

»Ich muss zurück nach Poel. Mein Sohn wartet dort.«

Hella bot sich an, sie zu fahren. »Conny hat hier noch eine Weile zu tun, und ich wollte sowieso auf die Insel. Conny hat so davon geschwärmt.«

Charlotte mochte Hella sofort.

Die beiden Frauen unterhielten sich während der Fahrt, und Charlotte ertappte sich dabei, wie sie auf dem besten Weg war, dieser im Grunde wildfremden Frau mehr zu erzählen, als sie normalerweise tun würde.

»Wir waren vor über fünfzehn Jahren zusammen. Und jetzt beichtet mir dieser Mann, dass er sich wieder in mich verliebt hat.«

Hella nickte verständnisvoll. »Und das hat Sie durcheinandergebracht, kein Wunder. Manchmal trifft der Spruch *Alte Liebe rostet nicht* allerdings wirklich zu. Mein Mann und ich waren getrennt, er hatte eine neue Beziehung. Uns beide verband die ganze Zeit eine sehr innige Freundschaft. Wie sehr ich ihn immer noch liebte, habe ich zunächst gar nicht begriffen. Und nun leben wir wieder zusammen.« Sie lächelte, und Charlotte stellte fest, wie glücklich sie dabei aussah.

»Haben Sie Kinder, Hella?«

»Einen Sohn. Und Sie?«

»Ich auch.«

»Ist dieser Mann der Vater Ihres Sohnes?«

»Nein. Ich glaube, sein Geständnis hat mich nicht nur überrumpelt, es hat mich total überfordert.«

»Und jetzt?«, fragte Hella sie.

»Er wird wieder zurück nach Hannover fahren, und ich bleibe hier.«

Hella nickte. »Verstehe. Dann werden Sie sich nicht wiedersehen?«

»Ich denke nicht.«

Hella seufzte auf, als sie auf die Landstraße in Richtung Poel abbogen. »Wie schön es hier ist! So verträumt.«

An der rechten Straßenseite stand ein Mann mit Rucksack. Jo.

Charlottes Herzschlag hatte kurz ausgesetzt.

»Würden Sie bitte für einen Moment anhalten, Hella?«

»Natürlich. Ist Ihnen schlecht?«

»Nein, nein.« Sie zeigte auf Jo. »Ich würde nur gerne mit jemandem sprechen. Es wird nicht lange dauern.«

»Ich habe Urlaub.« Hella schmunzelte. »Machen Sie sich keine Gedanken.« Sie zeigte auf die Krücken. »Brauchen Sie Hilfe?«

»Es wird schon gehen, danke.«

Charlotte stieg aus und nahm ihre Krücken.

Jo hatte sie offenbar ebenfalls gesehen, denn er kam langsam auf sie zu. »Charlie.«

»Jo.«

Ein flüchtiges Lächeln.

Jo hatte sein langes Haar schneiden lassen, der Zopf war ab. Jetzt trug er das Haar gescheitelt und locker hinters Ohr geschoben. Es stand ihm verflixt gut.

»Wie geht's dir?«, fragte er.

»Gut. Der Gips kommt bald ab. Und dir?«

»Gut. Mit Malte alles in Ordnung?«

»Ja.« ... *er vermisst dich.* »Dein Zopf ist ab.«

Er nickte. »Ist viel praktischer so.« Er räusperte sich kurz. »Kommst du zurecht?«

»Ja, sicher. Klar.«

»Gut.«

Warum war alles plötzlich so verdammt kompliziert? Warum hatten sie nicht einfach Freunde bleiben können? So wie früher. Warum nur hatte sie unbedingt mit ihm schlafen müssen?

Erst dieser bescheuerte Kuss und dann diese eine Nacht.

Es war ein Fehler gewesen.

Wie ein Film lief alles wieder vor ihr ab, wie sie in der Nacht zusammen am Tisch gesessen hatten, der Kuss, Jos fragender Blick, sein Geruch, wie er sie ins Zimmer getragen hatte und sie über die Matratze und ihr störendes Gipsbein gelacht hatten. Sein warmer, wunderbar duftender Körper, seine blonden Brusthaare, sein keltisches Amulett, sein straffer Bauch, Friedrich auf seinem Oberarm ...

Sie wollte sich hastig abwenden, doch er legte ihr eine Hand auf die Schulter. »Es tut mir leid, Charlie.«

»Was tut dir leid?« Sie wusste es wirklich nicht.

»Ich bin einfach abgehauen.«

»Stimmt. Und ich versteh's nicht, Jo.«

Einen Augenblick lang schwieg er. Dann sagte er: »Ich habe gehört, wie Rolf telefoniert hat. Er sagte, Malte sei sein Sohn, und ich hab mich gefragt, warum du es mir nicht gesagt hast.«

Charlotte brauchte einen Moment, um sich zu sammeln. »Er hat *geglaubt*, dass Malte sein Sohn ist, Jo.«

Jo schaute sie irritiert an. »Aber du wusstest, dass er deswegen hier ist«, erwiderte er dann.

»Nein, ich hatte keine Ahnung. Glaubst du wirklich, ich hätte dir kein Sterbenswort gesagt, wenn Rolf Maltes Vater wäre? Wenn du wirklich glaubst, dass ich …«

»Schon gut.«

»Nein, nicht schon gut, Jo. Wir sind Freunde!«

»Die miteinander ins Bett gegangen sind.«

Sie holte tief Luft. »Ja, das war ein Fehler«, flüsterte sie. »Ein Riesenfehler. Freunde schlafen nicht miteinander.«

»Ich dachte, du würdest jetzt vielleicht erwarten …«

Sie hob eine Hand. Sie hatte verstanden. »Ich erwarte gar nichts, Jo.«

»Ich bin einfach kein Typ für … Ich würde dich nur enttäuschen.«

Sie betrachtete ihn und überlegte, was sie antworten sollte. Dass es ihr auch leidtat? Dass auch sie ihn enttäuschen würde? Dass sie einfach versuchen könnten, Freunde zu bleiben?

»Schon gut«, murmelte sie. »Es würde sowieso nicht funktionieren.«

»Nein.« Er schüttelte den Kopf. »Das würde es nicht.«

»Ich bin inzwischen viel zu misstrauisch«, hörte sie sich sagen. Ach ja, war sie das? »Ich meine, ich bin … skeptisch, notorisch skeptisch.«

Er zeigte ein flüchtiges Lächeln. »Das verstehe ich.«

Sie blickten sich wieder an, diesmal hielt er ihren Blick lange fest. Sie wünschte, er würde sie küssen, doch natürlich tat er das nicht. Warum auch? Freunde küssen sich nicht einfach so. Auf den Mund schon gar nicht.

»Mach's gut, Jo«, sagte sie mit rauer Stimme.

»Du auch, Charlie.« Für einen winzigen Augenblick legte er ihr die Hand an die Wange, und sie spürte ihr Blut in den Ohren rauschen. »Und sei mir nicht böse.«

»Ach was.«

Ihre Hände hatten sich um die Griffe der Krücken verkrampft. Sie drehte sich abrupt um und ging zu Hellas Wagen zurück. Sie spürte, wie Jo ihr auf den Rücken starrte.

Geh weiter, Jo ...

Hella stieg aus dem Wagen und half ihr beim Einsteigen.

»Sie sind ganz blass, Charlotte.«

»Könnten wir einfach losfahren? Bitte.«

15.

Charlotte hatte kaum geschlafen. Wie auch?

Sehr früh am Morgen war sie aufgestanden, um sich einen Tee zu machen. Lange saß sie am Küchentisch und starrte aus dem Fenster, bis die Sonne orangerot aufging.

Sie fühlte sich niedergeschlagen und ausgelaugt. Immer wieder ging sie im Geiste das Gespräch mit Jo durch, und jedes Mal kam sie zu dem Schluss, dass sie sich falsch verhalten hatte. Sie wollte seine Freundschaft nicht verlieren, um keinen Preis, und das hätte sie ihm sagen müssen. Sehr deutlich.

Ihr Handy klingelte.

Eine SMS von Rolf: *Warum bist du einfach gegangen? Ich hätte mich gern verabschiedet. Leb wohl ...*

»Du auch, Rolf«, sagte sie leise und schluckte.

Zwei Sekunden später legte sie den Kopf auf die verkratzte Tischplatte und heulte. Sie ließ den Tränen freien Lauf, niemand war da, der sie sehen konnte. Malte schlief noch, und Grete würde erst später kommen.

Als keine Tränen mehr kamen, blickte sie auf, nahm ein Taschentuch und rieb sich die Augen trocken. Das Weinen hatte gutgetan, wahrscheinlich weinte sie viel zu selten. Sie sollte sich öfter mal gehenlassen. Es war erstaunlich, aber sie fühlte sich tatsächlich besser, entspannter.

Eine Stelle unter dem Gips juckte fürchterlich, und sie nahm schließlich ein Messer aus der Schublade und schob es unter den Verband.

»Das solltest du nicht tun«, hörte sie Grete hinter sich, und sie fuhr zusammen.

»Grete! Du bist aber früh.«

»Konnte nicht schlafen.«

»Ich auch nicht. Möchtest du einen Tee?«

»Lieber Kaffee. Bleib sitzen, ich mach das schon.«

Während der Kaffee durch den alten Porzellanfilter tröpfelte, saßen beide Frauen am Tisch und hingen ihren Gedanken nach.

»Ist es wegen Jo?«, fragte Grete irgendwann.

Schon sammelten sich die nächsten Tränen. Charlotte ballte die Fäuste.

»Auch, ja.« Ihre Stimme war brüchig. »Rolf hat mir gestern gesagt, dass er mich liebt. Und Jo ...« Sie schluckte. »Jo und ich, das geht irgendwie nicht.«

Grete griff nach ihrer Hand und drückte sie fest. »Das mit der Liebe ist so eine Sache, Charlie.«

Charlotte schluckte gegen den Kloß in ihrem Hals an.

»Ich weiß, Grete, ich weiß. Vielleicht habe ich doch gehofft, dass mir irgendwann ein Mann begegnet, der nicht gleich Reißaus nimmt.« Sie lachte unfroh und schniefte. »Und bei dem auch ich nicht Reißaus nehme. Auch wenn ich mir immer vormache, dass Malte und ich ganz prima alleine zurechtkommen.«

»Das tut ihr ja auch. Trotzdem darfst du dich doch nach einem Mann sehnen.«

Charlotte machte »Hmm«, und als Grete ihre Hand tätschelte, löste sich auch der klägliche Rest ihrer Beherrschung auf, und sie brach erneut in Tränen aus.

»Weine ruhig, Charlie, weine ruhig.« Die alte Frau war aufgestanden und hatte sie an sich gezogen. »Du musst nicht immer stark sein.«

Nach einem kärglichen Frühstück, das nur aus einem Kaffee und einer Scheibe Toast mit Butter bestand, war Charlotte in den Garten gegangen, um Unkraut zu zupfen. Sie musste sich unbedingt abreagieren. Normalerweise würde sie in so einer Situation umgraben, da das aber nicht ging, setzte sie sich mit ausgestreckten Beinen mitten ins Gemüsebeet, die Krücken neben sich. Sie rupfte einen Stengel aus der feuchten Erde und warf ihn in den Eimer, der neben ihr stand.

»Verdammt!«

Eine ordentliche Handvoll Giersch landete ebenfalls im Eimer.

»Ich bin so was von blöd!«

Sie zerrte an etwas, das entfernt nach einer Pflanze aussah, die ihr bekannt vorkam. Als sie es in den Eimer pfefferte, fiel ihr ein, was es war: Männertreu. Im vergangenen Jahr hatte sie einen Balkonkasten damit bepflanzt, und es hatte sich offensichtlich hier ausgesät.

»Blödsinniges Männertreu!«

Grete stand plötzlich hinter ihr. »Was machst du da, um Himmels willen?«

»Ich zupfe Unkraut.«

»Das sehe ich.«

»Ich weiß, wie lächerlich ich gerade aussehe, Grete.

Aber ich brauche das hier jetzt. Ich muss mich irgendwie abreagieren.«

Grete nickte wortlos, drehte sich um und verschwand wieder.

Und Charlotte fuhr mit dem Unkrautzupfen fort.

Als sie irgendwann mühsam aufstand und ins Haus zurückhumpelte, war es bereits halb elf.

Malte schlief ziemlich lange heute, dabei war er ein Frühaufsteher. Sogar an den Wochenenden stand er früh auf.

Sie klopfte an seine Zimmertür. Nichts. Er schlief nicht nur lange, er schlief auch ganz offenbar sehr fest.

»Malte? Es ist schon halb elf.«

Keine Antwort.

»Ich komme rein.« Sie schob die Tür auf. »Willst du gar nicht …«

Seine Matratze war leer. Anscheinend war er doch schon aufgestanden und frühstückte.

Sie ging in die Küche … die leer war.

Dann war er vermutlich in der Scheune oder im Stall.

Charlotte schaute überall nach, doch er war nicht zu finden.

Schließlich ging sie zu Grete, die gerade beim Käsen war.

»Du kommst gerade richtig, Charlie. Der Weichkä… Was ist denn?«

»Malte ist verschwunden.«

»Wie verschwunden?«

»Na weg, nicht da. Sein Zimmer ist leer, und er ist weder im Haus noch in der Scheune.«

»Ist sein Fahrrad da?«

Manchmal stellte er es in der Scheune ab, meistens aber stand es direkt vor dem Haus, gleich neben der Bank. Und genau dort hatte es eben nicht gestanden.

Also ging sie in die Scheune, dort war aber nur das nagelneue von Rolf. Charlotte machte kehrt, und als sie zum Haus zurückging, durchzuckte sie ein unguter Gedanke: Er ist abgehauen.

Grete kam ihr entgegen. »Und?«

Charlotte schüttelte stumm den Kopf.

»Vielleicht macht er einen Ausflug.«

»Ohne mir was zu sagen? Ohne einen Zettel zu schreiben? Nein.«

Sie nahm ihr Handy aus der Hosentasche. Sie erreichte nur seine Mailbox.

»Ich glaube, er ist abgehauen, Grete«, flüsterte sie.

»Warum sollte er?«

»Keine Ahnung.«

»Mal den Teufel nicht an die Wand, Charlie. Lass uns noch mal überall nachsehen.«

Was lächerlich war. Wenn sein Fahrrad weg war, dann war es logisch, dass auch Malte nicht da war. Zu Fuß ging er nur ungern.

Gegen Mittag überlegte sie, die Polizei zu rufen. Malte war Autist, da würden sie vielleicht früher mit der Suche beginnen. Oder hatte Grete recht, und sie sollte nicht gleich den Teufel an die Wand malen? Malte war vierzehn und ausgesprochen verantwortungsbewusst. Wenn er wirklich abgehauen war, dann, weil irgendetwas passiert war, das ihn aus der Bahn geworfen hatte.

Am Nachmittag wusste sie nicht weiter und rief Jo an.

Wieder erreichte sie nur die Mailbox. Ging der Mann eigentlich irgendwann mal an sein Handy? Warum besaß er überhaupt eins, wenn es ständig ausgeschaltet war?

Grete war geblieben, weil sie Charlotte nicht allein lassen mochte, solange Malte nicht wieder aufgetaucht war.

»Sieh mal, Charlie, der Junge ist vierzehn, erstaunlich klug und vernünftig, und er kennt sich auf der Insel aus. Schwimmen kann er auch. Er wird schon wiederkommen.«

»Und wenn er das gar nicht will?«

Grete blickte sie verwundert an. »Warum sollte er nicht wollen?«

»Vielleicht ist irgendwas passiert, das ihn ... Jo!«

»Was ist mit ihm?«

»Er vermisst ihn, Grete. Was, wenn er seinetwegen abgehauen ist?«

Grete schien darüber nachzudenken. »Der Junge mag Jo.« Sie nickte. »Vielleicht ist er zu ihm gefahren?«

»Grete!« Charlotte hatte sich vor Aufregung in Gretes Unterarm gekrallt. »Natürlich!«

Wieder rief sie Jo an und sprach ihm auf die Mailbox, dass Malte verschwunden und womöglich auf dem Weg zu ihm sei.

»Und jetzt setzen wir uns in die Küche, und ich koche dir einen Kaffee«, sagte Grete entschlossen.

Sie hatte ihren Kaffee kaum ausgetrunken, als Jo anrief.

»Jo! Endlich!«, schrie sie beinahe. »Ist Malte bei dir?«

»Nein, warum?«

Charlotte sank zurück auf den Stuhl, von dem sie gerade hochgeschossen war. »Nein? Aber ich ... er ...«

»Nun beruhige dich, Charlie, und erzähl in aller Ruhe.«

Als sie geendet hatte, sagte Jo: »Ich bin noch auf Langenwerder, es ist gut möglich, dass er in Gollwitz wartet. Da, wo wir neulich zelten wollten, erinnerst du dich?«

»Natürlich.«

»Er ist ein vernünftiger Bursche und latscht nicht einfach allein rüber auf die Insel. Ich mache mich jetzt auf den Weg und melde mich wieder.«

»Ist gut.« Sie legte auf und berichtete Grete.

»Das klingt doch gar nicht so verrückt, oder? Der Junge wartet in Gollwitz auf Jo.«

»Hoffentlich, Grete. Ich habe keine Ahnung, was ich sonst tun soll.«

Eine gute Stunde später rief Jo wieder an.

»Er ist hier.«

Charlotte war so erleichtert, dass sie beinahe aufgeschrien hätte.

»Ich würde dir gern einen Vorschlag machen«, sagte Jo. »Wir bleiben hier in Gollwitz und zelten. Und morgen Vormittag bringe ich ihn dir zurück.«

Sie schluckte und nickte gleichzeitig.

»Charlie? Einverstanden?«

»Ja. Frag ihn, ob er mit mir sprechen will.«

»Er möchte im Moment nicht.«

Sie nickte erneut. Das hatte sie bereits erwartet.

Jo beendete das Gespräch mit drei Worten, die ihr noch lange in den Ohren klingen sollten. »Vertrau mir, Charlie.«

Am Abend lag Charlotte auf der Couch, das Gipsbein auf einem Kissen, und schaute sich im Fernsehen einen Krimi an. Der Empfang war nicht besonders, aber im Grunde wollte sie sich eh nur etwas berieseln lassen. Sie hatte zwei Gläser Rotwein getrunken, die ihr ziemlich zu Kopf gestiegen waren. Wenigstens würde sie so vermutlich gut schlafen können.

Malte war in Sicherheit und es ging ihm gut, das war die Hauptsache.

Im Fernsehen stritt sich ein Ehepaar. Die Frau hatte die Scheidung eingereicht, und der Mann warf ihr gerade an den Kopf, dass seine Tochter gar nicht seine Tochter sei.

»Du hast mir ein Kuckuckskind untergejubelt«, blaffte er sie an. Wenig später stand er im Bad am Waschbecken, nahm eine Zahnbürste aus einem der Becher und steckte sie in eine Klarsichttüte.

Kurz darauf war ein etwa zehnjähriges Mädchen zu sehen, das wissen wollte, ob jemand seine Zahnbürste gesehen hatte.

Charlotte war schon fast eingenickt, doch plötzlich war sie hellwach. Sie setzte sich ruckartig auf.

Zahnbürste. Das war es!

Hast du meine Zahnbürste gesehen?

Ihr Herz begann heftig zu schlagen. Natürlich! Malte hatte sie neulich gefragt, ob sie seine Zahnbürste weggeworfen hatte.

Hin und wieder kam es vor, dass sie etwas routinemäßig tat, ohne sich hinterher daran zu erinnern. Das ging wohl den meisten Menschen so. Möglicherweise hatte sie also seine Zahnbürste weggeworfen, normalerweise stellte sie dann aber auch automatisch eine neue in seinen Zahnbecher.

Du bist nicht sein Vater, Rolf...
Bist du sicher...?

Sie schwang die Beine von der Couch, griff nach ihrer Krücke, stellte sie genervt zurück und hopste auf einem Bein zur Kommode, auf der ihr Handy lag.

Das wirst du mir erklären müssen, Rolf...

Doch auch er schien nicht immer an sein Handy zu gehen.

»Ruf mich sofort an, Rolf. Es ist wichtig.«

Sie legte sich zurück auf die Couch und schenkte sich noch ein Glas Wein ein. Kurz darauf war sie eingeschlafen.

Zur selben Zeit in Gollwitz

Jo hatte Malte seinen Schlafsack überlassen.

Er selbst saß im Schneidersitz da und schaute in den sternenklaren Himmel.

Sobald er an die Nacht mit Charlotte dachte, wurde ihm heiß und gleich wieder kalt. Charlotte war eine der wenigen Frauen, die ihn wirklich faszinierten und interessierten. Sie hatte Klasse, war klug und warmherzig, besaß Empathie und einen Sinn für Humor, den er teilte. Allein das war ihm bisher selten passiert. Und sie beide verband ihre Liebe zur Natur.

Wären sie sich früher begegnet, hätte er ihr sehr wahrscheinlich nicht nur nicht widerstehen können, er hätte ernsthaft über eine Beziehung nachgedacht. Eine *richtige* Beziehung.

Als junger Mann hatte er sogar heiraten und eine Familie haben wollen. Doch im Laufe der Jahre hatte er begriffen und lernen müssen, dass er ganz offenbar kein Mensch dafür war.

Innerhalb kürzester Zeit hatten die Frauen begonnen, ihn zu langweilen, und er war immer mehr auf Distanz gegangen.

Eine Frau, mit der er lachen und philosophieren, mit der er alles besprechen konnte, was ihm auf der Seele lag, die sich mehr für ihre Mitmenschen als für ein gut gefülltes Schuhregal und die neueste Mode interessierte, die lieber irgendwo draußen in der Natur campierte als in einem Vier-Sterne-Hotel. Und eine Frau, die Freundin, Partnerin und Lebensgefährtin gleichermaßen war. Genau die schien es aber nicht zu geben. Jedenfalls nicht für ihn.

Damit hatte er sich abgefunden. Anfangs wohl oder übel, inzwischen war es ihm in Fleisch und Blut übergegangen, sich darüber keinen Kopf mehr zu machen. Warum auch? Auf eine Enttäuschung nach der anderen konnte er gut verzichten.

Er hatte sich in seinem Leben eingerichtet und sich damit arrangiert, der einsame Wolf zu sein, der durch die Wälder streifte. Und er war nicht mal unglücklich damit.

Er drehte den Kopf und blickte zu Charlottes Sohn, der im Schlaf leise seufzte. Der Junge hatte im Gras gesessen und auf ihn gewartet, als er von Langenwerder zurückgekommen war.

»Wenn du mich wegschickst ...«

Doch er hatte ihm gleich das Wort abgeschnitten. »Warum sollte ich? Ich find's schön, dass du hier bist. Hast du Lust, heute Abend hier zu zelten?«

Rolf war nicht Maltes Vater. Als Charlotte ihm das gesagt hatte, hatte er so etwas wie Erleichterung gespürt. Wie blöd war er eigentlich? Wieso war er erleichtert, dass dieser Rolf nicht Maltes Vater war? Komischerweise hatte es ihn nie interessiert, wer der Vater des Jungen war. Charlotte hatte ihn allein großgezogen, für Jo hatte nur das gezählt. Sie hatte auch nicht über Maltes Vater sprechen wollen, warum auch? Es hatte nie eine Rolle gespielt, es war unwichtig gewesen.

Anfangs hatten ihn das seltsame Verhalten des Jungen und dessen manchmal geradezu verschreckter Gesichtsausdruck verunsichert und irritiert. Irgendwann war er einfach dazu übergegangen, völlig normal und selbstverständlich mit ihm umzugehen.

Er blickte auf, als Malte aus dem Schlafsack kroch, sich neben ihn setzte und fragte: »Kannst du nicht schlafen?«

»Ich sitze oft einfach nur da und schaue in den dunklen Himmel. Ist dir kalt?«

Der Junge schüttelte den Kopf.

»Ich bin oft irgendwo unterwegs und beschließe spontan, dazubleiben. Ich will die Nacht über aufbleiben und die Sterne beobachten oder sehen, wie die Sonne untergeht. Manchmal liege ich da und sehe zu, wie der Mond wandert. Spannend ist es auch, auf die nachtaktiven Tiere zu warten. Als ich vor Jahren in einem Wald in Thüringen übernachtet habe, kam ein Hirsch und blieb direkt vor meinem Zelt stehen. Ich habe mich kaum getraut zu atmen.«

»Abgefahrn.«

»Früher hat es hier sogar einen Hafen gegeben. Die reichen Leute wollten den Marktzwang in Wismar umgehen und haben ihr Getreide über Gollwitz verschifft. Irgendwann ist man dahintergekommen, und es gab mächtig Zoff. Sie haben versucht, die Verschiffungen zu stören. Die Poeler Kogge hast du bestimmt gesehen, oder?«

»Klar, sie liegt in Wismar.«

»Als das Wrack in den Neunzigern entdeckt wurde, war es eine Sensation. Damals hab ich gedacht: Schade, dass ich kein Unterwasserarchäologe bin. Was willst du mal werden?«

»Vielleicht Unterwasserarchäologe.«

Jo musste lachen. »Ja, warum eigentlich nicht?«

Irgendwann war der Junge doch so müde gewesen, dass er sich wieder zusammengerollt hatte und eingeschlafen war.

Jo hatte ihn mit dem Schlafsack zugedeckt.

Er selbst würde nicht schlafen können, aber er brauchte auch nicht viel Schlaf. Häufig schlief er kaum mehr als drei, vier Stunden.

Er wusste nicht genau warum, aber Malte und er waren aus demselben Holz geschnitzt, daran gab es keinen Zweifel. Auch er musste nicht viele Worte machen, er schwieg oft viel lieber und beobachtete nur. Auch er erwartete keine großen Gesten, um sich jemandem nahe zu fühlen. Vermutlich empfand Malte auch in diesen Dingen genau wie er.

Der Junge hatte riesiges Glück, eine Mutter wie Charlotte zu haben.

Jo überkam ein eigenartiges, beinahe befremdliches Gefühl von Vertrautheit und Wärme, das er schleunigst beiseiteschob. Nein, er würde sich nie wieder auf eine Frau einlassen. Er konnte sich einfach nicht fallenlassen, es funktionierte nicht. In dieser Hinsicht war er komplett kopfgesteuert.

Charlotte und er, das war ein schöner Gedanke, aber weit weg von der Realität. Sie war eine tolle, faszinierende und beeindruckende Frau. Eine Frau zum Pferdestehlen, eine Frau, wie er sie sich ein Leben lang gewünscht hatte.

Dummerweise war er inzwischen Mitte fünfzig und von daher kein Jungspund mehr, der sich Wünschen und Illusionen hingab. Er war ein Realist. Leider.

Er hatte zugesehen, wie die Sonne aufgegangen war, den Seevögeln gelauscht und aufs Meer geblickt.

Das hier war sein Leben: er und die Natur. Da war kein Platz für eine Frau, auch nicht für eine wie Charlotte.

Malte schlug die Augen auf, blickte sich verwirrt um und murmelte etwas. Dann wusste er offenbar wieder, wo er war, und setzte sich schlaftrunken auf. »Ich bin eingeschlafen.«

»Allerdings.«

»Mist, ich wollte doch zusehen, wie die Natur schlafen geht.«

Jo lächelte. Wie die Natur schlafen geht. So ähnlich hatte er als Junge auch geredet. Er nahm das Fernglas ab, das um seinen Hals hing, und gab es ihm. »Mit ein bisschen Glück siehst du ein paar Austernfischer.«

Malte blickte eine ganze Zeitlang schweigend hindurch. »Ich glaube, ich sehe einen.«

»Hast du Hunger?«

»Ein bisschen schon.«

»Ich habe zwar immer ein Zelt im Auto, aber selten was für ein Frühstück. Meine Mutter hätte gesagt: Das ist typisch für dich. Ein Zelt dabei, aber nichts Anständiges zu essen.« Jo grinste. »Und das Zelt haben wir nicht mal gebraucht.«

»Und meine Mutter würde sagen: Gut, dass wir ein Zelt haben, was zu essen können wir auch irgendwo kaufen.«

Jo schluckte. Genau so etwas hatte er von Charlotte erwartet.

»Dann sind sich unsere Mütter wohl nicht besonders ähnlich.« Er stand auf und klopfte sich die Hosenbeine ab. »Ich weiß einen Ort, wo wir frühstücken können. Besonders gemütlich ist es meistens nicht, eher ziemlich unaufgeräumt und chaotisch. Aber es gibt das beste Müsli, das du je gegessen hast, darauf wette ich. Cornflakes gibt's aber auch.«

»Echt? Und wo?«

»Bei mir zu Hause.«

Malte war eine ganze Weile durch seine kleine Wohnung spaziert. Er blieb immer wieder stehen und bestaunte mit großen Augen einige exotische Mitbringsel von Jos zahlreichen Reisen.

Er zeigte auf eine größere Holzfigur. »Was ist das?«

»Eine Fruchtbarkeitsstatue.«

»Oh.«

Jo musste grinsen und drehte sich schnell zur Seite.

»Woher ist die?«

»Aus Brasilien.«

Malte ging langsam weiter. »Wo warst du eigentlich noch nicht?«, wollte er wissen.

»In Neuseeland. Aber ich möchte unbedingt mal hin. Und du? Welches Land zieht dich magisch an?«

Er stellte die Teekanne auf den Tisch, den er zunächst ordentlich schrubben musste. Er bekam so selten Besuch. Und zum Frühstück gleich gar nicht.

Malte drehte sich zu ihm um. »Nach Australien.«

»Dann könnten wir gemeinsam fliegen, was meinst du? Wir machen einen Zwischenstopp in Bangkok oder Singapur, du steigst später in Sydney aus, und ich fliege bis Wellington weiter.«

»Klar, warum nicht.« Der Junge setzte sich zu ihm an den Tisch und zeigte auf das große Schraubglas, das in der Mitte stand. »Ist das dein berühmtes Müsli?«

»Bedien dich. Aber wie gesagt, ich hab auch Cornflakes da.«

Einen kurzen Augenblick schien der Junge zu zögern, dann griff er nach dem Glas. Jos Herz vollführte vor Freude einen kleinen Salto. Wenn er das Charlotte erzählte.

Malte schenkte sich Milch ein und begann zu essen.

»Na, schmeckt's?«

»Hammer.«

Er selbst aß nur eine kleine Schale Müsli, dafür trank er drei Becher Tee. »Wenn du willst, nehme ich dich nächste Woche noch mal nach Langenwerder mit.«

»Im Ernst?«

»Klar im Ernst. Ich quatsche niemals einfach so drauflos.«

»Würde auch nicht zu dir passen.«

Er nahm das als Kompliment und trank einen weiteren Becher Tee. Sollte er den Jungen einfach zu Hause absetzen und gleich weiterfahren?

»Warum hast du keine Kinder?«

Er fuhr zusammen. »Ähm ... was?«

»Warum hast du keine Kinder?«

»Hat sich nie ergeben.«

Was die Wahrheit und wiederum nur die Hälfte der Wahrheit war.

Er räumte den Tisch ab, stellte das Geschirr in die Spüle und blickte Malte fragend an, der wieder einen Rundgang durch die Wohnung machte.

»Deine Mutter wartet sicher schon.«

Sie saß auf der Bank vor dem Haus und konnte gar nicht so schnell aufstehen, wie sie ihren Sohn ganz offensichtlich in die Arme schließen wollte. Sie drückte ihn an sich, gab ihn aber sofort wieder frei, und er schien die Gunst der Stunde zu nutzen und im Haus verschwinden zu wollen. Doch in der Haustür blieb er stehen und hob eine Hand.

Jo hob ebenfalls die Hand. »Bis nächste Woche!«

Nachdem der Junge im Haus war, sagte Charlotte mit belegter Stimme: »Danke, Jo.«

»Kein Problem.«

Sie blickte ihn lange an, dann umarmte sie ihn. Ihr Haar roch nach einer Mischung aus Heu und Käse. Sein Herz pochte heftig, er konnte sich unmöglich dagegen wehren.

Verdammt noch mal, warum macht mich diese Frau so kirre!, dachte er.

»Gern geschehen«, murmelte er. »Ich muss dann mal wieder …«

Ihr Handy klingelte.

»Entschuldige, bitte«, sagte sie zu ihm, und dann: »Rolf? Na endlich. Nein, ich wollte dich etwas fragen. Hast du Maltes Zahnbürste genommen? Warum? Das frage ich dich.« Einen Moment lang hörte sie nur zu, dann fügte sie deutlich verärgert hinzu: »Du hast mir also nicht geglaubt. Ich fasse es nicht. Wenn es dich glücklich macht ... Ja, nur zu.« Sie legte auf und blickte Jo aufgebracht an. Dann schien sie sich zusammenzureißen. »Das war Rolf«, erklärte sie säuerlich.

»Wär ich gar nicht drauf gekommen«, gab er zurück.

»Er will einen Gentest machen lassen.«

»Warum?«, fragte er erstaunt.

»Weil er nicht glaubt, dass er nicht Maltes Vater ist.« Sie blickte ihn herausfordernd an. »Glaubst du mir, Jo?«

Er war irritiert, sehr sogar. »Ist das wichtig?«

»Für mich schon.«

»Ich glaube dir«, erklärte er schließlich.

Sie nickte. Dann lächelte sie und nahm seine Hand. »Danke, Jo. Danke, dass du mir glaubst.«

Er wollte etwas sagen, das die eigenartige Spannung zwischen ihnen etwas auflockerte.

»Ähm ... Malte hat übrigens Müsli gegessen.« Jetzt kam er sich plötzlich vollkommen idiotisch vor. »Ich dachte, du freust dich bestimmt, weil er mal was Neues ausprobiert hat.«

Ihre Augen leuchteten, ihre Wangen waren gerötet, und er stand da wie ein Blödmann, schwitzte, schluckte und wünschte sich weit weg.

»Wirklich? Das ist ... großartig, Jo.«

»Kann ich dann jetzt ...?«

Abrupt ließ sie seine Hand los. »Natürlich.«

Tausend Dinge schossen ihm durch den Kopf, die er ihr gern gesagt hätte. Gleichzeitig wusste er, dass er nichts davon aussprechen würde. Genau wie er längst begriffen hatte, dass er dabei war, sich womöglich unsterblich in diese Frau zu verlieben. Wenn es nicht längst passiert war. Doch er hatte gelernt, solche Anwandlungen, wie er sie nannte, nicht weiter ernst zu nehmen. Nein, er hatte nicht vor, sich das Leben unnötig schwerzumachen. Er würde Charlotte nur enttäuschen, und das hatte er ebenfalls nicht vor. Sie sah gerade so glücklich aus, weil es ihrem Sohn gut ging. Und er hatte dazu beigetragen, dass sie glücklich war, und das fühlte sich unglaublich gut an. Diese Empfindungen machten ihm Angst, so sehr, dass er die Flucht ergriff, egal wie lächerlich das war.

Er drehte sich um, hob die Hand und stieg in seinen Wagen.

»Nächste Woche nehme ich ihn noch mal mit nach Langenwerder«, rief er ihr noch zu.

Sie stand da und sah plötzlich so niedergeschlagen aus, dass er drauf und dran war, wieder aus dem Wagen zu springen und sie an sich zu ziehen.

Doch er startete den Motor und fuhr vom Hof.

16.

Wismar im Oktober

Grete hatte sich bei Charlotte eingehakt und zeigte nach vorn, wo der Alte Hafen war. »Wollen wir uns da drüben hinsetzen und einen Tee trinken?«

Sie steuerten einen freien Tisch an, und Charlotte schob Grete den Stuhl zurecht. Dann ließ sie sich auf einen Stuhl fallen und streckte beide Beine aus. Ihr Gips war seit wenigen Wochen ab, etwas, worüber sie sich noch jeden Tag aufs Neue freuen konnte. Wie wunderbar, wenn man wieder flexibel und beweglich war.

Sie legte den Kopf in den Nacken und blickte in den Himmel.

Es war einer der letzten Spätsommertage, obwohl schon Anfang Oktober war. Dieser Sommer wollte und wollte nicht gehen und dem Herbst Platz machen. Ein Sommer, in dem es heftige Unwetter mit starkem Regen und Sturm, aber auch viele Wochen voller Sonnenschein und fast unerträglicher Hitze gegeben hatte.

Anfang September waren sie und Malte in ihre Wismarer Wohnung zurückgekehrt. Gleichzeitig hatten die Handwerker mit der Entkernung und Sanierung ihres Häuschens begonnen.

Sie hatte einen Kredit bekommen, den sie in etwa

zehn Jahren abbezahlt haben würde. Vorausgesetzt ihre Ziegenkäserei würde weiterhin so gut laufen. Doch wenn alle Stricke reißen sollten, würde sie eben vorübergehend wieder einen Halbtagsjob annehmen.

Seitdem sie wieder in Wismar wohnten, stand sie Morgen für Morgen am Fenster und stellte sich vor, wie es in diesem Moment auf der Insel wäre. Wenn der Morgen erwachte, die Sonne aufging und die Vögel zwitscherten und im Garten nach Würmern stöberten. Der Tau lag auf den Wiesen, die Wolken hingen tief und schwer am Himmel, so als hätte man sie an Bindfäden aufgezurrt.

Wie intensiv es dort frühmorgens roch; nach feuchtem Gras, Heu, reifen Äpfeln und natürlich nach den Ziegen.

Tagsüber war sie nach wie vor auf Poel, aber am frühen Morgen am Küchenfenster zu stehen und dieses ganz besondere Licht des beginnenden Tages sehen und geradezu spüren zu können war etwas, das ihr unglaublich fehlte.

Nach den Sommerferien war Max gekommen, ein Junge aus der weitläufigen Nachbarschaft, und hatte gefragt, ob sie einen Job für ihn hätte. Er sei zu allem bereit, hatte er grinsend gemeint, er würde Ställe ausmisten, Ziegendreck wegkarren, Zäune flicken, alles, was eben so anstehen würde. Charlotte war erleichtert gewesen, sie konnte jede helfende Hand gebrauchen. Jo kam ab und zu vorbei und bot seine Hilfe an, doch sie hatte bisher jedes Mal gemeint, sie käme prima zurecht.

Er und Malte unternahmen weiterhin Ausflüge und verbrachten regelmäßig Zeit miteinander. Charlotte gegenüber verhielt er sich freundschaftlich, aber distanziert. Er versuchte nicht mal, diese Distanz mit einer bemüht lockeren Art zu überspielen. Eine federleichte, unkomplizierte Freundschaft – das war einmal.

An diesem Mittwoch hatte Charlotte Grete mit nach Wismar genommen, so wie sie es im Sommer versprochen hatte. Die beiden hatten einen ausgedehnten Stadtbummel gemacht, und Charlotte hatte Grete sogar dazu überreden können, auf die neue Aussichtsplattform der Georgenkirche zu steigen, von wo aus man einen herrlichen Blick auf Wismar hatte. Heute hatte man sogar bis nach Poel blicken können. Anschließend hatte Grete den Wunsch geäußert, mal wieder ins Museum, ins Schabbellhaus, zu gehen.

Und jetzt wollten sie sich ein wenig ausruhen und eine Kleinigkeit essen.

Grete bestellte Tee und Apfelkuchen mit Sahne und blickte Charlotte neugierig an. »Kann ich dich was fragen?«

»Natürlich.«

»Was ist zwischen dir und Jo passiert?«

»Das ist eine lange Geschichte.«

»Ich kann ganz gut zuhören.«

Charlotte schenkte ihr ein liebevolles Lächeln. »Ich weiß, Grete. Ich fürchte, ich habe einen großen Fehler gemacht. Jo und ich ... er hat bei mir übernachtet, und seitdem ist nichts mehr wie vorher. Wir finden einfach nicht mehr zu unserer wunderbaren, unkomplizierten Freundschaft zurück.«

Eigentlich wollte sie nicht über Jo sprechen. Nicht jetzt, nicht an diesem herrlichen Spätsommertag und am liebsten nie mehr. Es tat einfach zu weh, warum sollte sie das leugnen?

Sie hatte sich lange genug etwas vorgemacht.

»Liebst du ihn?«

Sie zögerte, dann nickte sie langsam. »Ja, das ist ja das Schlimme. Als ich sechzehn oder siebzehn war, meinen ersten richtigen Freund hatte und es Probleme zwischen uns gab, habe ich mir gewünscht, eine Fee würde kommen und die Schmetterlinge aus meinem Bauch nehmen. Ich wollte nicht mehr verliebt sein, ich wollte mich entlieben. Aber ich hatte keine Ahnung, wie das geht. Ich war todunglücklich, aber das Flattern in meinem Magen hatte nicht aufhören wollen. Irgendwann bin ich morgens aufgestanden und habe gedacht: Es ist vorbei! Endlich!« Sie seufzte lang anhaltend. »Und das wünschte ich mir jetzt auch.«

»Nur, dass du älter bist, Charlie, reifer, du hast Lebenserfahrung, die hat man mit siebzehn nicht. Da verliebt man sich stürmisch, und irgendwann ist das wieder vorbei. Und wenn ihr euch aussprecht?«

»Das funktioniert nicht. Wir haben es versucht, mehrmals, aber dann stehen wir voreinander, sehen uns an und schweigen.«

Ihr Kuchen und der Tee wurden gebracht.

»Du wolltest mich zwar einladen, Grete, aber das kann ich nicht annehmen. Ich bestehe darauf zu bezahlen.«

Grete schüttelte entschlossen den Kopf, aber sie sprach nicht weniger entschlossen weiter: »Du weißt, wie verdammt hartnäckig ich sein kann. Du tust so viel für mich.«

»Ach, hör schon auf, Charlie, sonst heule ich noch, und das möchtest du doch bestimmt nicht.« Dann schmunzelte Grete und blickte Charlotte an, als habe sie soeben einen Geistesblitz gehabt. »Du sagst es: Du bist verdammt hartnäckig.«

Charlotte schaute sie abwartend und etwas verwirrt an, die Kuchengabel in der Luft. »Ich verstehe nicht ...«

Grete legte ihre Gabel beiseite. »Gib nicht auf, versuch immer wieder, mit ihm zu reden. Nur so könnt ihr das aus der Welt schaffen.«

Nur was, fragte sich Charlotte. Dass sie verliebt in Jo war und er ganz offenbar große Probleme damit hatte, sie weiterhin als gute Freundin zu sehen? Weil diese verfluchte Nacht zwischen ihnen stand?

»Für mich ist es mehr, Grete«, sagte sie leise. »Das ist das Problem. Jo spürt das, deshalb ist es für ihn so schwierig, einfach als Freunde weiterzumachen.«

»Wer sagt denn, dass es für ihn nicht auch mehr ist?«

Charlotte lachte kopfschüttelnd auf.

»Ich kenne ihn. Jo liebt seine Freiheit, seine Unabhängigkeit, er wollte sich noch nie wirklich auf eine Frau einlassen. Es hat keinen Sinn, sich krampfhaft um eine Freundschaft zu bemühen und zu wissen, dass etwas dazwischensteht. Diese Nacht steht zwischen uns, und Jo spürt, dass er für mich mittlerweile mehr als nur ein guter Freund ist. Das macht ihm Angst, er will mich nicht vor den Kopf stoßen, er will mir aber auch keine Hoffnung machen.«

»Und das alles weißt du so genau«, stellte Grete nüchtern fest. »Also habt ihr doch darüber gesprochen.«

»Nein, natürlich nicht.« Charlotte schüttelte verwirrt den Kopf. »Ich habe dir doch eben gesagt ...«

Grete nickte und zwinkerte ihr zu. »Du verhältst dich so, als wäre das alles ausgesprochen. Das ist es aber nicht. Das sind alles Mutmaßungen, nichts weiter. Du kennst deine Gefühle, seine aber nicht.«

»Aber ich kenne ihn.« Charlotte seufzte erneut und stocherte in ihrem Apfelkuchen herum. »Für Jo ist das Wichtigste seine Freiheit und seine Unabhängigkeit. Er ist ein Weltenbummler und will sich keine Familie ans Bein binden, glaub mir. Das wäre ihm zu anstrengend, zu verpflichtend.«

»Aber er kümmert sich rührend um deinen Sohn.«

»Er muss aber keine Verantwortung übernehmen. Wenn es ihm zu viel wird, kann er jederzeit einen Rückzieher machen.«

»Denkst du wirklich so über ihn?«

Charlotte begann, auf die Streusel auf ihrem Kuchen einzustechen, als wären sie schuld an allem. »Ich möchte nicht mehr darüber sprechen, Grete. Bitte.«

»Wie du willst.«

Sie aßen schweigend weiter, dann sagte Grete: »Ich danke dir für diesen herrlichen Tag.«

»Sehr gern geschehen. Ich habe ihn auch genossen. Ich musste unbedingt mal wieder auf andere Gedanken kommen. Ach, und bevor ich's vergesse: Meine Schwester möchte Weihnachten mit ihrer Familie bei uns auf der Insel feiern. Ich würde mich freuen, wenn du auch kommst.«

Grete hob den Kopf und blickte sie ungläubig an. »Ich soll Weihnachten mit euch feiern? Du willst wirklich, dass ich rührselig werde und anfange zu weinen, oder? Hier vor allen Leuten.«

Hinter ihnen jauchzte ein kleines Kind, das auf dem Schoß seiner Mutter saß und mit beiden Händchen auf der Tischplatte trommelte. Charlotte drehte sich zu den beiden um. Es war ein kleiner blonder Junge, der ihrem

Sohn, als er in etwa so alt gewesen war, so verblüffend ähnlich sah, dass sie kurzzeitig ganz verwirrt war.

»Schmeckt dir der Kuchen?«, riss Grete sie aus ihren Gedanken.

»Und ob. Ich sollte dringend backen lernen.«

»Alles, was du brauchst, sind ein paar gute Rezepte.«

»So einfach soll das sein? Na dann …« Charlotte lächelte.

Nachdem sie Grete nach Poel zurückgebracht hatte und die Ziegen versorgt waren, hatte sie einen gespannten Blick in ihr Haus geworfen, um zu sehen, wie die Sanierungsarbeiten vorangingen. Sämtliche Zimmertüren – herrliche alte Kassettentüren, die nur abgeschliffen werden sollten – waren ausgebaut, die Holztreppe abgeklebt und der Estrich in der Küche erneuert. Die Fliesen im Badezimmer waren abgeklopft und lagen zu einem größeren Haufen aufgeschüttet im Container, der auf dem Hof stand.

Charlotte ging durch jeden Raum, ihr Herz klopfte vor Freude und Aufregung. Dann schloss sie die Haustür hinter sich und ging in die Scheune. Das Tor knarrte und quietschte schrecklich, und gleich darauf raschelte es an mehreren Stellen. Charlotte ging in die Hocke und lockte die Kätzchen mit süßer Stimme und zwei Futternäpfen, die sie vor einen Strohballen stellte. Es dauerte nicht lange, und das erste Kätzchen, der schwarze Kater Nero, lugte um die Ecke. Tollpatschig kam er angesprungen. Er war der Zutraulichste von allen, kam immer zu ihr gesprungen, sobald sie auftauchte. Er schmiegte sich an ihr Bein und stupste sie zärtlich mit dem Kopf an. Dann stürzte er sich auf den Futternapf. Sein lautes Schmatzen brachte die anderen dazu, ebenfalls herauszukommen.

Charlotte stand auf und legte den Kopf in den Nacken. Als ihr Blick auf die Holzleiter fiel, musste sie schlucken. Wie blass Jo ausgesehen hatte, als sie durch die Luke gestürzt war.

Wie besorgt er gewesen war. Wie viel sie immer miteinander gelacht hatten, wie albern sie oft gewesen waren. Und was für wundervolle, intensive Gespräche sie geführt hatten.

Sie drehte sich hastig weg. Es war nun mal, wie es war. Nichts und niemand würde etwas daran ändern können. Es wurde Zeit, dass sie sich endlich daran gewöhnte.

Jemand klopfte ans Scheunentor.

»Frau Kristen?« Ein älterer Mann blickte um die Ecke. »Ich komme wegen der Elektrik.«

Sie ging zu ihm und schüttelte ihm die Hand. »Ich hatte Sie ganz vergessen, Entschuldigung.«

Sie wollte die Elektrik im gesamten Haus erneuern lassen, und der Elektriker hatte sich für diesen Abend angekündigt. Wenn sie nicht so ins Träumen geraten wäre, säße sie vermutlich schon wieder in ihrem Corsa auf dem Weg zurück nach Wismar.

Sie war doch sonst nicht so vergesslich.

Er schaute sich in der Scheune um. »Was haben Sie mit der Scheune vor?«

»Ich möchte einen kleinen Hofladen daraus machen.«

Er nickte. »Stimmt, Sie sind die mit dem Ziegenkäse. Meine Frau kauft regelmäßig bei Ihnen.«

»Ich weiß. Sie hat mir Ihre Visitenkarte gegeben.«

Er kratzte sich am Kopf. »Das hat sie mir gar nicht gesagt. Das Stroh könnte man da vorne lagern.« Er zeigte nach rechts. »Und diesen Teil hier könnte man abtrennen. Da vorne könnten Regale hin ... Entschuldigung.«

»Warum? Reden Sie ruhig weiter.«

»Mein Sohn ist Tischler, er hat sich vor einigen Monaten selbstständig gemacht und ...«

»... hat bereits einen Auftrag.«

»Wie ...?«

»Er kümmert sich um die Fenster, Innentüren, Fußböden und die Treppe.« Sie musste lachen, als sie sein verdattertes Gesicht sah. »Sie haben einen tüchtigen Sohn.«

Jetzt strahlte er übers ganze Gesicht. »Der Bengel hat mir gar nichts gesagt.« Er kratzte sich wieder am Kopf. »Aber wir haben alle im Moment so viel zu tun, dass wir uns kaum noch sehen.«

»Vielleicht laufen Sie sich ja hier über den Weg.«

Sie lachten beide.

»Ich habe selbst eine Tischlerausbildung«, erzählte Charlotte schließlich, »aber ich fürchte, mir fehlt einfach die Zeit, mich darum zu kümmern. Außerdem möchte ich den Laden gerne noch in diesem Jahr eröffnen. Wenn es kälter wird, möchte ich den Käse nicht mehr auf dem Hof verkaufen müssen. Ich will nicht, dass Grete frieren muss.« Das Letzte hatte sie mehr zu sich selbst gesagt.

»Sie sind Tischler?«, fragte er ungläubig.

Sie nickte.

Er warf einen Blick auf ihre Hände. »Mit den zarten Händen?«

Jetzt musste sie erneut lachen. »Die können zupacken, glauben Sie mir. Und zimperlich bin ich auch nicht.«

Malte saß am Küchentisch, als sie deutlich später als sonst nach Hause kam.

»Tut mir leid, der Elektriker war noch da. Den Termin hatte ich total vergessen.«

»Jo war heute in der Schule.«

Charlotte stockte der Atem. »Warum das?«

»Er hat einen Vortrag über Langenwerder gehalten und mich danach nach Hause gefahren. War doch okay, oder?«

»Ja ... natürlich«, stammelte sie mit heißem Gesicht.

Ob Jo sie wenigstens grüßen ließ? Aber wahrscheinlich würde Malte es ohnehin nicht ausrichten, weil er so etwas gleich wieder vergaß.

»Du willst nicht mehr, dass er dir hilft, oder?«

Glaubte er das wirklich? Verdammt, dann sollte sie das schleunigst aufklären.

»Nein, Malte, das ist es nicht. Jo und ich ... wie soll ich das erklären?«

»Musst du nicht.«

»Ich würde aber gerne. Weißt du, wir mochten uns, sehr sogar. Wir mögen uns noch immer, aber ... es geht irgendwie nicht, verstehst du? Er und ich, das würde nicht funktionieren. Jo ist unabhängig und braucht seine Freiheit.«

»Kapiere.«

»Aber ich finde es schön, dass ihr zwei euch trefft.«

»Vergiss es.«

»Malte, bitte, ich würde dir gerne ...«

Er ging zur Tür. »Scheiß auf Beziehungen und so'n Mist, bringt doch nur Stress und Probleme.«

»Malte, warte, ich ...«

»Lass mich in Ruhe! Kann man nicht mal einfach so befreundet sein?«

Eine Antwort wollte er offenbar nicht, denn er knallte die Tür hinter sich zu.

Wenn er wüsste, wie sehr sie genau dieser Satz durcheinandergebracht hatte.

17.

Wismar, wenige Wochen später

»Neunundvierzig.« Charlotte schnaubte. »Nächstes Jahr werde ich fünfzig. Gruselig.«

Eva lachte und hakte sie unter. »Das sagst ausgerechnet du? Die, die mir immer dann einen Vogel zeigt, wenn ich nur mal kurz äußere, Angst vorm Älterwerden zu haben?«

»Ich hab ja eigentlich gar keine Angst davor.«

»Eigentlich, du sagst es.«

Charlotte hatte den Tisch im Wohnzimmer gedeckt, im Hintergrund lief leise eine CD von ihrer Lieblingssängerin Ella Fitzgerald. Ihre Eltern hatten sie gestern überraschend besucht, waren über Nacht geblieben und am frühen Nachmittag zurück nach Kiel gefahren.

Eva setzte sich auf die Couch und strich mit der flachen Hand über den Stoff. »Die wirst du hoffentlich nicht ausmisten.«

»Warum sollte ich?« Charlotte schenkte ihr Tee ein. »Ich liebe die Couch.«

»Wie läuft die Sanierung?«

»Sehr gut. Ich habe großes Glück mit den Handwerkern gehabt, sie sind zuverlässig und pünktlich.« Charlotte strahlte. »Und das Haus wird jeden Tag schöner und gemütlicher und uriger.«

Eva betrachtete sie und lächelte. »Ich freue mich für dich, Charlie. Du bist in den letzten Wochen richtig aufgeblüht.«

Eva hatte recht, es ging ihr gut, wirklich. Bis auf das klitzekleine Detail, dass kein einziger Tag verging, an dem sie nicht an Jo denken musste. Er fehlte ihr, auch die Gespräche mit ihm vermisste sie schrecklich. Manchmal glaubte sie, es kaum ertragen zu können, dann wieder hatte sie versucht, sich sehr nüchtern klarzumachen, dass sie es nicht ändern konnte und endlich akzeptieren sollte.

Jo kam oft, um Malte zu einem Ausflug oder einem gemeinsamen DVD-Abend in seiner Wohnung abzuholen. Und immer erkundigte er sich nach ihrem Befinden und der Haussanierung. Er fragte auch immer, ob er ihr behilflich sein könne, und jedes Mal gab sie zurück, das sei nicht nötig, sie käme schon klar.

Sandra, die Praktikantin, kam seit einer Woche und packte mit an, außerdem hatte sie Max, der dreimal wöchentlich nach der Schule half und sein Taschengeld aufbesserte. Nein, Jo sollte sich um ihren Sohn kümmern, um sie brauchte er sich keine Sorgen zu machen.

»Woran denkst du gerade?«, wollte Eva wissen und hielt ihr den leeren Teller hin. »Täusche ich mich oder ist das da Apfel-Streuselkuchen?«

»Du täuschst dich nicht.«

»Sag nicht, du hast selbst gebacken.«

»So ist es.«

Grete hatte ihr ein kleines handgeschriebenes Büchlein geschenkt, in das sie sämtliche Rezepte notiert hatte, die sie kannte und selbst ausprobiert hatte. Ein schönes Geschenk.

»Charlie? Woran denkst du gerade?«
»An gar nichts.«
»Lüg nicht so unverschämt.«
»Na schön, ich hab an Jo gedacht«, gab Charlotte zu.
»Immerhin bist du ehrlich.« Eva probierte den Kuchen. »Oh, der ist lecker.«
»Er fehlt mir, das gebe ich zu. Aber ich weiß, dass ich mich damit arrangieren muss, dass er und ich ... also dass unsere Freundschaft beendet ist.«
»Sei nicht so pessimistisch, Charlie, wer sagt, dass ihr eure Freundschaft nicht wieder erneuern oder aufmöbeln könnt?«
»Ich.«
Eva schnalzte mit der Zunge und aß weiter.
»Und Jo.«
Jetzt hob ihre Freundin den Kopf und blickte sie verblüfft an.
»Sagt er das wirklich?«
»Nicht so direkt. Aber ich weiß, dass er so denkt.«
»Soso.«
Charlotte nahm sich ebenfalls ein kleines Stück Kuchen. Er war ihr wirklich gut gelungen, sie war selbst ganz erstaunt. Kochen konnte sie ganz passabel, aber ans Backen hatte sie sich bisher nicht recht herangetraut.
Die Gabel in der Hand überlegte sie, ob sie vielleicht deftige Kuchen und Tartes mit Ziegenkäse ausprobieren sollte. Die könnte sie im Hofladen verkaufen. Warum fiel ihr das erst jetzt ein?
»Ich glaube, mir ist gerade eine wunderbare Idee gekommen, Eva«, sagte sie etwas zerstreut. »Ich könnte Tartes mit Ziegenkäse verkaufen. Es gibt sehr ansprechen-

de, nicht mal besonders komplizierte Rezepte im Internet.«

Ihre Freundin stellte den leeren Teller auf den Tisch. »Das klingt großartig, Charlie.«

»Findest du wirklich?«

»Ja.« Eva nickte eifrig. »Ich liebe diese Törtchen mit Birnen und Ziegenkäse drauf.«

Charlotte lief bereits das Wasser im Mund zusammen. Warum war sie nicht längst darauf gekommen, nicht einfach nur Käse zu verkaufen?

»Der Laden soll sehr gemütlich werden, so dass die Leute eine Weile bleiben und sich umschauen möchten. Sie könnten auch gleich dort ein paar Sachen probieren.« Sie war richtig aufgeregt. »Vielleicht kann ich sogar ein, zwei kleine Tische aufstellen …«

»Dazu bräuchtest du eine besondere Erlaubnis. Und du müsstest für Toiletten sorgen.«

»Ach, verdammt, manchmal vergesse ich einfach, dass wir hier in Deutschland sind.«

»Du hättest auch doppelt so viel Arbeit, Charlie. Ich glaube, es ist besser, wenn du es beim Verkauf belässt. Die Leute fahren nach Hause, probieren deine köstlichen Tartes und kommen am nächsten Tag wieder, um neue zu kaufen.«

»Erst mal muss ich welche gebacken haben.«

»Du machst das schon«, meinte Eva zuversichtlich.

Es klingelte, und die beiden blickten sich verwundert an.

»Erwartest du noch jemanden?«

»Nein.« Charlotte stand auf. »Ich sehe mal nach.«

Vor der Tür stand Rolf.

Sie brauchte zwei, drei Sekunden, um zu begreifen, dass

er wirklich und leibhaftig vor ihr stand. Er hielt einen großen Strauß weißer Lilien in der Hand.

»Meine Mutter würde sagen: Grabblumen.« Er verzog das Gesicht. »Aber ich weiß, dass du Lilien magst. Alles Gute zum Geburtstag.«

»Danke, Rolf, das ist sehr … nett«, stammelte sie. »Willst du nicht reinkommen?«

»Ich bin froh, dass du das sagst und mich nicht gleich wieder fortschickst.«

So unhöflich war sie nun wirklich nicht.

Sie gingen ins Wohnzimmer, wo Eva nicht weniger entgeistert aufblickte, als sie mit Rolf hereinkam.

Er nickte Eva zu. »Eva.«

»Rolf. Das ist ja eine Überraschung.«

»Ich hoffe, ich störe nicht.«

»Setz dich doch.« Charlotte zeigte auf den geblümten Sessel, der neben der Couch stand. »Möchtest du auch ein Stück Kuchen?«

Sie war froh, dass sie in die Küche gehen und einen weiteren Teller und eine Tasse holen konnte. So hatte sie Zeit, sich ein wenig zu sammeln. Hoffentlich hatte Rolf nicht vor, ihr irgendeine Geschichte aufzutischen, weshalb er schon wieder in Wismar war.

Sie schenkte ihm Kaffee ein und legte ein Stück Kuchen auf seinen Teller.

»Hast du wieder beruflich hier zu tun?«, fragte sie ihn und überlegte, ob da ein Unterton in ihrer Stimme gewesen war.

Er kaute und schluckte. »Ja. Aber ich wollte das damit verbinden, mich bei dir zu entschuldigen. Mir fiel ein, dass du im Oktober Geburtstag hast, und ich hielt das für eine gute Gelegenheit hierherzukommen.« Wofür er sich entschuldigen wollte, musste er nicht erklären. Er redete auch gleich weiter. »Ich war ein Idiot, Charlotte, tut mir leid, dass ich dir nicht geglaubt habe. Ich *wollte* dir nicht glauben, ich wollte, dass Malte mein Sohn ist.« Er trank einen Schluck Kaffee und blickte sie über den Tassenrand hinweg an. »Als das Ergebnis des Gentests kam, wollte ich den Brief gleich in den Müll werfen, ohne ihn zu lesen. Mir war klar, dass du mich nicht angelogen hattest.«

»Aber du hast trotzdem nachgeschaut.«

Er nickte und sah dabei aus, als habe man ihn bei einem Diebstahl erwischt.

Eva hatte sich in ihrem Sofa so klein gemacht, als wäre sie am liebsten unsichtbar. Charlotte warf ihr einen Blick zu, der so viel bedeuten sollte wie: *Entspann dich. Du darfst alles hören, was er mir zu sagen hat ...*

Eva quittierte ihren Blick mit einem flüchtigen Zwinkern.

»Jetzt, wo ich es schwarz auf weiß habe, dass er nicht mein Sohn ist, komme ich mir noch erbärmlicher vor. Es tut mir leid, Charlotte. Ich hoffe, du verzeihst mir mein unmögliches Verhalten.«

»Schon gut.« Sie lächelte ihn an. »Ich gebe zu, dass ich sauer war, das ist aber lange vorbei.«

Was die Wahrheit war. Sie war kein nachtragender Mensch.

Sie stand auf und holte eine Flasche Sekt aus dem Kühlschrank.

»Lasst uns anstoßen. Darauf, dass man immer versuchen sollte zu vergeben, und darauf, dass ich noch keine fünfzig bin.«

Insel Poel

Als Charlotte an diesem Morgen auf den Hof fuhr, hörte sie bereits das Hämmern der Handwerker, genau wie das scheußliche Kreischen einer Kreissäge. Den ganzen Tag würde sie den Lärm nicht aushalten. Gut, dass ihre Ziegen so unkompliziert waren. Nur Elise, die ihr erstes Lämmchen erwartete, war ein bisschen nervös und trampelte ab und an mit den Hufen, wohl um ihren Unmut über die Lärmbelästigung zu äußern.

Charlotte stieg aus dem Wagen und blieb auf dem Hof stehen.

Wie gut es hier roch; nach Holz und frisch angerührtem Beton. Sie mochte diesen Geruch, auch weil er sie immer wieder daran erinnerte, wie gut es voranging.

Die Tischler hatten vor wenigen Wochen begonnen, ihre Scheune umzubauen. An diesem Morgen sollte ein größeres Fenster an der gemauerten Seite eingesetzt werden. Charlotte wollte, dass jeder, der herkam, gleich einen Blick in den Laden werfen konnte.

»Morgen, Frau Kristen!«, rief irgendwer, und sie winkte in die Richtung, aus der die Stimme gekommen war.

Als Erstes sah sie nach den Ziegen, vor allem nach denen, die trächtig waren. Danach ging sie zum Melkstand, wo Grete bereits beschäftigt war.

»Morgen, Grete. Konntest du letzte Nacht besser schlafen?«

Ein milchiger Vollmond hatte am Himmel gestanden, und Grete hatte bereits am vorigen Morgen geunkt, dass sie sehr wahrscheinlich wieder kein Auge zubekommen würde.

Jetzt winkte sie ab. »Ach, frag nicht. Die halbe Nacht bin ich durchs Haus gelaufen. Früher habe ich Fritz ganz wahnsinnig damit gemacht. Was macht dein Sohn?«

»Er ist auf dem Weg in die Eifel. Ich habe ihn gerade zum Bus gebracht.«

»Für mich wär das ja nix«, meinte Grete und füllte die Schalen am Melkstand mit Kraftfutter auf. »Die ganze Zeit im Bus sitzen ...«

»Malte macht das nichts aus. Im Gegenteil, er liebt es dazusitzen und einfach nur aus dem Fenster zu gucken.«

Eine Klassenfahrt war immer eine kleine Herausforderung für ihn, eine Herausforderung, der er sich seit der vierten Klasse stellte. Einmal hatte Charlotte ihn aus dem Harz abholen müssen, angeblich hatte er eine Mandelentzündung. Sie hatte aber gewusst, dass es nichts anderes als Heimweh gewesen war. Bei der Fahrt in die Eifel hatte sie ein gutes Gefühl. Er war mit einem sehr entspannten Gesichtsausdruck in den Bus gestiegen. Trotzdem hatte sie sich die Route in die Eifel vorsorglich bereits ausdrucken lassen. Würde sie mitten in der Nacht einen Anruf bekommen, könnte sie gleich in den Wagen steigen und losfahren. Aber nein, diesmal würde es nicht so weit kommen, sagte sie sich jetzt wieder.

»Du glaubst nicht, wer gerade da war.« Grete blickte sie durch das Gatter hinweg an. »Jo.«

Charlotte fiel die Bürste, mit der sie die Ziegen striegelte, aus der Hand. »Jo war hier?«

»Er wollte sehen, wie's uns geht.«

»Ach, und deshalb kommt er sicherheitshalber so früh, dass er mich garantiert nicht antrifft?«, gab Charlotte trocken und etwas giftig zurück.

»Sei nicht so streng mit ihm«, sagte Grete leise. »Er kann wohl nicht aus seiner Haut.«

Charlotte nahm die Bürste wieder auf. »Jeder kann aus seiner Haut.«

»Es macht dir immer noch was aus.«

»Ach, Unsinn.«

»Mach mir nichts vor.«

»Lass uns über was anderes reden. Die Tischler bauen gerade drüben in der Scheune das Fenster ein.«

»Oh, wie schön, das werde ich mir später mal ansehen.«

Die ersten Ziegen kamen in den Melkstand getrabt, wie immer fröhlich meckernd und beide Frauen zärtlich anstupsend.

Hinter ihnen war ein lautes Räuspern zu hören, und Charlotte hob den Kopf. Einer der Tischler stand in der Tür.

»Können Sie kurz mal kommen?«

Sie gingen über den Hof, und als Charlotte durch das Scheunentor trat, stieß sie mit Jo zusammen. Beide blieben voreinander stehen, erschrocken und überrascht gleichermaßen.

»Jo.«

»Charlie.«

»Grete hat mir erzählt, dass du da warst…«

Er nickte. »Ich hoffe, es ist in Ordnung, wenn ich hier rumstromere. Ich finde es ziemlich spannend zu sehen, wie sich dein Haus entfaltet. Wenn es dich stört, verschwinde ich natürlich.«

»Sei nicht albern«, brummelte sie kurz angebunden und wollte an ihm vorbei. »Entschuldige, ich …«

»Ich würde gerne mit dir reden.«

Charlotte hielt inne. Ihr Herz klopfte so heftig, dass ihr ganz schwindelig wurde.

»In einer Stunde, wenn du mit dem Melken fertig bist?«

Sie nickte, unfähig etwas zu sagen.

Die Tischler waren gut vorangekommen. Charlotte sah sich alles genau an und war mehr als zufrieden. Aus der staubigen, etwas muffigen Scheune wurde nach und nach ein Gebäude, das sie im Geiste schon einrichtete.

Einer der Männer zeigte nach rechts. »Da vorne soll der Tresen hin, sagten Sie. Ich würde Ihnen aber gerne einen anderen Vorschlag machen.« Er ging ein paar Schritte nach links und streckte einen Arm aus. »Was halten Sie davon, wenn er hierhin kommt?«

Charlotte dachte darüber nach.

»Wollen Sie gar nicht wissen, warum?« Er grinste, als sie ihn verwirrt anblickte. »Stellen Sie sich vor, Sie sind eine Kundin. Sie machen die Tür auf, treten ein …«

»… und gehen nach links.« Sie nickte verdutzt. »Stimmt, auch wenn nachgewiesen ist, dass die meisten Menschen nach rechts gehen, wenn sie in ein Kaufhaus kommen.« Wieder nickte sie. »Hier aber würde man wahrscheinlich nach links gehen.«

»Genau. Deshalb wollte ich Sie fragen, ob wir das nicht besser ändern.«

»Das ist eine großartige Idee. Ich mag Menschen, die mitdenken. Vielen Dank für den wunderbaren Vorschlag.«

Vor Freude über das Lob wurde er rot.

Charlotte kehrte zurück zum Melkstand, arbeitete schweigend und ein wenig fahrig, wie sie selbst feststellte, und ging dann auf den Hof, um zu sehen, wo Jo steckte. Sie hatten keinen Treffpunkt vereinbart, aber vermutlich würden sie sich auch so begegnen. So weitläufig war das Gelände nun auch wieder nicht.

Sie war kaum zwei Schritte gegangen, als er um die Ecke kam.

Die Bank, die sonst immer neben der Haustür stand, hatte Charlotte vorsorglich in den Garten gestellt, als der riesige Schuttcontainer geliefert worden war.

»Wollen wir uns auf die Bank setzen?«, schlug sie jetzt vor.

Schweigend gingen sie ums Haus und setzten sich. Ein kühler Wind war aufgekommen, und sehr wahrscheinlich würde es heute auch noch regnen.

»Schön, dass es hier so gut vorangeht.«

»Ja.«

Deswegen hatte er doch wohl kaum mit ihr sprechen wollen.

»Ich …« Er verstummte, kratzte sich am Kinn und fügte hinzu: »Ich fliege nach Neuseeland.«

»Oh, dann machst du deinen Traum endlich wahr?« Sie lächelte flüchtig. »Das freut mich für dich, Jo. Hast du denn noch so viel Urlaub?«

»Es ist keine Urlaubsreise. Ich bleibe mindestens ein Jahr.«

Ein Ruck ging durch ihren Magen, so dass ihr für einen Moment übel wurde und sie glaubte, sich übergeben zu müssen. Dann war es vorbei, stattdessen hatte sie einen riesigen Kloß im Hals.

»Du sagst ja gar nichts«, meinte er nach einer Weile.

»Das ist … das ist doch wunderbar, Jo.«

Er kratzte sich erneut. »Es hat sich so ergeben. Ein Arbeitskollege war gerade dort, und sie können noch gut jemanden gebrauchen. Und man hat mich gefragt und ich …« Er knetete seine Nasenflügel, so wie immer, wenn er nervös war. »… ich bin unabhängig und kann gleich …« Er verstummte, und sie nickte.

»Verstehe.« Wie sollte sie das ihrem Sohn beibringen?

»Wann geht's denn los?«, fragte sie mit kratziger Stimme.

»Nächste Woche.«

Ein weiterer Ruck durch ihren Magen. Nächste Woche schon.

Plötzlich hatte sie das Verlangen, ihm all das zu sagen, was sie sich bisher nicht getraut hatte. Sie würde ihm gern sagen, dass sie ihn liebte, die Nacht mit ihm unvergesslich gewesen und er der wunderbarste, tollste, netteste, witzigste und intelligenteste Mann war, den sie je getroffen hatte und wahrscheinlich auch jemals treffen würde.

Doch natürlich sagte sie nichts von alldem. Stattdessen hatte sie die Fäuste geballt und tief in den Taschen ihrer Strickjacke versenkt. Sie würde sich ein neues Mantra ausdenken müssen.

Es macht mir überhaupt nichts aus. Jo hat sein Leben und ich meins …

»Ich habe eine kleine Wohnung in Auckland«, sagte er mit leiser Stimme. »Eigentlich mehr ein möbliertes Zimmer.«

Das hatte sie gar nicht interessiert. Ob nun Wellington, Auckland oder Christchurch, meine Güte, Neuseeland war so weit weg! Sie würden sich ewig nicht wiedersehen und wenn, dann … Ja, was dann? Dann würden sie voreinander stehen und sich etwas ratlos und befremdet anschauen. Freunde? Ja, das waren sie mal gewesen. Vor einer Ewigkeit.

Charlotte starrte in die Ferne, ohne wirklich etwas wahrzunehmen. Sie spürte nur, dass ihr kalt wurde. Eiskalt.

Ein Jahr. Mindestens.

Zwölf Monate. Zweiundfünfzig Wochen. Dreihundertfünfundsechzig Tage. Winter. Frühling. Sommer. Herbst. Und wieder Winter.

Sie schluckte. »Ich muss es Malte sagen.«

»Er weiß es schon.«

»Was?« Sie spürte, wie jegliches Blut aus ihrem Gesicht wich. Er hatte ihr kein Wort gesagt.

»Er hat es ganz gut aufgenommen. Ich habe ihm versprochen, dass wir uns wiedersehen.« Jos Stimme war etwas heiser, und er räusperte sich. Dann nahm er das Lederband ab und legte es in ihre Handfläche. »Ich möchte, dass du es trägst.«

Ihre Hand zitterte, als sie den Anhänger betrachtete.

»Erinnerst du dich?«, fragte er, und sie schluckte. »In dieser Nacht … Ich habe das Rad von Arianrod getragen und dir erzählt, dass ich noch einen anderen Anhänger besitze.«

»Der Faden des Lebens«, sagte sie leise.

»Das weißt du noch?« Er räusperte sich erneut. »Es soll dich beschützen.«

Charlotte stand wie in Zeitlupe auf, das Lederband samt Anhänger fest in ihrer Hand umschlossen. Sie würde es Malte geben.

»Es tut mir leid, Charlie, alles.«

»Schon gut, Jo.«

»Nein, es ist nicht gut. Es tut mir wirklich leid.«

»Ja, mir auch, Jo, mir auch.«

Sie ging langsam über das feuchte Gras, blieb kurz stehen und drehte sich ein letztes Mal zu ihm um.

Jo saß da, den Blick gesenkt, die Augen geschlossen. Dieser Anblick würde sich in ihr Hirn brennen, das wusste sie in diesem Moment.

Es war auch der Moment, in dem sie sich schwor, Jo zu vergessen.

18.

Insel Poel im Dezember

Die Holztreppe war erst vor wenigen Tagen abgeschliffen und neu lackiert worden, ein wahres Prachtstück. Dabei war das obere Geschoss nach wie vor unbewohnt, und das würde vorerst auch so bleiben. Dazu fehlte Charlotte noch das Geld.

Das Erdgeschoss war aber geräumig genug für sie und ihren Sohn. Das Dach war neu gedeckt, die Fenster ausgetauscht, die Fußböden abgeschliffen und die Zimmertüren neu gestrichen worden. Die elektrischen Leitungen waren neu, und es gab endlich ausreichend Steckdosen im Haus. Ein neuer Holzofen stand in der kleinen Diele und beheizte das ganze Haus.

Das Bad war bildschön geworden, mit rechteckigen sandfarbenen Wand- und dunkelbraunen Bodenfliesen, einem modernen Heizkörper, der zugleich zum Trocknen der Handtücher diente, einer großen Duschkabine mit Glastür und einem Waschbecken, das in einer dunklen Holzplatte eingelassen war.

Charlotte hatte tagelang immer wieder in der Tür gestanden und sich nicht sattsehen können. An eine Wand hatte sie die Frisierkommode gestellt, die sie auf Gretes Speicher entdeckt hatte, und an der gegenüberliegenden

Wand hing ein viereckiges Regal, in dem Badeöle und Lotions standen, die nicht nur himmlisch dufteten, sondern noch dazu hübsch aussahen.

Auch Eva hatte mit offenem Mund in der Tür gestanden und schließlich gemeint, sie habe in ihrem ganzen Leben – jetzt immerhin schon ganze fünfzig Jahre – noch nie zuvor ein so traumhaft schönes Bad gesehen.

Die Küche aber war das Aushängeschild des gesamten Hauses.

In der Mitte stand ein großer eckiger Holztisch, den Charlotte auf dem Flohmarkt erstanden und restauriert hatte. Um den Tisch herum standen unterschiedliche Stühle, keiner glich dem anderen. Genauso wie sie es sich oft ausgemalt hatte.

Als sie nun in den Raum kam, spürte sie ihr Herz klopfen.

So hatte sie immer leben wollen.

Ihre Wismarer Altbauwohnung war noch nicht vollständig ausgeräumt, das würden sie erst Anfang des Jahres tun. Charlotte warf einen Blick auf die alte Wanduhr, auch die war vom Flohmarkt. Schon fast vier. Eva müsste bald da sein.

Den Tisch hatte Charlotte bereits gedeckt, mit altem, schnörkellosem Porzellan, dazu zwei Töpfe mit weißen und dunkelroten Christrosen. Und sie hatte einen Topfkuchen mit Rosinen, Walnüssen und Orangeat gebacken.

Die Uhr schlug viermal. Charlotte mochte den leisen, fast zarten Klang. Einen lauten, kraftvollen Schlag, bei dem sie jedes Mal zusammenzucken würde, hätte sie nicht im Haus haben wollen.

In einer Woche würde ihre Schwester Juliane samt Familie kommen und über Weihnachten bleiben. Und Anfang des Jahres würde sie dann endlich ihren Hofladen mit einer großen Party einweihen.

Sie stellte sich ans Fenster und musste daran denken, wie der Apfelbaum bei einem der heftigen Sommergewitter in die Scheibe gekracht war und Jo und Malte ihn hatten herausziehen müssen.

Was Jo wohl gerade machte? Seit zwei Monaten war er jetzt in Neuseeland.

Instinktiv fasste sie an ihren Hals und nahm den kleinen Anhänger zwischen Daumen und Zeigefinger. Warum auch immer, doch dieses Gefühl beruhigte sie jedes Mal.

Sie hatte die Kette Malte geben wollen, es aber nicht fertiggebracht. Jo hatte sich gewünscht, dass sie sie tragen würde.

In Auckland war jetzt Nacht. Ob er schlief? Vielleicht träumte er gerade? Ob er allein im Bett lag?

Schluss jetzt, Charlotte!

Es war ein klirrendkalter Wintertag, ein Tag, an dem es schon am frühen Morgen zu schneien begonnen hatte und so bald wohl auch nicht aufhören würde. Die Weiden und Wiesen waren wie mit Puderzucker bestäubt, unter dem Dach der Scheune hingen kleine Eiszapfen, und sie hatte bereits zweimal auf dem Hof streuen müssen, damit niemand ausrutschte.

Wie liebte sie diesen Ausblick, dieses Gefühl der Ruhe und Gelassenheit, die Beschaulichkeit auf dieser Insel.

Im Frühling würde sie eine Kräuterspirale anlegen, ein Hochbeet für Salate bauen und vielleicht sogar ein kleines Gewächshaus anschaffen, in dem sie Tomaten und Gurken ziehen wollte.

Es klopfte an der Tür, gleich darauf trat Eva ins Zimmer und umarmte sie fest. »Die Haustür war offen. Und die Klingel funktioniert immer noch nicht.«

»Ich weiß. Irgendwann lasse ich sie reparieren.«

Nein, wahrscheinlich würde sie das nicht tun. Sie hatte sich daran gewöhnt, dass angeklopft wurde und man einfach hereinkam. Wozu brauchte sie eine Klingel?

Und warum strahlte ihre Freundin eigentlich so?

»Was ist passiert, Eva?« Sie zeigte auf einen der Stühle. »Setz dich doch. Tee oder lieber Kaffee?«

»Sehr gerne einen Tee.«

Eva schlüpfte aus ihrer Winterjacke und hängte sie über die Stuhllehne. Auch das hatte sich mittlerweile so eingeschlichen, kaum jemand benutzte die Garderobe. Es gab offenbar Gewohnheiten, die man nur ungern oder eben gar nicht ablegte.

Charlotte stellte den Teekessel auf den Herd und holte die Packung Winter-Gewürz-Tee aus dem Regal. Dann setzte sie sich auf einen schneeweiß lackierten Holzstuhl. »Also?«

»Was also?«, fragte Eva, während sie den gedeckten Tisch betrachtete. »Ach, du willst wissen, was los ist. Tja …«

Sie setzte ein geheimnisvolles Gesicht auf. »Ich habe jemanden kennengelernt.« Sie zeigte auf den Kuchen. »Der sieht lecker aus. Darf ich?«

»Nein, eigentlich ist er nur Deko. Natürlich darfst du.«

»Malte gar nicht da?«

»Er ist bei Laurin. Der Kuchen ist also ganz für dich allein.«

Eva nahm sich ein dickes Stück und biss hinein. »Oh, der ist köstlich.«

»Jetzt rede endlich, Eva, und spann mich nicht länger auf die Folter. Du hast also jemanden kennengelernt.«

»Stimmt. Er heißt Christoph.«

Charlotte goss den Tee auf und stellte die Teekanne auf den Tisch. Sie nahm sich ebenfalls ein Stück Kuchen.

Eva hatte recht, er war sehr lecker, offenbar hatte sie inzwischen den Dreh raus.

»Christoph?«

»Karstens Freund. Ich habe ihn letzte Woche kennengelernt, als ich die beiden zufällig im Bistro getroffen habe.«

»Und?«, fragte Charlotte gespannt.

»Er ist umwerfend.«

»Ach, du liebe Güte. Und Karsten?«

»Er ist eigentlich auch sehr nett.«

Charlotte musste lachen. »Du weißt genau, was ich meine, Eva.«

»Das ist etwas ... sagen wir kompliziert.«

»Ach herrje.«

»Ich mag Karsten, er ist nett ...«

»Es ist noch gar nicht so lange her, da hast du mir gesagt, du seist in ihn verliebt und würdest sehnlichst darauf warten, dass er endlich aus dem Quark kommt.«

Eva nahm sich noch ein Stück Kuchen. »Ich habe geglaubt, dass ich in ihn verliebt bin. Vielleicht wollte ich einfach mal wieder verliebt sein. Aber je mehr Zeit verging, desto mehr wurde mir klar, dass Karsten und ich gar nicht zueinander passen. Wenn er ganz verrückt nach mir gewesen wäre, hätte er sich dann so lange Zeit gelassen? Meine Güte, wir sind keine dreißig mehr, Charlie. Ich will nicht monatelang warten, dass mich ein Mann näher kennenlernen will. Ich will natürlich auch nicht, dass er gleich mit der Tür ins Haus fällt.« Sie nahm Charlottes Hände und drückte sie so fest, dass Charlotte das Gesicht verzog. »Und dann komme ich in dieses Bistro ... Ich wollte eigentlich nur eine Kleinigkeit essen, weil ich zu faul war, mir zu Hause noch was zu machen, und da sitzen Karsten und er am Tisch. Karsten winkt mir zu, und ich gehe zu ihnen.«

Charlotte lächelte, als sie sah, wie Evas Augen leuchteten.

»Und dann?«, fragte sie amüsiert.

»Dann hat der Blitz eingeschlagen.« Eva schüttelte den Kopf, als könne sie es selbst nicht glauben. »Mit sechzehn, siebzehn habe ich mir immer gewünscht, dass mir das irgendwann passiert: die Liebe auf den ersten Blick. Mit dreißig habe ich mir selbst einen Vogel gezeigt, und mit vierzig war ich einfach nur ernüchtert.« Sie lächelte. »Und jetzt mit fünfzig passiert mir genau das.« Sie aß ihren Kuchen auf, rührte in ihrer Teetasse und lächelte dabei weiterhin versonnen vor sich hin. Charlotte sagte kein einziges Wort, damit sie den Faden gleich wieder aufnehmen konnte. »Christoph hat mich angesehen, ich habe ihn angesehen, und in diesem Moment macht es in meinem Kopf *pling* und eine Stimme sagt: Da ist er.«

Jetzt schluckte Charlotte. Genauso hatte sie empfunden, als sie aus dem Krankenhaus nach Hause gekommen war und Jo auf dem Hof gestanden hatte.

»Weißt du, was ich meine, Charlie?«

»O ja.«

Eva blickte sie einen Moment lang an, dann nickte sie. »Natürlich weißt du, was ich meine. Soll ich lieber still sein?«

»Was? Nein, wieso?«

»Weil es dir wehtut.«

»Es tut mir nicht weh zu sehen, wie glücklich meine Freundin ist.«

Eva stand auf und legte ihre Stirn an Charlottes. »Ich weiß doch, wie weh es dir tut, dass er einfach abgehauen ist«, sagte sie leise.

»Trotzdem kann ich mich für dich freuen.« Charlotte räusperte sich energisch. »Und nun erzähl schon. Wie ist er, dein Christoph?«

»Er ist witzig, klug, wortgewandt, sieht gut aus, hat Manieren ... mit einem Wort, er ist einfach unglaublich.«

Charlotte schluckte.

Unglaublich.

Du bist unglaublich, Charlie, mir fällt gerade kein passendes Wort ein ...

»Kurzum: Er ist der Mann deiner Träume.« Charlotte war froh, dass sie sich gleich wieder im Griff hatte. »Warum hast du mich nicht gleich angerufen, um es mir zu erzählen?«

»Ich wollte dir unbedingt gegenübersitzen, Charlie. So was erzählt man sich nicht am Telefon.«

»Und was ist jetzt mit Karsten? Ich meine, du wirst es ihm irgendwie erklären müssen.«

Eva verdrehte die Augen. »Nein, das ist gar nicht nötig. Weißt du was, er ist am Tag darauf zu mir gekommen und hat uns Glück gewünscht.«

»Was? Einfach so?«

»Einfach so.«

»Männer gibt's.«

Eva legte die Hand auf ihre Schulter. »Die einen kommen nicht aus dem Quark, weil sie Angst vor ihrer eigenen Courage haben, und die anderen flüchten ans andere Ende der Welt.«

Charlotte blickte sie verwundert an. »Glaubst du wirklich, Jo ist abgehauen, weil er Angst vor seiner eigenen Courage hatte?«

»Du etwa nicht?«

Charlotte schüttelte den Kopf. »Nein, ich glaube, für ihn war das die beste Möglichkeit, einen klaren Schlussstrich zu ziehen.«

»Was ist mit Malte? Hast du noch immer den Eindruck, als würde er gut damit zurechtkommen?«

Charlotte seufzte. Malte hatte nicht ein Wort darüber verloren, dass Jo nach Neuseeland gegangen war. Sobald sie auch nur versucht hatte, mit ihm darüber zu sprechen, hatte er abgeblockt. Was sie nicht weiter überrascht hatte.

Sie wusste, dass er und Jo sich regelmäßig E-Mails schrieben, vielleicht genügte ihm das und er wartete geduldig, bis Jo wieder zurückkäme.

»Ich möchte einfach nicht in ihn dringen, Eva. Ich glaube, das wäre nicht gut. Solange er nicht von sich aus darüber reden möchte …«

Eva nickte. »Verstehe. Du kennst ihn eben sehr gut.«

Charlotte stand auf. »Ich finde, wir sollten einen Glühwein darauf trinken, dass du jemanden gefunden hast, der dich glücklich macht.«

Das erste Glas Glühwein hatte sie wunderbar von innen erwärmt, das zweite machte sie nun ein wenig sentimental.

»Er hat übrigens einen kleinen Sohn.«

Sie blickte Eva verwirrt an. »Wer?«

»Christoph.«

»Ach, dann hat er Familie?«

»Er ist geschieden und hat einen siebenjährigen Sohn.« Eva griff in die hintere Tasche ihrer schwarzen Hose und zog ein zusammengefaltetes Blatt heraus. »Sieh mal, das hat er gemalt. Also Tim.« Sie faltete das Blatt auseinander und legte es auf den Tisch.

Charlotte gab sich wirklich Mühe, konnte aber beim besten Willen nicht erkennen, was das sein sollte. Das erinnerte sie an die Zeit, als ihr Sohn noch klein gewesen war und ihr Bilder gemalt hatte.

Guck mal, Mami …

Was ist das, Spatz?

Siehst du das denn nicht? Ein Piratenschiff …

»Ging mir nicht anders.« Eva drehte das Blatt anders herum und lachte. »So besser?«

»Nein.«

Sie lachten beide.

»Das soll ein Dinosaurier sein. Tim liebt Dinosaurier.«

Charlotte schluckte. Hörte das eigentlich nie auf? Würde sie bis zum Ende ihrer Tage bei allem, was sie irgendwie an Jo oder ihre gemeinsame Zeit erinnerte, zusammenzucken?

»Was ist denn? Du guckst so komisch«, meinte Eva.

»Ich musste gerade an was denken. Möchtest du noch Glühwein?«

»Besser nicht, falls ich noch in eine Verkehrskontrolle gerate. Und ich würde wahrscheinlich nicht so glimpflich davonkommen wie du. Vielleicht hat der Polizist ein Auge auf dich geworfen.«

Charlotte musste lachen. Es klang irgendwie eingerostet.

Eva warf einen Blick aus dem Fenster und verzog das Gesicht. »Ach herrje, es schneit schon wieder.«

Charlotte blickte ebenfalls gedankenverloren nach draußen.

In Neuseeland war jetzt Sommer.

Eva stand auf und legte beide Hände auf ihre Schultern. »Du musst irgendwann darüber hinwegkommen, Charlie.«

»Worüber?«, fragte sie leise, obwohl sie genau wusste, wovon Eva sprach.

»Jo hat sich gegen dich und für ein neues Abenteuer, eine weitere Herausforderung entschieden. So ist er nun mal. Zieh endlich einen Schlussstrich oder sei wehmütig bis ans Ende deiner Tage.«

Bis ans Ende deiner Tage. Hatte sie selbst nicht eben auch genau diese Worte im Kopf gehabt?

»Du hast ja recht. Aber das ist nicht so einfach.«

»Das behauptet auch niemand. Aber du solltest dich schützen, dich und deine Gefühle. Hast du mal daran gedacht, dass er es vielleicht gar nicht wert ist?«

Charlotte blickte bestürzt auf. Er sollte es nicht wert sein, dass sie um ihre gemeinsame Zeit, ihre Freundschaft, ihre Unbeschwertheit und diese eine Nacht trauerte?

»Du kennst ihn nicht so, wie ich ihn kenne«, erwiderte sie leise. »Er ist es wert, glaub mir. Trotzdem hast du recht, ich muss darüber hinwegkommen.« Sie reckte trotzig das Kinn. »Und das werde ich auch.«

So wie sie bisher über jeden Mann hinweggekommen war. Nur war Jo nicht wie jeder Mann.

»Ich mache mich besser auf den Weg. Nicht dass ich am

Ende noch bei dir einschneie.« Eva blickte sich um. »Auch wenn ich mir Schlimmeres vorstellen könnte.«

Charlotte lächelte. »Ich bringe dich noch zur Tür.« Dort angekommen, sagte sie: »Wenn das obere Stockwerk fertig ist, steht dir ein Gästezimmer jederzeit zur Verfügung.«

»Ich werde darauf zurückkommen, verlass dich drauf.«

Sie blieb in der Tür stehen und wartete, bis Eva vom Hof gefahren war. Dann hob sie den Kopf und schaute in den grauen Himmel. Sie mochte auch die dunkle kalte Jahreszeit.

In Neuseeland ist jetzt Sommer …

Abrupt drehte sie sich um und ging zurück ins Haus.

Sie würde Holz nachlegen und sich mit dem neuen Krimi auf die Couch verziehen.

19.

So viel Schnee hatte Charlotte lange nicht mehr gesehen.

Und wenn sie ganz ehrlich war, dann hatte sie ihn auch allmählich satt. An manchen Tagen mussten sie bis zu dreimal täglich den Hof freischippen.

Weihnachten hatten sie und Malte mit Juliane, deren Familie und Grete verbracht, eine schöne und ruhige Zeit.

Charlotte hatte Unmengen an Keksen und Kuchen gebacken und jeden Tag gekocht. Sie hatte alle so richtig verwöhnen wollen. Abends hatten sie zusammen in der Stube gesessen und dem Knistern der Holzscheite gelauscht. Manchmal hatten sie Mühle oder mit den Kindern Mensch-ärgere-dich-nicht oder Stadt-Land-Fluss gespielt, und wie immer hatte Charlotte feststellen müssen, dass Malte in diesen Spielen unschlagbar war. Allerdings verlor er auch ausgesprochen ungern, und wenn er dann doch mal nicht der Sieger gewesen war, hatte er sich in sein Zimmer verzogen und verkündet, das sei das letzte Mal gewesen, wo er solche dämlichen Spiele spielen würde.

Am nächsten Abend hatte er dann wieder in der Tür gestanden und Revanche verlangt.

Silvester hatte Charlotte das erste Mal seit vielen Jahren ganz allein verbracht. Malte war bei Laurin in Wismar gewesen, und Eva hatte mit ihrem neugefundenen Traummann Christoph zusammen sein wollen.

Es hatte ihr aber überhaupt nichts ausgemacht, allein zu sein. Im Gegenteil. Am Nachmittag hatte sie einen langen Spaziergang gemacht, war in warmen Stiefeln durch den Schnee marschiert, dick eingemummelt in einen langen Steppmantel, eine Wollmütze auf den Ohren und die Hände tief in den Manteltaschen vergraben. In der Dämmerung war sie nach Hause gekommen, hatte einen Glühwein aufgesetzt und sich damit in die Stube begeben. Bis kurz vor Mitternacht hatte sie gelesen und Musik gehört, dann eine Flasche Sekt geöffnet und auf das neue Jahr angestoßen. Sie wollte vieles anders machen, Dinge hinter sich lassen, die sie doch nicht mehr ändern konnte und Neues in ihr Leben lassen. An Jo hatte sie nicht denken wollen, was natürlich unmöglich war. Mit dem Gedanken *Du denkst heute nicht an ihn*, tat sie es ja bereits. Und in der Nacht war es dann über sie hereingebrochen, und sie hatte sich in den Schlaf geweint.

Am nächsten Morgen hatte sie sich aber ausgesprochen gut gefühlt, erholt und wach. Und sie hatte keinerlei sentimentale oder trübsinnige Gedanken gehabt. Es war, als hätte sie mit diesem letzten Tränenausbruch Jo und ihre Gefühle für ihn endlich begraben.

Der Hofladen wurde an einem Freitag eingeweiht, und Charlotte war schon sehr früh aufgestanden, weil sie zu kribbelig war, um weiterschlafen zu können. Sie frühstückte allein, was sie inzwischen sehr genoss, und ging dann hinüber in die Scheune, die jetzt ihr Laden war.

Einen Augenblick blieb sie stehen und atmete die würzige Luft ein. Es roch nach Holz, Stroh und Käse, einer Mischung, bei der hoffentlich jeder Appetit bekommen würde.

Charlotte ging zu dem großen Regal, in dem verschiedene Senfsorten standen, und strich mit der Hand über die Gläschen. Vor einiger Zeit war sie von einer kleinen privaten Senfmanufaktur in Süddeutschland angeschrieben worden, ob sie nicht Interesse und Lust an einer Zusammenarbeit habe. Sie könne zu ihrem Ziegenkäse verschiedene Senfsorten anbieten, und im Gegenzug würde man sehr gern ihren Käse verkaufen. Charlotte hatte nicht darüber nachdenken müssen. Senf und Käse, das passte hervorragend, und die hübschen Gläschen machten sich wunderbar in dem hellen Holzregal.

Für einen winzigen Moment schloss sie die Augen.

Sie hatte es geschafft! Endlich hatte sie nicht nur ihr eigenes kleines Haus, ihre ganz private Oase, sondern auch ihren Hofladen.

O verflixt, die Ziegenkäse-Birnentarte! Die hatte sie völlig vergessen.

Mit großen Schritten lief sie ins Haus zurück, riss die Küchentür auf und sah mit einem kurzen Blick, dass sie gerade rechtzeitig gekommen war. Der kleine Küchenwecker tickte noch. Sie atmete erleichtert aus. Das hätte noch gefehlt. So schnell hätte sie keine neue Tarte backen können. Sie öffnete die Ofentür. Wie das duftete!

In den folgenden Stunden war sie damit beschäftigt, die Sektgläser – ein Großteil davon ausgeliehen – zu polieren und auf mehrere Tabletts zu verteilen. Grete hatte vorgeschlagen, doch lieber Plastikbecher zu nehmen, doch das wollte sie nicht. Würde ein Glas oder auch mehrere zu Bruch gehen, wäre das zu verschmerzen. Aber Sekt aus Plastikbechern? Nein.

»Du bist versnobt«, hatte Grete gemeint, und sie hatten gelacht.

Dann stellte sie Knabbersachen und Servietten bereit und warf einen Blick auf die Wanduhr. Grete kam herein, auch sie hatte ganz rosige Wangen, genau wie Charlotte.

»Da draußen stehen schon die Ersten vor dem Laden«, flüsterte sie aufgeregt und kniff Charlotte in den Arm. »Ich bin dir so dankbar, dass ich an alldem teilhaben darf.«

Charlotte umarmte sie und hielt sie eine Weile fest. »Das alles hier ist nicht alleine mein Verdienst, Grete. Ohne dich gäbe es heute weder eine Hofladen-Einweihung noch ein so gemütliches Heim für Malte und mich.«

Grete winkte verlegen ab. »Ach was.«

»Es ist genauso, wie ich es sage, Grete. Und jetzt gehen wir nach draußen und feiern ein rauschendes Fest.«

Am Nachmittag war der Käse fast ausverkauft, genau wie die Tartes, die Charlotte und Eva gebacken hatten. Auch der Senf war so gut verkauft worden, dass Charlotte noch am Abend neuen ordern musste. Vor lauter Aufregung und Glück hatte sie den ganzen Tag noch nichts gegessen, dafür mehrere Gläser Sekt getrunken, weil sie mit Kunden hatte anstoßen wollen.

Entsprechend beflügelt fühlte sie sich gerade. Sie hüpfte im Laden umher, der leer war, und sang »*The man I love*« von Ella Fitzgerald.

»*The man I love*, soso.« Eva stand in der Tür und lachte kopfschüttelnd. »Ich glaube, ich muss zurücknehmen, dass du nicht singen kannst. Gar nicht mal übel, Charlie.«

Charlotte tänzelte zu ihr und schwenkte sie durch den Laden. »Ich bin gerade einfach nur glücklich.«

Eva lächelte und drehte sich ein paarmal mit ihr im Kreis, dann blieb sie stehen. »Sei mir nicht böse, aber mir wird ganz schlecht, wenn du mich so rumwirbelst.«

Charlotte tanzte einfach allein weiter. Auch Grete kam herein und sah ihr einen Augenblick lang zu.

»Da kommen noch Kunden.« Sie zwinkerte Charlotte zu. »Ich habe einige Töpfchen Frischkäse und ein paar Weichkäse aus der Kühlung geholt. Ich dachte, die können wir sicher hier gebrauchen.«

»Du bist ein Schatz, Grete.«

»Und du hast einen im Tee. Vielleicht solltest du eine Kleinigkeit essen.«

Die Tür ging auf, und mehrere Leute kamen herein.

Für einen Moment hatte Charlotte vergessen, dass sie einen Schwips hatte, verkaufte mehrere Töpfe Frischkäse und die restliche Tarte. Sie würden eine Nachtschicht einlegen müssen.

Nachdem die letzten Kunden gegangen waren, schloss sie den Laden ab, blieb noch eine Weile davor stehen und lächelte selig und äußerst zufrieden. Was für ein Tag!

Grete war bereits beim Käsen, und Eva hatte sich angeboten, beim Aufräumen und Abspülen der Gläser zu helfen. Sie stand in der Küche und räumte den Geschirrspüler ein, als Charlotte hereinkam.

»Darf ich dabei sein, wenn du die Kasse machst?«

Charlotte lachte. »Warum nicht? Ist vielleicht noch was von der Birnentarte da? Oder von den Zucchini-Käse-Muffins? Ich sterbe vor Hunger.«

Eva trocknete sich die Hände an einem Geschirrtuch ab, das sie sich in den Hosenbund gesteckt hatte, und zeigte auf den Kühlschrank. »Ich habe dir ein Stückchen Tarte aufbewahrt.«

»Du bist die Beste!«

In wenigen Bissen hatte Charlotte die Tarte verschlungen.

»Ich lobe mich nicht gerne selbst, aber die war richtig gut.«

»Dein Laden hat eingeschlagen wie eine Bombe, und ich kann dir gar nicht sagen, wie stolz ich auf dich bin.« Eva war zu ihrer Handtasche gegangen, die über der Stuhllehne hing, nahm etwas heraus und gab es Charlotte. Es war ein längliches, flaches Schächtelchen mit einer lindgrünen Schleife. »Zur Einweihung.«

Charlotte nahm den Deckel ab. In der Schachtel lag ein wunderschönes, auf Nostalgie getrimmtes Blechschild, darauf in leicht geschwungenen Buchstaben: *Charlottes Hofladen*.

Sie war sprachlos.

»Eva, das ist … das ist … ich weiß gar nicht, was ich sagen soll«, gab sie stammelnd von sich.

»Gefällt's dir?«

»Es ist bildschön.« Charlotte fiel ein, dass ihre Freundin sie erst neulich mit Fragen hinsichtlich der Namensgebung des Hofladens gelöchert hatte. Jetzt wusste sie auch, warum. »Wollen wir es gleich aufhängen?«

Charlotte war nicht schlecht erstaunt, als sie feststellte, dass neben der Tür bereits ein Nagel war. Nicht nur das, dieser Nagel war für das Blechschild wie gemacht.

»Wo kommt der denn her?«

»Ich hatte Hauke darum gebeten.«

Hauke war der Sohn des Elektrikers und der Tischler, der die Scheune umgebaut hatte.

Charlotte hängte das Schild auf und blieb davor stehen, den Kopf geneigt. Dann umarmte sie ihre Freundin.

»Danke, Eva. Das ist ein so schönes Geschenk.«

Ein dunkler Wagen fuhr auf den Hof. Das Anziehen der Handbremse war zu hören, und gleich darauf stieg ein Mann aus. Charlotte hatte den Wagen bereits erkannt, und seltsamerweise war sie nicht im Mindesten überrascht.

»Hallo, Rolf.«

Er kam über den Hof, einen riesigen Blumenstrauß im Arm, blieb vor ihr stehen und umarmte sie. Wobei diese Umarmung eindeutig freundschaftlich war.

»Ich wollte natürlich zur Einweihung da sein, aber mir sind zwei Termine dazwischengekommen, und dann bin ich noch in einen Stau geraten. Lange Rede, kurzer Sinn: Besser spät, als nie. Ich hoffe, es war eine erfolgreiche Einweihung.«

Er reichte ihr den Strauß, der etwas Frühlingshaftes an sich hatte, obwohl erst Januar war. Charlotte drückte ihre Nase hinein und schnupperte.

»Vielen Dank, Rolf. Wie nett von dir. Ja, die Einweihung war ein voller Erfolg. Wir sind restlos ausverkauft. Komm, ich zeige dir den Laden.«

Eva hatte sich verabschiedet, weil sie noch ins Theater musste. Rolf blickte sich im Laden um, nahm eins der restlichen Senfgläser in die Hand, betrachtete den Kühltresen, in dem nur noch zwei Ziegen aus Keramik standen, und schlenderte weiter zu der kleinen, uralten Kommode, die Charlotte vor Jahren auf dem Trödelmarkt entdeckt hatte. Darauf stand eine größere Ziege aus Pappmaché, die ein Schild um den Hals hatte: *Bei uns darf gemeckert werden.*

»Donnerwetter, die ist ja klasse«, sagte er.

»Meinst du die Ziege oder die Kommode?«

Er drehte sich zu ihr um. »Ich meinte die Kommode. Hast du die Ziege selbstgebastelt?«

»Nein, mein Sohn. Er hat sie mir zur Einweihung geschenkt.«

Sie hatte sich über die Unmengen an Zeitungspapier gewundert und darüber, dass er Luftballons gekauft hatte.

»Der Laden ist wirklich toll geworden. Respekt, Charlie.«

»Danke. Ich bin auch wahnsinnig glücklich.«

»Das sieht man.«

»Wollen wir ins Haus gehen? Ich würde dir gerne alles zeigen.«

»Unbedingt.« Er warf einen Blick auf seine Armbanduhr. »Viel Zeit habe ich leider nicht mehr, ich muss noch heute Abend nach Hannover zurück.« Er grinste. »Bevor du noch denkst, ich würde wieder ein paar Tage bleiben wollen.«

Es war schon spät, als Rolf aufstand und erklärte, er müsse jetzt aber wirklich fahren.

Genau in dem Augenblick hatte Charlotte beschlossen, ihm von Maltes Vater zu erzählen. Warum sie das so plötzlich wollte, wusste sie selbst nicht. Vielleicht lag es daran, dass sie das Gefühl hatte, als sei diese Begegnung ihre letzte. Sie würden sich nicht wiedersehen. Rolf hatte sein Leben und sie ihres.

»Bleib noch einen Moment, ja? Ich möchte dir gerne erzählen, wer Maltes Vater ist.«

»Bist du sicher?«

Sie nickte. »Ich habe Jörn kennengelernt, kurz nachdem wir uns getrennt hatten. Heute weiß ich, dass ich mich irgendwie betäuben wollte, ich wollte nicht darüber nachdenken, dass unsere Beziehung zu Ende war. Ich hatte die ganze Zeit das Gefühl, als hätte ich's vermasselt.«

Rolf schüttelte den Kopf. »Blödsinn, wenn es einer vermasselt hatte, dann ich.«

»Wir hatten eingesehen, dass es nicht passt, und die Konsequenzen gezogen, Rolf. Damals habe ich mir aber eingeredet, dass es an mir lag. Mit Jörn war alles so unverkrampft, so locker und leicht. Es gab nur ein Jetzt, was Morgen war, interessierte uns nicht.« Sie verstummte und seufzte leise auf. »Und dann wurde ich schwanger. Unfall mag ich es nicht nennen, mein Sohn ist kein Unfall. Ich rief ihn an und hatte eine Frau am Apparat. Ihr Mann habe sein Handy zu Hause liegen lassen, ob ich seine neue Sekretärin sei? Ich hab einfach aufgelegt.«

»Du warst doch enttäuscht, auch wenn du dir eingeredet hattest, dass du gar keine Beziehung wolltest.«

Sie schüttelte den Kopf. »Nein. Ich wollte seine Familie nicht kaputtmachen. Und ich wollte nicht, dass er in meinem Leben noch irgendeine Rolle spielt. Ich wusste ja, dass aus uns nie etwas geworden wäre, das hatten wir beide von Anfang an klargestellt. Es hatte mir sogar gefallen. Keine Verpflichtungen, keine Ansprüche.«

»Nur Spaß.«

»Wenn du so willst.«

»Dann weiß er bis heute nicht, dass es Malte gibt.«

»Doch. Ich habe ihn zufällig wiedergetroffen. Und er hat natürlich gleich gesehen, dass ich schwanger bin.«

»Und?«

»Er hat gefragt, ob das sein Kind sei und auf meinen Bauch gezeigt. Und dann meinte er, ich würde jetzt hoffentlich nicht erwarten, dass er Vatergefühle entwickeln würde. Ich habe ihn einfach stehenlassen.«

Rolf nickte vor sich hin, und Charlotte fuhr fort: »Ich war und bin nie der Typ gewesen, der auf eine Affäre aus war. Bei Jörn ist mir das zum ersten und letzten Mal passiert. Wahrscheinlich musste ich einfach nur meine Wunden lecken. Aber hätte es diese Affäre nicht gegeben, gäbe es auch meinen Sohn nicht. Er ist das Beste, was mir je passiert ist.«

»Hat er dich nie gefragt, wer sein Vater ist?«

»Doch, natürlich. Er war noch sehr klein, als er wissen wollte, warum sein Papa eigentlich nicht bei uns wohnt. Ich habe versucht, ihm zu erklären, dass es besser war, ihn allein großzuziehen. Ich glaube, er hat es sogar verstanden. Inzwischen interessiert ihn sein Vater nicht mehr.«

Rolf trank seinen Tee aus.

»Dann lege ich auch mal die Karten auf den Tisch. Ich habe dir gesagt, ich würde allein leben, das stimmt aber nicht. Es gibt Angie. Ich dachte schon, ich hätte es auch diesmal wieder vermasselt. Aber sie ist zu mir zurückgekommen, obwohl ich sie mies behandelt habe.«

»Weil sie dich liebt.«

Er nickte und sah ganz unglücklich aus. »Sie wünscht sich ein Kind. Und das möglichst schnell. Sie sagt, ihre biologische Uhr tickt und tickt und tickt.«

»Und du möchtest gerne Vater werden.« Charlotte lachte unbekümmert. »Worauf also wartet ihr?«

»So gesehen ...« Er erhob sich. »Jetzt muss ich aber wirklich los.«

Sie verabschiedeten sich wie alte Freunde, die sich ewig nicht gesehen hatten und sehr wahrscheinlich auch nicht wiedersehen würden.

»Was ist eigentlich mit dir und Jo?«, fragte er sie, als er in seinen Wagen stieg.

»Darüber möchte ich nicht reden, Rolf.«

»Schon gut. Danke, dass du mir von Maltes Vater erzählt hast, Charlotte.«

»Es war an der Zeit.« Mehr sagte sie nicht.

Sie winkte ihm nach, bis sein dunkler schicker Wagen nicht mehr zu sehen war. Plötzlich bedauerte sie zutiefst, dass sie Jo nie von Maltes Vater erzählt hatte. Jo war der Mann, den sie liebte, aber sie hatte sich damit abgefunden, dass sie nun mal keine gemeinsame Zukunft hatten. Sie wusste auch längst, dass es nach ihm keinen Mann mehr für sie geben würde. Jo war der einzige Mann, der zu ihr passte, und sie würde lieber allein bleiben, als zähneknirschend einen Kompromiss nach dem nächsten einzugehen.

Sie drehte sich um und ging langsam zum Haus zurück.

Kurz zuvor war Gustav noch auf der Weide umhergesprungen, obwohl es kalt und unangenehm nass gewesen war. Es hatte ihn offensichtlich nicht gestört.

Sie warf noch einen Blick in den Stall, wo die Ziegen eng beieinander standen und sich gegenseitig wärmten. Moni schleckte gerade Sigrids Kopf ab.

»Ich sehe, ihr vertragt euch prima. Schlaft gut.«

Charlotte verschloss die Stalltür und ging rasch ins Haus. Ein eisiger Wind war aufgekommen. Hoffentlich würde es nicht noch mehr Schnee geben.

Gleich am ersten Schultag hatten sie verschlafen.

Der Schulbus war bereits weg, und so musste Charlotte ihren Sohn nach Wismar bringen. Gott sei Dank hatte es nicht mehr geschneit, und die Straßen waren gut befahrbar.

Charlotte nutzte die Gelegenheit und sah erst bei Eva und dann in Connys Laden vorbei. Sie kaufte dunkelrote und graue Kerzen in verschiedenen Größen, weil die sich ganz wunderbar auf der dunklen Kommode machen würden, die sie neu auf dem Trödelmarkt erstanden hatte.

Gutgelaunt fuhr sie nach Poel zurück und schloss ihren Laden auf. Dabei strich sie mit dem Finger lächelnd über das hübsche neue Schild und ließ die Tür dann weit geöffnet, um frische Luft hereinzulassen.

Grete kam auf den Hof geradelt und winkte ihr fröhlich zu.

Was mache ich nur, wenn sie eines Tages wirklich zu alt ist, um mir hier zur Seite zu stehen?

»Morgen, Charlie.« Sie blieb mitten im Laden stehen und seufzte tief. »Ist das nicht wunderbar? Ich habe mich das ganze Wochenende darauf gefreut, wieder herzukommen.«

Charlotte umarmte sie fest. »Das ging mir genauso.«

Grete musterte sie neugierig. »Du siehst so frisch und erholt aus.«

»Ich *bin* frisch und erholt.« Charlotte lachte. »Und ich war schon in Wismar und habe mir was Hübsches gekauft.«

»Ein neues Kleid?«

Sie lachte noch lauter.

»Ein Kleid? Hast du mich jemals in einem Kleid gesehen?«

Grete legte den Finger an die Nase, so als müsse sie darüber eine Weile nachdenken. »Nein, ich glaube nicht. Aber ich glaube, dass dir ein Kleid sehr gut stehen würde.«

»Ich bin wohl mehr der Hosen-Typ.«

Grete ging in den Stall, um sich um die Ziegen zu kümmern, und Charlotte räumte den Käse in den Kühltresen. Am Wochenende hatte sie weitere Tartes und deftige Muffins gebacken, die sie ebenfalls in den Laden brachte. Dabei überlegte sie, ob sie vielleicht Cupcakes mit Ziegenfrischkäse-Topping backen sollte. Ja, das klang doch wirklich köstlich.

Zufrieden lächelnd wischte sie über den Tresen, legte Kleingeld in die Kasse und ordnete die Flyer und Visitenkarten, die auf dem Tresen lagen.

Mein Laden. So richtig kann ich's immer noch nicht fassen ...

Ihr Handy klingelte.

Es war Malte.

»Du hast vergessen, mein Pausenbrot einzupacken.«

»Ach, verdammt, tut mir leid, es war so hektisch heute Morgen.«

Was nun? Sie wusste, wie wichtig ihm sein zweites Frühstück war: drei Scheiben Vollkornbrot mit Salat und Käse.

»Ich bringe es dir«, beschloss sie und unterdrückte ein Seufzen. Eventuell würde sie den Laden so lange schließen müssen, da Grete ebenfalls beschäftigt war und das Melken erledigt werden musste.

Er schien darüber nachzudenken, denn es blieb eine ganze Weile still. Es war aber auch möglich, dass er gerade nicht wusste, ob er noch etwas sagen sollte. Vielleicht wartete er auch darauf, dass sie weiterredete.

»Kein Problem, Malte, ich …«

»Schon okay. Ich kaufe mir ein Sandwich.«

Hatte sie richtig verstanden? Er wollte sich ein Sandwich kaufen? Das hatte er noch nie getan, ganz einfach, weil er *immer* drei Scheiben Vollkornbrot mit Salat und Käse aß.

»Bist du …«, … *sicher*, hatte sie fragen wollen, dann straffte sie sich. »Fein. Dann bis später, Malte.«

Er legte auf, und sie musste sich erst sammeln, bevor sie weitermachen konnte. Ihr Sohn hatte soeben beschlossen, seiner minutiös durchorganisierten Routine eine lange Nase zu zeigen. Sie konnte es kaum fassen.

Mit sehr energischen Worten hatte sie Grete am späten Nachmittag nach Hause geschickt. Anschließend hatte sie mit einem großen Becher auf der Bank neben der Tür gesessen und in die Ferne geblickt.

Sie war angekommen. Alles fügte sich gerade ineinander, sogar ihr Sohn war dabei, neue Wege zu gehen. War das Leben nicht wunderbar?

Sie trank einen Schluck Tee.

Ja, das Leben war wunderbar, bis auf ein winziges Detail, das bei näherem Betrachten leider gar nicht mehr so winzig war.

Nun, dann würde sie es eben nicht näher betrachten.

Sie trank ihren Tee aus und stellte den leeren Becher auf der Bank ab. Malte war bei Laurin geblieben, und so hatte sie noch etwas Zeit, bis sie ihn abholen musste.

Sie steckte ihr Haar zu einem losen Knoten zusammen, schlüpfte in ihre Gummistiefel und ging zum Melkstand.

Die ersten Ziegen standen schon erwartungsvoll da.

Das hier ist mein Leben. Mein Sohn, unser wundervolles, gemütliches Heim, Grete, Eva, meine Ziegen, mein Hofladen. All das liebe ich. Mehr brauche ich doch eigentlich gar nicht, oder?

Hedwig trat nach ihr aus, und Charlotte packte sie bei den Hörnern und lachte. »Lass das, Hedwig. Ich weiß, dass du die Gummistiefel nicht leiden kannst. Daran wirst du dich gewöhnen müssen.« Sie seufzte leise. »Man gewöhnt sich nämlich an alles, weißt du.«

»Oh, das ist aber schade, der Laden ist wohl schon geschlossen.«

Charlotte fuhr zusammen und stieß mit dem Kopf an Hedwigs Schale mit dem Kraftfutter. Diese Stimme! Bestimmt hatte sie eine Halluzination. Mit wild klopfendem Herzen blickte sie auf.

Und direkt in Jos lächelndes Gesicht.

Keine Halluzination! Er stand wirklich hier vor ihr. Leibhaftig.

Dann sicher ein Traum.

»Charlie von Charlotte.«

Sie schluckte krampfhaft. »Jo von Johannes.«

Er sah toll aus, sein Gesicht war leicht gebräunt, sein Haar etwas heller. Hatte es schon immer so viele graue Strähnen gehabt? Er trug Cargohosen und einen Strickpullover, unter dem der Kragen eines karierten Hemdes hervorlugte.

»Jo«, sagte sie wieder. »Bist du's wirklich?«

Er lachte leise und trat einen Schritt näher.

»Du siehst gut aus, Charlie. Und dein Laden ist großartig geworden. Ich wäre gerne zur Einweihung gekommen.«

Sie überlegte, was sie sagen sollte. In ihrem Kopf ging gerade alles drunter und drüber. Wie sollte man da einen einzigen klaren Gedanken fassen?

Jo kam noch näher. Erst jetzt sah sie, dass er einen riesigen Rucksack bei sich hatte, den er neben der Tür abgestellt hatte. Er streckte beide Arme aus. »Ich würde dich gerne umarmen, Charlie.«

Sie nickte stumm und ging langsam zu ihm. Und dann hatte er sie auch schon an sich gezogen und sein Kinn auf ihren Scheitel gelegt.

»Ich hab's versucht«, sagte er leise. »Ich kann ohne dich leben, einigermaßen, aber ich will's nicht.« Er hielt sie etwas von sich, um sie anschauen zu können. »Es macht alles so wenig Sinn, verstehst du? Mein Leben als einsamer Wolf ödet mich plötzlich an, und bei allem, was ich tue, denke ich: Was macht Charlie jetzt gerade? Worüber lacht sie, worüber ärgert sie sich, wonach duftet ihr Haar in diesem Augenblick?«

Charlotte hatte den Kopf gehoben und blickte ihm in die Augen.

»Jo.« Mehr brachte sie nicht hervor.

»Verzeih mir. Verzeih mir, dass ich einfach abgehauen bin. Ich dachte, das Ende der Welt ist vielleicht weit genug weg, um zu vergessen, wie viel du mir bedeutest.«

Sie schluckte angestrengt. Konnte sie überhaupt etwas sagen?

Er drehte sich halb um und zeigte auf seinen Rucksack. »Viel mehr besitze ich nicht, nur noch ein paar Erinnerungsstücke meiner Reisen. Die sind in einer Kiste.«

Er hob ihr Kinn an. »Aber was brauche ich groß? Außer dir?«

»Ich ... ich hätte dich zurückhalten sollen, Jo, aber es ging nicht. Ich hab's einfach nicht fertiggebracht.«

»Du hättest nur ein Wort sagen müssen.«

»Wirklich?«

Er schüttelte den Kopf. »Nein, wahrscheinlich wäre ich trotzdem gegangen. Ich brauchte diese Zeit, um zu begreifen, was ich wirklich will.«

»Ich hatte Angst, Jo. Deshalb habe ich nicht gesagt, dass du bleiben sollst. Angst, dass du trotzdem gehst, und Angst, dass du dich verpflichtet gefühlt hättest, bleiben zu müssen.«

Eine ganze Weile blickten sie sich nur an, dann zog Jo sie wieder an sich und küsste sie.

»Ich hatte Sehnsucht nach dir. Nein, es war mehr als das«, flüsterte er, und sie hob den Kopf, um ihn ansehen zu können. »Ich fürchte, ich kann's nicht in Worten ausdrücken. Es war ein Gefühl von ...« Er griff an seinen Hals. »Enge. Es hat mir die Luft abgeschnürt, wenn ich an dich gedacht habe.«

Charlotte lehnte den Kopf an seine Brust und lauschte seinem Herzschlag.

»Das nennt man Liebe, Jo«, sagte sie dann sehr leise.

»Ja, das nennt man wohl so.« Er legte den Finger unter ihr Kinn. »Wir beide.«

Sie nickte. »Wir beide.«

»Ist Malte auch da?«

Sie schüttelte den Kopf. »Er ist bei seinem Freund.«

Jo zeigte auf seinen Rucksack. »Ich würde es gern versuchen, jetzt gleich.«

»Was genau?«

»Das Leben mit dir. Mit euch. Jeden Tag.«

»Ich glaube sogar, dass es funktionieren könnte«, sagte sie und lächelte.

»Das glaube ich auch.«

Sie nahm seine Hand und hielt sie mit beiden Händen fest umschlungen.

»Willkommen zu Hause, Jo.«

Ein paar Worte zum Schluss

Ich mag Ziegen, fast so sehr wie Katzen.

Für meine Idee von einer Frau in der Lebensmitte, die sich ihren Traum erfüllt und eine Ziegenkäserei aufmacht, fand ich die Insel Poel wie gemacht. Wenn Sie noch nicht dort oder in Wismar waren, sollten Sie das unbedingt nachholen.

Und wenn es Sie interessiert, was ein Tigerenten-Pudding ist:

Man schichtet abwechselnd Schokoladen- und Vanillepudding übereinander, am besten in einem höheren Glas. Meine Söhne haben ihn geliebt – und tun es noch immer. Für so einen Nachtisch wird man wohl nie zu alt.

Mein Dank geht an Yvonne Wüstel, die immer meine erste Testleserin und längst nicht mehr nur eine Kollegin für mich ist. Sie hilft mir auch in medizinischen Fragen weiter.

Tausend Dank auch an Ute Rohrbeck, die die Ziegenkäsemanufaktur *Kunst & Käse* in Rögnitz betreibt und die ich mit Fragen löchern durfte. Sie hat mir viel über Ziegenhaltung erzählt, wann zum Beispiel Ziegenböcke ganz besonders riechen und dass man Ziegen mit Kraftfutter überlisten kann, wenn die Klauenpflege ansteht. Auch über das Käsen – ein tolles Handwerk! – durfte ich sie ausfragen.

Ich danke dem Ullstein Verlag, der auch diesem Roman ein heimeliges Zuhause gegeben hat, ganz besonders meiner Lektorin Wiebke Bolliger, die mir dabei half, der Geschichte den letzten Schliff zu verpassen. Es war wieder eine überaus respektvolle und inspirierende Zusammenarbeit.

Und ich bedanke mich bei meinem Sohn, dass Charlottes Sohn Asperger-Autist sein durfte. Ich weiß das sehr zu schätzen. Dieses Buch ist ihm gewidmet.

Susanne Lieder im September 2015

Corina Bomann

Sturmherz

Roman.
Taschenbuch.
Auch als E-Book erhältlich.
www.ullstein-buchverlage.de

Eine große Liebe, eine Naturkatastrophe und ein lang ersehnter Neuanfang

Alexa Petri hat schon seit vielen Jahren ein schwieriges Verhältnis zu ihrer Mutter Cornelia. Doch nun liegt Cornelia im Koma, und Alexa muss die Vormundschaft übernehmen. Sie findet einen Brief, der Cornelia in einem ganz neuen Licht erscheinen lässt: als leidenschaftliche junge Frau im Hamburg der frühen sechziger Jahre. Und als Leidtragende der schweren Sturmflutkatastrophe. Als ein alter Freund von Cornelia auftaucht, ergreift Alexa die Chance, sich vom Leben ihrer Mutter erzählen zu lassen, die sie schließlich auch verstehen und lieben lernt.

Susanne Lieder

Ostseewind und Sanddornküsse

Roman.
Taschenbuch.
Auch als E-Book erhältlich.
www.ullstein-buchverlage.de

Die nächste Strandkorb-Liebe kommt bestimmt!

Harriet Bohnekamp, fast fünfzig, liebenswert und ausgesprochen tollpatschig, führt ein geordnetes, todlangweiliges Leben. Demnächst soll sie die kleine Bremer Bankfiliale übernehmen, in der sie seit zwanzig Jahren arbeitet. Eine Familie zu gründen, hat sie verpasst, und an die große Liebe glaubt sie schon lange nicht mehr. Der überraschende Heiratsantrag von einem alten Schulfreund reißt Harriet aus ihrem Tiefschlaf. Ihre Flucht auf den Darß führt sie allerdings direkt in die Arme von Jakob und zu einer himmlischen Liebesnacht am Strand. Harriet wollte einen Neuanfang – jetzt hat sie zwei Männer zum Verlieben. So prickelnd hatte sie sich das alles gar nicht vorgestellt ...